KB066858

60년 후

60년 후

백남룡

아시아

차례

일러두기

1. 소설 본문은 띄어쓰기와 일부 부호를 제외하고는 북한의 어문법에 따르는 것을 원칙으로 삼았다.
2. 북한에서만 쓰는 단어와 남한에서 익숙하지 않은 단어가 처음 나올 때 괄호 안에 설명을 넣었다.
   예) 깨찌벌레(개똥벌레), 얼음보숭이(아이스크림), 가시어머니(장모), 레스(레이스), 엄지(짐승의 어미)
3. 남한에서는 과도하게 사용하고, 북한에서는 과도하게 사용하지 않는 '두음법칙' '사이시옷' 등도
   단어가 처음 나올 때 괄호 안에 남한 어문법에 따라 표기하였다.
   예) 로동자(노동자), 년로(연로), 련쇄(연쇄)
       낚시대(낚싯대), 오래동안(오랫동안), 치마자락(치맛자락)
       이였다(이었다), 아득이(아득히)
4. 독자들의 편의를 위하여 책의 맨 뒤에 표기법이 다른 단어와 남한에서 익숙하지 않은 단어들을 가나다 순으로
   실어 찾아보기 쉽게 하였다.

60년 후

백남룡 지음

아시아

1

    강변 오솔길은 최현필 지배인(공장, 기업소들을 행정적으로 책임지는 사람)
에게 있어 잊을 수 없는 길이였다(이었다).

    출장 갔다 올 때나 시내에 공장 일들로 갔다 올 때나 그는 자기의 '갱
생'(자동차 이름) 승용차를 타지 않고 강변 오솔길을 걸어 공장으로 갔었다.

    산간 특유의 수정같이 맑은 물이 흐르는 이 강변에는 키 낮은 나무들
사이로 갖가지 풀들이 숲을 이루었고 무수한 들꽃은 그 푸른 주단에 아
름다운 무늬를 수놓았다.

    자연의 풍치와 정서가 함축된 강변, 한적한 이 오솔길에서 그는 번거
롭고 복잡한 머리를 쉬울(쉴) 수 있었고, 부에서 받은 과업을 실행할 사
업설계를 미리 짜보기도 했다. 술직장이나 당과직장의 어느 일군(일꾼)
에 대한 문제나, 로동자(노동자)들의 생활문제를 두고서도 깊은 생각에
잠겨 걸어오기도 했었다… 강변 오솔길에는 공장의 세대주(한 단위의 책
임자나 집안의 가장)인 지배인만이 누릴 수 있고 안고 묵새길(참으며 넘길)
수 있는 기쁨과 고민과 환희와 번뇌가 풀숲처럼 무성히 깔려있었다. 때
로 공장 일이 잘 안 되여 당하는 쓴맛, 모멸감, 감정들은 강물처럼 마르
지 않는 사업의 열정 속에 휘말려 다시금 팽배한 힘으로 충만 되여 흐르
군 했었다.

그러나 인제는 그 모든 일들이 추억으로만 남을 것이다.

년로(연로)한 최현필은 지배인 자리를 내놓게 된 것이다. 삼십 년 동안이나 혈관 속의 피처럼 그의 몸을 후덥게 해주고 삶의 의의를 잊지 않게 해주던 지배인이란 귀중한 부름을 더 들을 수 없게 되었다.

세월의 흐름과 자신의 늙음을 뚜렷이 인식하고서 마음의 준비를 갖추고 있던 일이였건만 정작 당하고 보니 갑자기 보람차던 생각이 끝나버린 듯 서글퍼졌다. 사람이 공기 속에서 살듯이 공장에 관한 크고 작은 일들의 련쇄(연쇄) 속에서 살던 그의 머리는 텅 비고 외롭고 쓸쓸한 감정이 가슴을 채웠다. 인제는 공장과 수백 명 로동자들 대신 늙은 안해(아내)와 아들만을 거느린 단출하고 적적한 생활이 앞에 있는 것이다.

최현필은 자기도 채양 넓은 밀짚모자를 쓰고 강녘에 쭈그리고 앉아 낚시대(낚싯대)를 드리우고서 한가로이 여생을 보내야 한다고 생각하니 가슴이 미여지는 듯했다. 누구를 탓할 수도 자신을 원망할 수도 없다. 푸른 싹이 고목으로 되는 것은 세월과 자연의 법칙인 것이다.

'어쩔 수 없는 일이지… 자리를 지킬 줄도 알아야지만 때가 되면 물러설 줄도 알아야 하는 거야.'

최현필은 애써 자신을 위로했다.

써늘한 물기운(물에서 느껴지는 축축한 기운)이 강변을 덮은 풀숲에서 싱그러운 냄새를 실어온다.

강물은 철썩거리며 영원하고 변함없이 줄기찬 흐름을 이어간다.

강기슭을 따라 푸른 울바자(대, 싸리, 갈대 등을 엮어 발처럼 만들어 세운 울타리)를 친 듯, 어린 산버들들이 싱싱한 아지(식물의 어린 가지)를 풀어헤치고 늘어섰다. 그 곁에는 폭풍과 비바람으로부터 어린 산버들을 감싸 온 늙은 산버들 한 그루가 서 있다. 오랜 세월의 년륜(연륜)을 말해주는, 꺼멓게 터갈라지고 등이 굽은 아름드리 줄기와 무성한 가지들 사이에서 저녁노을이 숯불처럼 타오른다.

늙은 버들의 줄기는 노을빛을 받아 생의 한창 시절을 맞이한 듯 윤기가 흐르고 잎새들은 훈장처럼 번쩍거린다.

'그래… 내 인생도 결코 보람 없이 흘러가진 않았지.'

삼십 년 세월 지배인으로 사업했던 공장, 기업소들과 잊을 수 없는 사람들의 얼굴이 뇌리 속에서 류성(유성)처럼 벙긋거린다. 그러자 회오의 쓸쓸한 감정을 밀어내며 긍지의 파도가 서서히 밀려오기 시작했다. 젊은 시절의 위훈(매우 뛰어나게 세운 공훈)이며, 공장사업의 큼직한 성과들로 하여 차례졌던(주어졌던) 가슴 뻐근한 기쁨과 행복했던 나날이 추억되였다.

'산 보람이 있었어. 있구 말구… 공로보장을 받으며 집에서 쉬는 게 온당한 일이지. 서글퍼 하다니 원 참…'

최현필은 서리 내린 머리를 쓸어 올리며 호방스레 생각했으나 허전하고 울적한 기분은 가실 수 없었다. 반 시간 전에 있었던 해임 담화를 영 없었던 일로, 아주 잊어버릴 수 있으면 얼마나 좋으랴!… 그러나 시당위원회 간부부 일군의 둥실한 얼굴은 엄연한 현실을 립증(입증)하듯 눈앞에 떠올랐다.

간부부 일군은 앞 상 너머에서 몸을 일으켜 불 꺼진 최현필의 담배에 성냥불을 붙여주었다. 그의 음성은 진지하고 무거웠다.

"오랜 일군인 지배인 동무를 정작 내보내자니… 참 섭섭합니다. 그렇지만 년로하고 건강이 나쁜 지배인 동무를 계속 붙잡아 둘 수는 없고…"

최현필은 서운함과 자책스런 감정이 북받쳐 올라 선뜻 말을 하지 못했다.

"내 사실… 당에서 늘 걱정하는 곡산 공장(곡물 가공생산 공장)을 맡아 안구서 생산을 많이 내야겠는데… 마음만 앞섰지 일은… 그저 경험으로 타성으로 일했지요."

"예순일곱의 나이에… 전쟁 시기 입은 파편 상처까지 도지는 몸으로 그만큼 일했으면 됐지요. 누가 탓하지 않습니다. 시당 비서 동지는 병 치료를 하며 집에서 쉬여야 할 지배인 동무한테 너무 수고를 끼친다고 늘 걱정했습니다."

"!…"

"옛 상처가 도져나면 좋지 않습니다. 안정해서 치료를 받으십시오. 그 다음엔 료양(요양)을 가시고… 온천 료양권을 말해뒀습니다."

"…"

최현필의 눈에 맑은 이슬이 핑 고였다. 눈굽(눈의 가장자리)은 축축해지고 눈앞에는 수증기와도 같은 엷은 안개가 감돌았다.

'인계는 누구한테 하게 될가(까)?… 인민경제대학을 졸업하고 오는 기사장을 임명할라나?… 아니면?…'

최현필의 얼굴에는 호기심과 그 어떤 깊은 념려(염려)가 비꼈다. 기사 장이면 마음을 놓을 수 있을 것이다. 원래 손탁(손아귀) 세고 공부까지 했으니…

"지배인 동무, 지금 기사장 직무를 대리하는 마진호 동무는 어떻습니까?"

"우리 부기사장은… 사람이 침착하구, 젊구, 기술을 잘 알지요. 좀 소심한 데가 있긴 하지만 일단 결심하구 틀어 쥐구 내밀 때는 나도 막 뿌리워납니다(힘이 솟구칩니다)."

"그 동무가 기사장 직무를 감당할가요?"

"해낼 겁니다."

"지배인 동무는 아래 일군들의 결함을 말한 적이 없지요."

간부부 일군은 리해(이해)한다는 듯 호인다운 웃음을 짓고 나서 말을 이었다.

"그럼, 지배인 동무는 공장에 가서 인계 준비나 하며 기다려주십시오."

"…"

한 줄기 바람이 불어와 최현필의 흰 머리를 흩날렸다. 어린 산버들의 가느다란 실아지(실가지)가 그의 거칠은 볼과 목을 간지럽히고 어깨를 어루만진다.

최현필은 눈을 습벅이며(껌뻑이며) 군은살이 배겨 감각이 무딘 손으로 어리광 부리는 산버들의 실아지를 조심스레 붙잡았다. 푸른 줄기는 가

늘고 여물지 못했으나 싱싱한 탄력이 느껴졌고 기름기 도는 잎새들은 말큰말큰했다(연하고 부드러운 느낌이 날 정도로 매우 말랑했다).

그는 청신한 어린 산버들이 부러웠다. 그 산버들이 곁에 서 있는 늙은 산버들 같은 고목이 되려면 아직 수십 년의 긴긴 생이 남아있는 것이다. 바람과 눈비를 이겨내며 어엿한 푸른 모습을 한껏 자랑할 수 있는 즙 많은 시절이 남아있는 것이다.

'그래 어쩔 수 없는 일이지. 부러워해선 안 돼. 그건 후대(후손)한테 차례진 자연의 혜택이니까. 자연이란 만사에 공평한 법이야.'

최현필은 실바람에 춤추는 어린 산버들의 애무에서 벗어나 힘겹게 걸음을 옮겼다. 부군부군한(보드라운) 풀들은 그의 발목을 감싸고 바지가랭이(바짓가랑이)를 쓰다듬는다.

제비들은 노을 낀 먼 하늘가에서 묘한 동그라미를 그리며 생의 즐거움을 노래한다.

최현필은 어느덧 키 낮은 소나무들이 듬성듬성한 나지막한 둔덕에 올라섰다. 순간, 한 폭의 그림 같은 공장 풍경이 손에 잡힐 듯 확 안겨왔다.

공장!… 수년 동안 정력과 심혼을 깡그리 바쳐온 곳! 어차피 작별해야 할 정든 집!… 최현필은 목이 꽉 메이고 심장이 멎는 듯싶었다. 그는 아쉬움과 그리움, 리별(이별)의 정이 사무치게 끓어오르는 눈길로 공장을 바라보기만 했다.

보이라(보일러)의 붉은 굴뚝에서는 흰 연기가 뭉게뭉게 피여 오르고,

푸른 구내 숲 속의 강냉이 저장탑들과 공장의 창문들은 저녁 노을빛에 번들거린다. 공장 지붕에 올려놓은 '총동원, 사회주의 대건설'의 붉은 구호판은 그 장엄한 뜻으로 손 저어 부르는 듯싶다.

공장!… 지배인에게 살붙이와도 같고 사랑과 열정을 마음껏 쏟아 부을 수 있는 삶의 보금자리와도 같은 그곳에는 수년 동안 함께 일해 온 친근하고 정든 사람들이 있다. 칭찬도 하고 욕도 하며 생산을 위해 고락을 나누던 직장장들과 과장들, 로동자들, 저열탄보이라 개조를 하는 열관리공들이 있다.

최현필은 집에서 기다리는 어린애한테로 가는 어머니와도 같이 서둘러 걸음을 재촉했다. 일찍 젊은 시절에 오래동안(오랫동안) 떨어져 있던 사랑하는 안해와 어린 딸들한테로 갈 때도 그는 지금처럼 바삐 걸음을 다우치지는(다그치지는) 못했었다.

2

아직은 공장의 세대주라는 타성적인 의무감을 안고 정문을 들어선 최현필 지배인은 그만 당황해지고 말았다. 전에는 손금처럼 들여다보던 공장이라는 건물 덩어리가 단꺼번에(한꺼번에) 산악같이 그의 앞을 마주선 것이다. 그리하여 인계를 앞두고 과거와 현재, 래일(내일)의 사업들을 어떻게 마무리하고 펼쳐나가야 할지 갈피를 잡을 수 없었다. 이런 때일

수록 마음의 여유와 자제력을 가져야 한다는 것을 의식하였지만 선뜻 그렇게 되지는 않았다.

'어쨌든… 생산이나 공장살림을 위해서 말을 해야지… 마감(마지막) 잔소리를… 칭찬은 필요 없는 거구.'

누구든 만나고 싶었다.

마침 저쪽 구내길(공장이나 기업소 내부의 길)에서 한 사람이 걸어오고 있었다. 큰 키에 지게걸음(몸을 좌우로 기우뚱거리며 걷는 걸음)을 하는 걸 보니 전분직장장인 듯싶다.

최현필은 잠시 기다렸다.

그런데 전분직장장은 먼발치에서 지배인을 알아보았는지 주춤하고 멈춰서더니 무슨 생각에선지 구내의 잔디밭을 꿰질러 공무직장 쪽으로 갔다.

'전분에서 욕먹을 일이 생긴 거로군. 허, 도망을 쳐? 공장 울타리 안에서 어디루? 저녁 생산총화 때는 코를 맞대겠는 데두!'

평소의 습관대로 은근히 호기를 부렸으나 마음 한 구석은 허전해났다(허전해졌다). 마치 전분직장장이 쓸모없이 된 지배인을 알아보고 슬그머니 피한 것 같이 생각된 것이다.

전분직장 건물 모퉁이에서 두 청년이 열심히 말을 주고받으며 걸어왔다. 그들은 온몸에 강냉이 전분 가루가 뽀얗게 묻었다. 전분직장의 수리공들이였다. 두 청년은 지배인을 보자 황급히 꾸벅 인사를 하고는 어째선지 고개를 수굿한 채 지배인을 피하여 지나쳤다.

최현필은 얼핏 마주친 눈길에서 그 어떤 위로와 동정의 빛을 엿보았다.

'저 녀석들이 내가 지배인을 그만둔다는 걸 알구 저러지 않았을까?…전분직장장두.'

그러나 최현필은 공장사람들이 벌써 그걸 알 수 없다는 것을 생각했다. 그런데 왜 멀리서 사람을 피하고 그렇게 본단 말인가. 갑자기 내게 무슨 동정 받을 일이라도 생겼단 말인가?… 최현필은 구내길 쪽으로 멀어지는 두 청년을 마뜩지 않게(마음에 들지 아니하게) 바라보았다. 그러나 조금 후에는 벌써 그런 데 머리를 쓸 겨를이 없었다.

강냉이전분직장 앞에 있는 커다란 속보판이 그의 눈에 걸려든 것이다.

'불길'이란 제목은 금시 타오르는 것처럼 멋지게 썼다. 지난달에 설비들의 정비를 잘하여 강냉이 선별과 배아(씨눈) 분리에서 혁신을 일으킨 선별공들을 자랑하는 속보였다.

때마침 직관원(속보, 벽보, 그림 등 눈으로 직접 볼 수 있는 홍보물을 만드는 사람) 청년이 안료통(칠통)을 들고 나팔바지를 펄럭거리며 구내길을 가고 있었다. 지배인이 소리쳐 부르자 그는 안료가 쏟아질가 조심하며 뛰여왔다. 생산과는 직접 관련되지 않는 것으로 하여 늘 지배인이나 행정일군들의 관심 밖에 있었던 그는 의아쩍은 표정을 지였다. 잘 다스린 앞머리는 이마에 보기 좋게 흘러내렸고 코 옆에 묻은 가뭇한 점은 기미인지 안료인지 분간할 수 없었다.

최현필 지배인은 추상파 그림처럼 가지각색 안료들이 무질서하게 묻은 그의 나팔바지를 보자 저도 모르게 빙그레 웃음을 지었다. 그가 이 물감 광고판 같은 바지를 공장구내에서 늘 자랑스레 입고 다닌다는 생각이 떠오른 것이다.

"이것 보라구. '불길'이 한 달째나 타오르는구만."

"예?…"

영문을 깨닫지 못한 직관원 청년은 눈을 슴벅이며 속보판을 들여다보았다.

"속보나? 월간 잡지나?"

"!…"

…지배인이 무얼 이야기한다는 걸 알아챈 직관원 청년은 대뜸 얼굴에 붉은 안료라도 바른 듯 뻘개지더니 마른침을 꿀걱(꿀꺽) 삼켰다.

"속보를 이렇게 고운 색으루 품을 들여 멋 부려 쓰는 것도 좋지. 허지만 속보의 사명은 뭐겠나? 내용의 전투성, 호소성, 기동성이 아닐가?… 신문도 하루에 한 장이지."

"지배인 아바이(어르신), 당장 새 속보를 쓰겠습니다."

"그래야지. 이담에두 잊지 말라구…"

최현필은 꾸중을 달게 받으려고 엉거주춤 서 있는 직관원 청년의 어깨를 툭 치고는 돌아섰다.

공장 정문으로 뻗은 포장길로 유치원 교양원(유치원 어린이들을 교육 교양하는 사람=교사) 처녀가 수건을 벗어 쥐고 반달음 해오고 있었다. 기슭이 퍼진 치마자락(치맛자락)이 바람에 날리였다.

18

최현필은 걸음을 늦추었다.

처녀는 지배인 앞에서 말뚝처럼 딱 멈추어 섰다. 다급하고 중요한 말이 입에서 터져 나오려고 했지만 어쩐지 말을 꺼내지 못하였다.

"진옥이 웬일이냐?! 응!…"

"지배인 동지!… 어쩌면 좋아요?"

처녀는 두 손을 꼭 모아 쥔다. 꽃술 같은 속눈섭 사이로 이슬방울이 굴러 나온다.

"어서 말하라구. 유치원에 무슨 사고라도 났나?"

"지배인 동지는 정말 모르고 있어요?"

"뭘 말이냐? 난 시내에서 오는 길이다."

최현필은 온몸에 전류와도 같은 짜릿한 불안을 감촉하며 다우쳐 물었다.

진옥은 지배인이 정말 아무것도 모른다는 것을 깨닫자 자기의 그런 슬픔의 호소가 부끄럽기라도 한 듯 속눈섭을 내리깔며 목 메인 소리로 말했다.

"정민 동무가 보이라 사고로…"

"뭐라구?! 우리 정민이가?!"

최현필은 앞에 선 처녀가 아들을 그렇게 만들어 놓기라도 한 것처럼 무섭게 소리 질렀다.

"저열탄보이라 화실에서 빨갛게 단 무슨 관이가 하는 것이 터졌답니다. 정민 동문 병원에 실려 갔어요."

“언제?!”

“낮에요.”

“음…”

지배인의 목 안에서 신음소리 같은 것이 울려나왔다.

‘그래서 나를 그렇게들 쳐다봤구나!…’

“지배인 동지, 정민 기사 동문 병원에 실려 갔는데 전 왜 인제야 알게 됐을가요. 전 정말 아무것도 모르고 있었어요.”

처녀는 사죄라도 하듯 떨리는 음성으로 말했다.

최현필은 처녀를 이윽히(가만히) 들여다보고 나서 위로했다.

“유치원에서 아이들을 가르치는 진옥이가 어떻게 알겠나.”

“지배인 동지, 난 병원으로 가보겠어요. 운수관(차량 수단을 이용하는 곳)에서 시내로 가는 차가 있답니다.”

당황과 슬픔의 그늘 속에서도 처녀의 얼굴은 빨갛게 물들었다.

‘보이라가, 보이라가 잘못됐단 말이지!… 저열탄을 끝내 먹지 못하구 사고를 치다니…’

최현필은 초점 잃은 눈으로 보이라 쪽을 멍하니 바라본다.

‘그 녀석이 심하게 다쳤을가?… 아니 그런 것 같지는 않어. 그랬으면 야 시당에 전화를 걸든지 어찌든지 나한테 알렸을 거야… 아무튼 크게 잘못되지만 말았으면… 그 녀석이 집안의 대를 이를 외기둥인데… 마누라가 알면 야단을 하겠구나…’

최현필은 번민을 애써 누르며 운수관 쪽으로 멀어지는 진옥이를 바라보았다.

'네가 우리 정민이를 사랑하는 모양이구나…'

사위는 어느덧 어둑시근(사물을 정확히 가려 볼 수 없을 만큼 어두움)해졌다.

구내의 나무들이며 건물들이 거뭇한 어둠 속에서 륜곽(윤곽)을 잃어갔다. 다만 술직장과 당과직장, 강냉이전분직장 건물들에서 뻗어나간 굵은 증기관들이 진회색 하늘을 배경으로 뚜렷이 보였다. 관들은 곳곳에 철기둥을 딛고서 공원 숲을 가로 꿰고 나갔다. 관들이 질서 있게 흘러간 구내의 한 끝에는 덧지붕을 얹은 보이라 건물이 우중충히 솟아있었다.

그 속에 열 톤짜리 보이라가 넉 대나 들어앉았다. 저탄장까지 합치면 보이라는 곡산 공장에서 가장 큰 건물이다. 강냉이 저장탑이 크고 높긴 하지만 해만 떠오르면 까치 둥우리(새 따위가 알을 낳거나 깃들이기 위하여 둥글게 만든 집)를 인 보이라의 벽돌 굴뚝이 저장탑에 그늘을 지우군 한다.

보이라의 거창한 불 주머니들은 끊임없이 열풍을 몰아쉬며 굉장히 큰 장고통 같은 드람(드럼)의 물을 끓여서는 가열되다 못해 파란 불길처럼 단 증기를 관 속으로 흘려보낸다. 보이라는 구내의 나무도 없는 한쪽에 외롭게 있지만 공원 숲 속에 아담하게 둘러앉은 모든 직장건물들의 '어머니'나 다름없다. 언제나 가슴을 뜨겁게 불태우는 어머니 보이라는 아들 직장들에 차별을 두지 않고 젖 줄기 같은 김을 보내여 강냉이를 분해

하고 전분을 만들고 물엿을 달이고 술을 익히고 과자를 구울 수 있게 하는 것이다.

공장생산참모회의에서나, 기동선전대의 손나팔 속에서나… 이런 보이라의 중요성과 역할을 '심장'이라는 한마디로 규정한다. '공장의 심장부' 또는 '생산의 운명을 좌우하는 심장…' 하고. 그 말을 공장이 선 이래 일군들과 로동자들의 입에서 수만 번을 반복하여 울려나왔지만 조금도 싫증나거나 낡아지지 않고 매번 새롭고 의미 깊은 뜻을 담고 엄숙하게 쓰이였다.

그래서 풀을 먹여 빳빳이 다린 눈 같이 흰 위생복을 입은 생산직장의 처녀들은 빛갈(빛깔)을 알아볼 수 없는 컴컴한 작업복을 입고 코 밑에 먼지 고드름으로 '수염'이 묻어 다니는 유쾌한 열관리공들을 신뢰의 눈길로 쳐다보았고 그들의 탄 물 든 어지러운 작업복을 저마다 빨아주군 했다. '심장'을 지켜선 사람들에 대한 스스럼없는 존경의 감정이 그들 사이의 간격을 메우는 것이였다.

그런데 몇 달 전부터 처녀들은 일을 하다가는 자주 열관리공들을 비난하게 되였고 때로는 짜증을 내며 송수화기를 들고 보이라를 찾아서는 증기압이 약하다고, 일을 못하겠다고, 생산을 책임지라고 을러메군(위협적으로 질책하곤) 하였다. 참모회의나 긴급생산협의회에서 직장장들의 불같은 요구는 증기압이였다.

그러나 저열탄을 때려고 하는 1호 보이라의 개조는 의연히 전진이 없었다. 그리하여 이 몇 달 동안 증기 생산은 나머지 석 대의 보이라로 간신히 감당해 왔었다. 술을 마시지 않는데도 얼굴이 늘 벌그스름한 술직장장은 '증기 때문에 머리털이 셌다'고 푸념을 했고 물엿직장장은 물엿 탱크(탱크)가 굳어 붙으면 직장이 보름은 서야 한다고 우는 소리를 하면서 생산계획을 했다. 전분직장장은 증기압력계를 처녀들이 손거울을 들여다보듯 했다… 그리하여 증기압처럼 센 사람들의 압력이 보이라 기관장과 열기사 최정민의 어깨 우에 들씌워졌다.

그렇지만 사람들은 보이라로 하여 야기되는 그 모든 조바심과 짜증과 불만을 겉으로 마음껏 드러내놓지는 못했다. 그것은 지배인이 저열탄보이라 개조 발기자의 한 사람이며 기관장과 열관리공들을 추동하고 뒤에서 비호한다는 것을 알기 때문이였다…

하지만 지금 1호 보이라는 분명히 결정적이고도 가혹한 운명에 처하였다.

최현필 지배인은 그것을 보이라 건물의 무거운 철문을 열고 들어서는 순간부터 통감했다.

석 대의 보이라는 송풍기가 붕붕거리고 운전공들이 얼씬거렸으나 1호 보이라는 침묵을 지키고 있었다. 손잡이가 동그랗고 반들반들한 긴 쇠장대는 허리가 뒤틀려서 저열탄 무지(쌓여있는 더미) 속에 위태롭게 박혀 있었다.

주위에는 탄가루와 가마니 부스러기와 탄재 덩어리들, 나무개비들이 한 벌 쭉 널려있다.

최현필은 쇠장대를 뽑아 한쪽에 뉘여 놓고 곽삽들은 거두어서 나란히 세워 놓았다. 무릎을 꺾고 앉아 화구 안에 손을 드밀어본다. 후근한(후끈한) 열기가 돌았다.

그는 엎드려서 화구 턱에 쌓인 탄재 먼지에 앞섶자락(옷자락의 옷깃 앞부분)을 슬치며(스치며) 화실 안에 기여 들어갔다. 라이타(라이터) 불을 켜들자 화실 안은 거대한 괴물의 배속(뱃속) 같이 음침하였다. 밸(작은창자)처럼 길고 량(양) 끝이 구부러든 수관들이 내화벽돌로 쌓은 량 벽에 촘촘히 늘여졌다. 집합관들도 파괴된 것은 없었다. 그러나 불판 우에는 엿덩어리 같은 슬라크(광석 찌꺼기)가 꽉 녹아 붙어서 재 구멍을 메웠고 량 옆에 변압기관들처럼 생긴 층내수관들 중에서 두 개가 파손되어 엿가락처럼 휘여 들었다. 그쪽 내화벽도 허물어졌다. 과열 사고였다. 최현필은 가슴 속에서 돌덩이가 떨어지는 감을 느끼였다.

'어쩌면 좋단 말인가… 새 지배인에게 이런 보이라를 인계할 순 없잖는가…'

화구 밖에서 인기척이 나더니 누구인가 비자루(빗자루)로 탄가루와 검부레기(검부러기)들을 쓸어 모으고 있었다. 몸이 부한 녀자(여자)의 뒤모습(뒷모습)과 바둑알 무늬가 박힌 머리 수건이 보이였다. 부기사장의 안해 오춘실이었다. 그 녀자는 갑자기 화구 안에서 부스럭 소리와 함께 웬 사람이 머리를 쑥 내밀고 곰처럼 기여 나오자 깜짝 놀라 뒤걸음(뒷걸음)쳤다.

그러나 지배인을 알아보고는 비자루를 옮겨 쥐며 당황해서 인사를 했다.

최현필은 옷자락의 탄먼지를 털고 얼굴의 땀을 닦았다.

"증기분배실은 비여 놓지 않았소?"

"교대자가 있습니다."

"요새 증기압이 어떻소?… 떨어지겠지?"

"정상이 못됩니다."

춘실은 걱정스레 대답한다.

최현필은 증기분배공인 이 부기사장의 안해가 열관리공들에게서 좋은 평을 듣는다는 걸 알고 있었다. 춘실이는 열관리공들의 때 묻은 옷을 늘 스스럼없이 빨아주었고 안온하고 깨끗한 증기분배실을 벗어나서 불길이 사품(세차게 부딪치며 흐르는 물살)치는 화구 앞이며 탄먼지 속에 있는 것을 더 달게 여기는 것이었다. 농촌에서 나고 자라 보이라를 잘 모르는 그가 허심히(겸손하게) 배우려고 애쓸 때면 열관리공들은 성의껏 도와주었다.

"그래, 요사이 은철이 녀석이 유치원에 잘 가오?"

"녜…"

춘실은 지배인의 얼굴에 비낀 한 가닥 어두운 그림자를 보자 고개를 수그렸다. 지배인에게 무언가 따뜻한 말을 하고 싶었지만 선뜻 그렇게 되지는 않았다.

"그 녀석이 유치원 선생이 제 고모니까 말을 잘 안 듣는 것 같애. 응석받이거던."

"지배인 동지… 병원에 다녀오셨습니까?"

춘실은 겨우 말을 꺼냈다.

최현필의 얼굴에 겨우 피였던 미소가 사라졌다. 그는 손수건을 꺼내여 방금 전에 얼굴을 닦았다는 것도 잊고 다시금 문대였다. 마디 굵은 손가락이 가늘게 떨렸다.

춘실은 지배인이 고통스런 속마음을 얼굴에 나타내지 않으려고 한다는 것을 느끼자 경솔하게 물어본 것을 후회했다.

"병원엔 이따가 가지. 밤에 말이요."

최현필은 평온스레 말을 이었다. 음성은 몹시 갈렸다.

"좀 전에 전화를 걸어봤소. 의사 선생은 내가 당분간은 오지 않는 게 좋겠다고 하더군."

"…"

"하긴 그 녀석이야 크게 걱정할 건 없지. 이러나저러나 병원침대에 누워 있구… 의사들의 손길이 있잖나… 인차 나을 테지… 허지만 그 녀석이 실패한 이 보이라는 어떤가… 마사지구(부서지고) 수술할 방도는 없구…"

최현필은 긴 숨을 내긋고 나서 물었다.

"1호 보이라 동무들은 다 어디 갔소?"

"사고심의회의에 갔습니다."

"어데서 하오?"

"저… 지배인 동지의 옆방에서…"

춘실은 남편의 사무실을 가리켜 말한 것이였다. 보통생활에서나 사업에 들어가서나 춘실의 입에서는 언제든지 '부기사장'이란 말은 들어보

26

기 힘들었다. 그 녀자는 남편에 대한 존경보다도 사람들에 대한 겸손성
을 더 존중하고 있는 것 같았다.

3

최현필 지배인은 관리부 청사의 현관 층계에서 멈춰 섰다.

공장 당 비서 송훈의 노여운 음성이 들려온 것이다.

"경리과장 동무가 이런 화분을 주더란 말이요?"

"저, 비서 동지… 경리과장 동지는 지배인 아바이가 나이도 많고 화분
관리하기도 힘들어 하겠는데 이 선인장이 맞춤할 거라고…"

웃층계의 란간(난간) 옆에는 화분을 손에 든 기요원(기관, 기업소의 중요
문건들을 다루는 사람) 아주머니가 난처한 표정을 짓고 있었다.

"늙은 사람이라고 주름살투성이 선인장을 주다니…"

"…"

"잎이 많구 꽃이 핀 것은 없었소?"

"다른 부서들에서 이미 가져갔습니다."

최현필은 란간 쪽에 등을 돌린 송훈을 보자 가슴이 찡해옴을 느끼며
층계를 천천히 올라갔다.

지배인을 본 기요원 아주머니는 당황해서 주근깨가 있는 얼굴이 나리
꽃처럼 붉어졌다.

송훈은 반가운 표정으로 지배인을 향해 돌아섰으나 이내 얼굴을 흐렸다.

"시당에서 오는 길입니까?"

"예… 보이라에 좀 들렸댔습니다."

"병원엔?…"

"이제 가지요."

괴로운 침묵 속에서 의미 깊은 눈길이 오갔다. 위로와 리해, 고통과 념려의 복잡한 감정이 뒤섞인 그 눈길에서 지배인과 비서는 서로의 마음을 읽었다.

송훈은 정민 기사의 일을 더 말하지 않았다.

최현필은 저으기(적이) 호기심 어린 표정을 짓고서 다람쥐꼬리 같은 선인장의 보숭보숭한 털을 만져보았다.

"묘하게 생겼는데… 줄기와 잎을 구별하지 못하겠군. 남방식물이겠지?"

"녜…"

기요원 아주머니는 송구스러워 했다.

최현필은 너그러이 말했다.

"화분이 맘에 드누만. 어서 내 방에 가져다 놓으라구."

"!…"

기요원 아주머니는 당 비서마저 빙그레 미소를 짓자 더 고려할 사이 없이 지배인실 쪽으로 서둘러 가버렸다.

두 사람은 잠자코 마주 서 있었다. 방금 전의 태연한 표정도 미소도 사라졌다. 불행을 감추지 않은, 속마음이 그대로 내배인 침울한 기색의 얼굴들이다. 서로 말을 꺼내기 힘든지 송훈이가 담배갑(담뱃갑)을 꺼내자 최현필은 바지 주머니에서 성냥을 끄집어냈다. 담배를 한 가치(개비) 꺼내 물고 성냥을 드윽 그었다.

"시당에 갔던 일은… 어떻게 됐습니까?"

송훈이 물었다.

최현필의 얼굴은 컴컴해졌다. 조그만 불이 달린 성냥 가치를 송훈에게 가져가는 그의 손이 가늘게 떨렸다. 불꽃이 춤을 추었다.

송훈은 지배인의 손을 밀어 불을 먼저 권했다. 지배인은 사양했다. 그러자 성냥불은 허공에서 다 타들어갔다.

최현필은 실오리 같은 빨간 숯을 남기며 타는 성냥 가치를 이윽히 지켜볼 뿐 담배불(담뱃불) 붙일 숯념을 하지 않았고 손가락이 따거운 줄조차 못 느끼는 듯싶었다.

"해임 담화였습니까?…"

"예… 아마 내 인생 불길도 꺼질 때가 됐는가 봅니다."

"…"

송훈은 말없이 지배인의 손에서 성냥을 받아 불을 켜주었다. 자기는 붙이지 않고 사그러지는 성냥불을 물끄러미 지켜보았다.

"비서 동무, 내가… 기업관리두 기술두 패기두 젊은 사람들만 못 한 거야 사실이지요.…"

지배인은 탄식하듯 말했다.

송훈은 나직이 한숨을 쉬였다. 동정과 위로로써 지배인의 고통스런 마음을 따뜻이 해줄 수 없다는 것을 느낀 것이다.

"시당에서… 년로한 지배인 동무의 건강을 위해 한 조치일 겁니다."

"그 고마움을 이 늙은이가 왜 모르겠습니까. 알면서두 난 서운하고 불만스럽습니다. 죽음의 선고나 받은 것 같은 게 도무지 삭일 수 없군요. 물러설 때가 됐다는 걸 알면서두… 늙었다는 게 믿어지지 않습니다."

최현필은 강변길에서부터 엉켜 돌던 가슴 속 진정을 송훈에게 토로하고 나니 마음이 좀 개운해지는 듯싶었다.

"내가 지배인 동무를 잘 돕지 못했습니다. 몸을 돌보았더라면 아직 몇 해쯤 더 왕성하게 일 할 수 있었는데…"

"원, 비서 동무두… 그러구 보니 내가 제 늙은 죄를 비서 동무한테 씌웠군요."

"어찌겠습니까. 지배인 동무, 괴로운 일이지만 그런 신진대사 속에서 사회가 발전하는 게 아니겠습니까."

"옳은 말입니다… 내 그저 안타까운 심정을 하소해 본거지요, 후-"

최현필은 길게 달린 담배재(담뱃재)를 털고 나서 그때까지 불을 붙이지 않고 있는 송훈에게 내밀었다.

"아니… 난 피우고 싶지 않습니다."

송훈은 담배를 도로 주머니에 집어넣었다.

최현필은 의아쩍게(의아스럽게) 여기며 그를 건너다보았다. 순간 지배인은 그의 눈에 물기가 어린 것을 보았다. 코마루(콧마루)가 찡해났다. 송훈은 지배인의 해임을 두고 평온스레 말했지만 지배인과 헤어지게 된 것을 몹시 섭섭해 하고 괴로와한 것이었다.

복도 쪽에서 마진호 부기사장의 흥분한 웨침(외침)소리가 들려왔다.

생산과, 기술과, 계획과, 로임(노임)과… 등 로동행정부서와 생산기술 담당부서들이 차례로 있는 이 건물은 간벽을 얇게 막아서 조금만 큰소리를 쳐도 복도까지 들렸다.

욕설을 퍼붓는 소리는 점점 커졌으나 공명을 이루어서 알아들을 수 없었다.

'왜 저럴가?… 조용조용 원인을 구명할 수도 있잖는가.'

최현필은 송훈에게 걱정 어린 눈길을 건네고는 부기사장실 쪽으로 걸어갔다. 그러나 곧 돌아서더니 두 눈에 간절한 빛을 띠고 진지하게 물었다.

"비서 동무… 내가 해임되는 걸 공장에 알리겠습니까?"

"무슨 즐거운 일이라고 미리부터 말하겠습니까."

"그래주시오.…"

최현필은 간절히 당부하고는 복도 저 쪽으로 멀어졌다. 그 느릿한 걸음에는 평소와 다름없이 사업에 분망하던 지배인의 타성적인 모습이 엿보였다.

최현필은 손기척(노크)을 내는 둥하고 부기사장실의 문을 열었다.

뜻밖에 나타난 지배인을 보자 방안에 가득 들어앉은 사람들은 서둘러 일어섰다.

마진호 부기사장은 자기가 앉았던 의자를 지배인에게 권하였다.

아래 일군들의 사업 권위를 좀해서는 침범하지 않는 최현필은 원탁 옆의 빈 의자에 가 앉았다. 자기에 대한 변함없는 존경을 표시하는 보이라 사람들을 대하고 보니 어쩐지 눈시울이 후끈해나고 가슴은 조여들었다. 저열탄보이라를 끝내지 못하고 손을 떼야 하니 이들한테 단단히 빚을 지는 셈이다.

최현필은 잠시 어수선한 마음을 정돈하고서야 할 말을 찾았다.

"다들 앉소… 부기사장 동무, 계속하시우."

의자들이 삐걱거리는 분주한 소음이 가라앉자 방안은 물을 뿌린 듯 조용해졌다.

최현필은 사람들을 둘러보았다. 보이라운전 조작공들, 정수공, 수리공, 재처리공, 저탄장의 기중기운정공… 직접적이든 간접적이든 보이라와 관련이 있는 그들은 창문과 벽에 의자들을 바싹 붙이고 삐곡이(빼곡히) 앉아들 있다.

그들은 한결같이 고개를 나직이 떨구고 있었으나 주성칠 기관장만은 꿋꿋한 자세로 출입문 쪽 어딘가를 바라본다. 그는 원래 키가 작은 편인데 앉은키는 그렇지 않다. 큼직한 주먹코 밑의 두툼한 입술은 언제든지 열리지 않으려는 듯 자물쇠를 꾹 채웠다. 거칠고 어덴지 심술궂게 생긴 그가 칠 년 전에 재능 있는 수예사 처녀를 안해로 나꾸어(낚아) 냈다는 것은 믿기 어려울 지경이였다. 저런 우락한 사람이 어떻게 그 섬세하

32

고 아름다운 수를 놓은 처녀, 음성이 부드럽고 맑아 노래를 잘 부르던 유순한 처녀의 마음에 들었을가? 기타를 치는 솜씨 때문에?… 혹시 검질긴(끈덕진) 인내력으로 연약한 처녀를 굴복시켰는지도 모르지… 아니, 모름지기 처녀는 보이라와 같은 뜨거운 로를 다루는 사나이의 굳센 의지와 성실성에 마음 끌렸을 거야… 헌데 인젠 그 안해가 없으니… 불치의 병에 잘 못될 줄을 누가 알았으랴!…

최현필 지배인은 기관장이 안해를 잃은 후 여러 달 동안 그의 사생활을 별로 도와주지 못했다는 생각이 아프게 들었다. 하긴 어떻게 도와줄 방법도 없었다. 사랑이 열렬했던 만큼 마음속 상처도 깊은 것이였다. 그래서 일곱 살잡이(짜리) 어린 딸애를 할머니 집에 맡겨두고 합숙생활을 해온 그에게 벌써 다른 녀자를 권고할 수는 없었다.

"아무튼…"

마진호 부기사장의 퇴수증기 새는 소리 같은 류별난(유별난) 음성이 방안에 울렸다.

"누가 어쨌든지 간에 1호 보이라를 구워먹은 건 기관장 동무요!"

순간 기관장의 오른편에 앉은 열관리공 청년 승열의 얼굴에 벙글써(벙글어진) 미소가 돌았다. 천성이 익살군(익살꾼)인 그는 보이라를 구워먹었다는 말이 아주 그럴듯하게 생각된 모양이다.

이런 긴장하고 엄숙한 판에 경우 없이 웃음을 짓는 그를 금시 빨아들일 듯이 노려보고 난 마진호는 다시금 손세(손짓)를 쓰며 말했다.

"보이라에 기관장이 어디 두 사람이요?… 기관장 동무는 보이라의 모든 설비와 기술 관리와 열관리공들에 대한 책임을 졌단 말이요!"

성칠 기관장의 왼편에 앉은 눈까풀(눈꺼풀)이 얇고 처녀처럼 해사하게 생긴 열관리공 원국이는 부기사장이 손가락 권총으로 허공을 연신 찌르는 것을 호기심을 감추지 못하고 바라보았다. 그러다가도 손가락 권총이 자기에게로 향할 때는 위협을 느낀 듯 어느 결에 시선을 떨구는 것이였다.

"…도내 주민들의 식생활을 맡은 우리 공장에서는 보이라가 심장이요! 증기는 바로 그 심장에서 뻗어나간 혈관이나 다름없소. 이건 엊그제 첫 공민증(주민증)을 받고 공장에 들어온 어린 로동자들도 다 아오. 그런데 기관장 동문 공명심에 들떠서… 그렇소. 좀 지나친 데는 있겠지만 본질은 공명심이요!…"

마진호는 작업복 속에 입은 양복의 목 단추를 끌러놓았다. 몸이 나고 다혈질인 그는 조금만 흥분해도 숨이 가빠했다.

"…사실 동무가 가정적 슬픔도 있구…"

주성칠의 얼굴 근육이 경련을 일으키듯 푸들(크게 부르르 떨다)했으나 그것은 순간이였고 청동으로 부은 듯 움쩍도 하지 않았다.

"그렇지만 내 말 안하게 되였소? 십 년 나마(남짓) 보이라 일을 했다는 사람이 그게 폭발성 설비라는 걸 모르고?… 보이랄 장난감처럼 마구 주무르다니… 결과는 어떻게 되였소?… 열기사 정민 동무는 화상을 당했소."

마진호의 음성은 비애를 띠고 낮추(낮게) 울렸다.

"아직… 병원에선 소식이 없소… 기관장 동무… 어떻게 책임지겠소? 응! 말해보우. 보이라는 원래대로 고쳐 놓으면 되겠지만 젊은 기사의 앞길은…"

최현필 지배인은 천천히 일어섰다. 사람들의 시선이 일제히 그에게 쏠렸다.

"부기사장 동무… 말을 끊어서 미안하우. 그렇지만 병원에 간 녀석이 내 살붙이기 때문에 말하는 거요. 그 녀석의 장래 문제는 애비인 내가 알아 할 일이니 이 회의엔 상관없는 것 같소. 있다면 보이라 담당기사루서(로서) 일을 쓰게 못한 그 점일 거요."

방안은 숨소리조차 들릴 듯 고요한데 지배인의 갈린 음성은 두간두간 (일정한 동안을 두고 사이사이) 끊어졌다.

"일을 하다가 제 목숨을 잃은들 아까울 게 뭐 있겠소… 성공을 못하구 그렇게 된 게 가슴 아프지… 그러니 정민이가 얼굴에 흠이 나든 병신이 되든… 이번 사고는 보이라 담당기사루서 응당한 책임을 져야 할 거요."

최현필은 방안을 천천히 둘러보고 나서 마진호를 못마땅한 눈길로 내려다보았다.

"그리구… 부기사장 동무는 보이라에 저열탄을 때려는 기관장 동무의 일 욕심을 잘못 평가했소. 공명심이라니!… 지나쳐도 아주 지나쳤소."

마진호는 태연한 표정으로 머리를 쓸어 넘기였다.

그러나 사람들은 부기사장이 불만스런 감정을 꽉 누르고 있다는 것을 직감하고 있었다.

최현필 지배인은 사람들 앞에서 부기사장의 인격과 권한과 견해를 묵살하는 것이 마음에 걸렸지만 한 일군의 감정보다 저열탄보이라가 가져다줄 공장의 전망적 리익(이익) 문제를 생각하고는 부기사장의 태도를 외면해 버렸다.

"내 일어섰던 김에 좀더 말합시다. 난 여기 모인 동무들이 오늘 이 회의를 왜 하는지 알아야 한다고 봅니다. 어느 누구한테 책임을 추궁하고 닦아세우고(꼼짝 못하게 휘몰아 나무라고) 처벌을 주고… 하자는 법적 성격을 띤 회의인가?… 그렇지 않을 것입니다. 우린 이 회의를 통해서 사고의 기술적 원인을 알고 그걸 교훈으로 삼아서 또 분발해야 할 것입니다. 그런 의미에서 다들 자기 생각을 털어놓읍시다. 거 창턱 밑에 앉은 동무가 누군가?… 문을 활 열어놓소."

어둠 속에서 기다렸다는 듯 훈훈하고 서늘한 밤 대기(공기)가 밀려와 땀 내와 숨 내로 어지러워진 방안 공기를 몰아냈다.

사람들은 가벼이 술렁거렸다. 침울했던 얼굴들은 뽀잇한(색깔이 은근하게 조금 뽀얀 듯한) 거울을 닦은 듯 맑아졌다. 그들은 자리를 고쳐 앉으며 옆 사람에게 소근 거리기도 하고 웃음을 짓기도 했다.

승열은 몸을 좀 움직여보지 않겠느냐는 듯 성칠 기관장의 옆구리를 슬며시 건드렸다. 그러나 기관장은 절간의 돌부처와도 같이 움쩍도 하지 않았다. 부처는 맹목적으로 엄숙하고 피가 흐르지 않는 랭랭(냉랭)한 얼굴이지만 성칠의 굳어진 표정에는 말 못할 호소와 고통이 구름 낀 하늘처럼 비껴(담겨) 있었다. 구름 낀 하늘은 어둡고 침울하지만 번개와 우뢰를 품고 있다.

4

회의는 끝났다.

사람들이 다 나가고 지배인과 부기사장만이 약속이나 한 듯 자리에 앉아 있었다.

마진호는 기분이 상해서 담배를 꺼냈으나 지배인을 얼핏 건너다보고는 도로 주머니에 쑤셔 넣었다. 그는 아버지벌(뻘)이 되는 지배인 앞에서 담배 피우기를 삼가 했다.

최현필은 앞 상에 다가와 앉았다. 푸수한(수더분한) 얼굴에 서글서글한 미소를 지으며 말했다.

"부기사장, 아깐 내가 좀 과하게 말했지?… 속이 내려가지 않으문 지금 터놓으라구."

"!…"

마진호는 어느덧 우울한 낯빛을 가시고 아버지벌이 되는 지배인을 처음 보듯 바라보았다.

넓은 이마에는 밭고랑 같은 주름이 푹 패였다. 그것은 얼굴 우에 높직이 자리 잡고서 오랜 세월 인간생활의 맛들을 다 봐서 피로한 듯 꿈틀거린다. 흰 장마가 돋은 눈섭 밑에는 그물 같은 실주름에 둘러싸인 눈확(눈구멍)이 깊어지고 광대뼈가 두드러졌다. 우무러든(오므라진) 볼편(볼을 이룬 부분)의 살결은 윤택이 없고 마른 입술에는 까풀(얇은 껍질)이 일었다.

"지배인 동지… 몸을 좀 돌보십시오. 금년에 들어오면서 주름살이 더 늘고 수척해진 것 같습니다."

"세월이란 흔적을 남긴다네."

"제가 대학을 나와 기사로 배치됐을 때만 해두 지배인 동지는 머리가 검었구 얼굴에 혈기가 넘쳤는데…"

"오래 전 일이지, 자네 아버지가 사망한 다음 해였으니까… 참 운명이란 묘한 데가 있거든. 내가 두어 군데서 지배인을 하다가 수산물가공 공장에 오니까 당 비서인 자네 아버지가 나를 맞아주지 않겠나."

"우리 고향은 참 좋았습니다. 바다가 있구 흰 모래불과 솔숲이있구…"

"좋은 항구도시지."

지배인은 수긍했다.

"이 산간도시처럼 저질탄이란 게 없었지요. 집에서두 기름기가 반들거리는 알쭌한(알짜로 이루어져 실속 있는) 고열탄만 때지 않았습니까."

"…"

최현필은 대답하지 않았다. 그는 부기사장의 이런 대비가 마음에 들지 않았으나 그런 것은 더 생각할 겨를이 없이 감회 깊은 추억에 빠지고 말았다.

마운학… 그는 최현필이와 함께 왜놈들의 협궤철도부설공사장에서 긴 통나무 베개를 나란히 베고 자며 갖은 고생을 해온 친우였다. 최현필이 '불목두기(불 때는 잡일꾼)'로 화부 일을 할 때 마운학은 부두에서 짐군(짐꾼)으로 일했다. 해방의 그날엔 둘이 아이들처럼 잔파도가 일렁이는 모래불에서 얼싸 부둥켜안고 딩굴었고 가없이 푸른 수평선 저 멀리로, 자유로운 바다로, 힘자라는(힘이 미치는)껏 혜염(헤엄) 쳐나갔다. 전쟁의 불구름이 그 자유로운 바다 우에 밀려왔을 때 운학은 총창을 거머쥐고 전선으로 나갔고 현필은 공장 로동자들을 묶어 세워 전시생산의 간고한 나날을 보냈다. 전후에도 그들은 오래동안 항구도시의 솔밭마을에서 가까이 살았다.

"자네 아버지는 농마국수(감자로 만든 국수)를 무던히 좋아했지. 농마국수를 누르지 않았다면 우리 집에 오지도 않았으니까."

최현필은 깊은 감회에 잠겨 담배재가 저절로 떨어지는 줄도 모른다.

마진호는 답답해 났으나 이런 경우 젊은 사람은 늙은이에 대한 존경심으로부터 순응과 인내성을 보여야 한다고 생각하고는 잠자코 앉아 있었다.

그러나 얼마 후 최현필의 손에 낀 담배 가치에는 떨어진 것 만한 재가 또 달렸다.

마진호는 저으기 화가 났다. 사람이 늙으면 때 없이 잡념에 빠지기 마련인 모양이다.

"지배인 동지… 사업 이야기나 하는 게 어떻습니까?"

"그래… 음, 그러자구."

최현필은 비로소 현실로 돌아온 듯 담배꽁초를 재떨이에 비벼 껐다.

생산의 정상화, 그것이 화제의 중심으로 되였다.

"부기사장 동무, 지난 주간에 우린 생산을 높은 수준에서 정상화하라는 당의 방침을 원만히 관철했다구 말할 순 없소. 통털어(통틀어) 주 생산계획은 그럭저럭 했어도 일별로 그라프를 그리면 굴곡이 심하오."

"원인은 보이라에 있었습니다. 증기 생산에 파동이 생기구 전문과 물엿 생산이 순탄치 못하니 다음 공정들이 그대로 꼬리를 물게 마련이지요."

"난 거기에만 원인이 있은 것 같지 않소. 요즘 설비기술 관리를 소홀히 하고 있소. 물엿정체기와 강냉이 로라분쇄기가 고장 난 게 그걸 말해 주고 있소."

"수리는 인차(곧바로) 했지요."

"어쨌든 부기사장 동문 설비기술 관리 문제를 중시해야겠소. 그리구 보이라는… 내가 나가보겠소."

최현필은 흔연히 말을 이었으나 속은 어두웠다. 한쪽에서 여전히 저열탄보이라 개조를 하면서 석대의 보이라로 생산증기를 원만히 보내자면 긴장하게 짜고 들어야 했다. 어느 부분이라도 고장 나면 여유가 없는 증기는 곧 압이 떨어지게 되고 생산에 지장을 받게 된다. 엷은 얼음을 타고 강을 건너는 일이지만 방도는 그것밖에 없다. 이제라도 부기사장이 마음먹고 나서면 전진이 있을 텐데… 최현필은 은근히 기대를 가졌으나 그의 입에서는 다른 말이 나왔다.

"탄문제가 기본이라고 생각합니다. 저탄장에 고열탄이 넉넉지 못합니다."

"래번 주일(다음 주일)에 이 달 분의 한 차량을 마저 받으면 될 거요."

최현필은 퉁명스레 말했다.

"좀더 들여다 쌓아서 푼푼(거리나 넓이, 길이나 너비, 부피나 무게 따위가 일정한 크기보다 조금 남는)해야지요. 장마철에 갑자기 철도 수송이 제대로 안 되면… 작년에 우리가 얼마나 골탕을 먹었습니까."

"부기사장, 그래서 어떻게 하든 보이라가 저열탄을 먹자는 게 아니요."

최현필의 어조는 단호했다.

마진호는 입을 다물었다. 지배인과의 언쟁은 소용없는 일이였다. 그의 견해를 돌려세운다는 건 수탉이 알 낳는 것만치 힘들다는 걸 알면서도 혹시나 하여 가끔 사업에서 반대 의견을 내놓아 보는 것이다.

마진호는 잠자코 지배인의 이마에서 고집스레 꿈틀거리는 주름살을 지켜보았다. 그 주름살이 지금처럼 고집 센 황소가 갈아 놓은 밭고랑 같지 않고 가늘게 자리 잡혔을 때… 오십 고개를 갓 올라선 그 나이 때만 해도 지배인은 사업에서 신축성이 있었다. 자기의 구상과 결심을 전개력 있게 내밀면서도 아래 일군들의 의견에 귀를 기울였고 참고가 아니라 사업을 변경시킬 때가 더 많았다. 지배인의 권위와 자존심보다도 사업을 더 존중히 여겼다. 그래서 지배인은 직장장들과 과장들로부터 깊은 존경을 받았다. 그때 마진호는 지배인을 얼마나 신뢰했던가. 소년 시절의 추억 속에 가정과 아버지의 다정한 친구로, 인정 많은 사람으로 깊이 새겨져 있는 지배인, 대학을 졸업하고 지배인을 다시 만났을 때 마진호는 진정 기뻐했다. 사회생활의 첫걸음을 떼는 그에게서 지배인의 말은 귀중한 것이었다. 공장생활에서, 기술과의 사업에서… 별로 탈선 없이 사람들의 신망을 얻으며 발전의 곧은 길을 걸어온 데는 지배인의 조언이 그림자처럼 따라다녔기 때문이라고 누가 말해도 진호는 부정하지 못할 것이었다.

그러나 세월이 흐르고 시대의 수레는 멈춤 없이 앞으로 굴러갈 때 공장의 모습이 변하는 것과 같이 최현필 지배인의 모습도 변해갔다. 공장은 중장해지고(커지고) 생산이 늘고 사람들이 많아지고 기술이 높아졌지만 풍채 좋던 지배인은 주름살이 거미줄처럼 늘어서 얼굴의 구석구석에 초췌한 모습이 나타났고 잔소리가 많아지고 괴벽스런(괴팍스런) 고집은 류행(유행)에 뒤떨어진 옷과도 같은 낡은 경험 속에서 더욱 자라났다. 그런 옷을 입지 않으려는 마진호나 젊은 공장일군들의 불만과 반발은 가지를 뻗쳐 지배인의 사업에 그늘을 지웠다. 지배인은 신축성이 없어지고 신경은 예민해졌고 언성이 높아졌다.

그리하여 마진호의 가슴 속에서 지배인에 대한 신뢰, 존경, 복종의 감정은 봄눈처럼 어찌할 수 없이 스러져갔다. 그 대신 동정과 선망의 눈으로 늙어가는 지배인을 보게 되었고 차츰 년장자(연장자)로서 직책상으로서의 실무적 존대만 하게 되었다.

마진호는 자신의 그런 태도를 스스로 량심(양심)과 의리 없는 소행으로 자책했으나 그때뿐이고 어느 결에 또 지배인을 불만스레 별치 않은 존재로 대하게 되는 것을 어쩔 수 없었다. 저열탄보이라 문제는 마진호의 그런 관점을 굳어지게 했고 그늘진 량심과 의리에 타당성을 부여해 주었다. 지배인의 완고성, 고집과 독단이 보이라 사고를 초래하고 결국은 친아들을 병원에 실어간 것이다. 생산에 막심한 파동을 주고 있는 지금에도 지배인은 여전히 기술적 확신이 내다보이지 않는 저열탄보이라에서 물러나지 않는다. 왜 그럴까?… 주민들의 식생활을 책임진 곡산 공장이 중요하기 때문에 국가에서 고열탄을 공급해 주는 게 아닌가! 보이라가 시 안전부에서 중시하는 폭발성 설비라는 걸 모른단 말인가! 그 나이에 지배인을 하면 얼마 더 하겠다고 위험천만한 일에 발 벗고 나서는가?

마진호는 끓어오르는 불만을 터쳐 놓고(쌓였던 감정을 갑자기 풀어놓고) 싶었지만 꾹 참았다. 그러지 않아도 아들의 불상사로 마음속에 재가 찼을 지배인을 더 괴롭히지 말아야 하는 것이다. 그러자 어쩐지 측은한 생각이 들었다.

"지배인 동지가 보이라에 나가시면 건강이 퍽 상할 겁니다."

"난 아직 단단하네. 그까짓 파편 상처가 뜨끔거리는 덴 습관이 됐어."

"나이를 고려하셔야지요."

"나이?… 그게 보이라와 무슨 상관인가?"

"…"

"음… 말년에 과오를 범한다는 소리야 아니겠지?"

"…"

"내 나이를 동정해 줄려거든 저열탄을 땔 수 있게 도와주게."

최현필은 푸접 없이(붙임성 없이 쌀쌀하게) 말을 던졌다.

5

습기를 머금은 바람이 우수수- 소리를 내며 캄캄한 구내공원 숲을 휩쓸고 지나갔다. 비방울(빗방울)이 나무 잎사귀들에 든다.

비줄기(빗줄기)가 후두둑 하고 최현필의 침울한 얼굴에 뿌려 쳤다. 마른 흙먼지 냄새가 풍긴다.

운수과 쪽에서 '갱생' 승용차가 전조등을 밝히고 달려와 멎었다.

최현필은 차에 탈 념(생각)을 않고 불빛이 환한 공장의 모습을 이윽히 바라보았다. 밤교대에 들어간 전분, 물엿, 탕과직장들을 돌아보지 못했다는 생각이 불쑥 들었다. 모름지기 거기에는 지배인의 잔소리와 일깨움이 필요한 구석이 있을 것이다. 귀 익은 웅글은(굵게 울려나오는) 공장소음을 듣느라니 평소보다 일찍 퇴근하는 자기가 손님처럼 느껴졌다. 인제는 공장의 세대주가 아니여서 미진한 일들을 두고 꺼림 없이 퇴근하는 것이 아닌가? 반나절 사이에 벌써 맥(기운)을 놓고 수십 년 동안 체

44

질화된 습관조차 손쉽게 잊어버리다니… 스스로 가책을 느낀 그의 마음은 커다란 바위를 얹은 것 같아서 좀처럼 승용차 쪽으로 발길이 떨어지지 않았다.

"지배인 동지…"

허우대 큰 운전사인 길수가 조심스레 재촉했다.

"병원에 빨리 가십시다. 밤에는 면회를 시키지 않습니다."

최현필은 한참이나 량심의 가책을 모질게 받고서야 승용차에 들어앉았다.

'갱생'은 공장 정문을 나서자 포장길을 살(화살) 같이 달렸다.

퇴근할 때문(때면) 운전사와 이것저것 운수과의 일들을 이야기 나누군 하는 지배인이였건만 지금은 묵묵히 시창(밖을 내다볼 수 있는 창)만 바라본다. 하루 동안에 너무나 충격적인 일들이 그의 어깨를 짓누른 것이다. 세월의 철리(아주 깊고 오묘한 이치)를 거역할 수 없는 자신의 운명, 외아들의 불행, 살붙이나 다름없는 보이라의 사고, 저열탄을 때려고 하지 않는 부기사장의 끈덕진 태도, 순탄치 못한 공장의 생산정상화 문제… 그것들이 뒤엉킨 가슴은 납덩이를 품은 듯하였다.

'갱생'은 어느덧 시 병원 앞에서 멎었다.

외등이 비치는 병원은 고요하였다.

병원 접수실 안에 얼음을 닦아 만든 듯 차거운 흰 테 안경을 쓴 당직의사가 졸음이 오는지 고개방아(고갯방아)를 찧다가 인기척에 놀라 퍼뜩(언뜻) 얼굴을 쳐든다.

"선생님, 환자를 좀 만나볼 수 있습니까?"

최현필 지배인은 흥분을 누르며 물었다.

"손님두… 지금이 몇 십니까? 면회는 못합니다."

"곡산 공장에서 입원한 사람인데…"

"아, 그 보이라 사고로 다친 기사 말입니까?"

당직의사는 표정이 상냥해졌다.

"그렇습니다. 내가 공장 지배인입니다."

"왜 낮에 오시잖았습니까. 병원 질서도 아실 텐데."

"두루두루 일이 바쁘다나니 그렇게 되였습니다."

"공장 종업원의 생명과 관련된 일만큼 중요한 게 있습니까."

당직의사는 안경을 벗어 닦으며 랭정한(냉정한) 훈계조로 말했다.

이제까지 잠자코 있던 길수가 접수구에 얼굴을 쑥 들이밀었다. 그는 지배인이 황급히 팔소매를 잡아당기는 것도 아랑곳 않고 퉁명스레 말했다.

"이 분은 그 환자의 아버님입니다."

"?!…"

당직의사는 서둘러 안경을 끼고 일어섰다. 출입문을 열어주며 미안한 듯 부드럽게 말했다.

"지배인 동지, 어서 들어오십시오."

당직의사는 최현필을 약 냄새와 정숙이 깃든 길다란(기다란) 복도로 안내했다. 한 입원실에 들어서자 당직의사는 속삭이듯 조용히 말했다.

"환자가 잠이 든 것 같습니다."

최현필은 침대로 다가갔다. 붕대를 하고 고요히 누워 있는 아들의 얼굴을 보자 가슴이 한꺼번에 무너져 내리는 것 같았다.

"어깨와 얼굴에 타박상과 화상입니다. 그렇지만 제때에 입원시켜서 치료 결과도 좋을 겁니다."

당직의사가 여전히 귀속말(귓속말)로 지배인을 위로했으나 그 목소리는 어덴가 먼 곳에서 들리는 듯싶었다. 눈앞이 뽀잇해지면서 어지럼증이 일었다. 삶의 전부가 밑뿌리 채 빠져 넘어지는 것 같은 공허와 절망이 가슴을 꽉 채운다. 현실의 감각을 잊어버린 머리속에서 삼십 년 전 추억의 토막이 별찌(별똥별)처럼 떨어진다. 아득한 그 시절, 나무잎에 황이 들던 가을날… 네 번째 자식도 딸을 낳았을 때 안해 윤씨는 딸 많은 집 설음(서러움)이 과부설음 다음간다고 얼마나 서럽게 울었던가… 그러나 최현필은 맏딸이 올려온 뜨거운 미역국을 안해 앞에 당겨 놓으며 호방하게 말했었다. "여보, 꼭 아들이라야 맛인가. 딸부자두 좋지. 이 담에 아들 삼아 사위들을 두면 딸두 많구 아들두 많아 좋을 게 거던." 그렇게 마음을 푸순하게 너그러이 가졌기 때문인지 두 해가 지나서 방치돌(다듬잇돌) 같은 아들을 보았다. 막내자식이자 외아들이였고 부모의 온 넋을 독차지한 귀염둥이였다…

최현필 지배인은 아들의 싸늘한 손을 한참이나 어루만졌다. 그러더니 곧 일어섰다. 의아쩍어 하는 당직의사를 뒤에 남기고 입원실을 나왔다. 아들이 깨나면 말라터진 입술 사이로 신음소리를 낼가 두려웠고 그렇게 되면 심장이 더 견딜 것 같지 않았던 것이다.

희붐한 병원 복도에 지배인의 구부정한 긴 그림자가 천천히 움직였다. 납으로 주조한듯이 무겁고 뻣뻣한 다리로 대리석 층계를 위태롭게 내려디디고 접수구를 지났다. 운전기사가 지배인을 부축하려 했으나 그는 혼자서 아까보다는 기운 있는 걸음으로 병원 울타리 곁에까지 걸어갔다. 또 멈춰 선다. 아무래도 발길이 떨어지지 않는지 창가림(커튼)을 드리운 입원실의 푸름한(푸르무레한) 창문들을 이윽히 올려다본다.

'정민아… 맘을 굳게 먹어라. 중상이래도 넌 견딜 게다. 그래서 건강한 몸으로 일어나거라. 넌 이 아버지가 못한 저열탄보이라를 완성해야지 않겠니.'

최현필은 고개를 떨구고 병원 정문을 나섰다.

운전기사가 차문을 열었다.

"길수, 난 걸어가겠어. 집두 멀잖은데… 밤이 서늘하구만."

"비가 옵니다."

"지나가는 비요."

최현필은 걸으면서 별 하나 없는 캄캄한 하늘을 올려다보았다. 얼굴에 찬비를 실컷 맞고 싶었으나 비발(빗발)은 여전히 성글었다.

그는 집에 있는 늙은 안해가 오늘 아들이 당한 일을 모른다는 게 천만다행스러웠다. 알았다면야 윤씨는 벌써 공장에 달려왔을 것이었다. 하긴 누가 그런 불행한 소식을 새처럼 가볍게 날아가 전해줄 것인가.

'정민이가 안 오는가고 물을 텐데 뭐라구 한다?…'

최현필은 줄곧 궁리를 짜내며 교외의 밤거리를 낯선 손님처럼 느직느직 걸어갔다.

'그래, 다른 공장에 보이라 설계를 뜨러 며칠 출장갔다구 하지.'

아빠트(아파트) 창문들에서는 텔레비죤(텔레비전)의 푸른 불빛이 흘러 나왔다. 무슨 재미있는 체육경기를 하는지 아래층 창문에서 '야!-' 하고 아쉬운 탄성을 지르면 곁따라 웃층에서도 소리를 질렀다. 그 다음엔 폭포수와도 같은 웃음소리가 창문들에서 흘러나와 거리에 차 넘친다.

즐거운 노래의 한 소절 같은 그 웃음소리는 최현필의 어둡고 침울한 가슴을 스느럽게 적셔주었다.

그러자 어쩐지 여느 때는 범상하게 지나가던 자리가 류다른(유다른) 감상을 자아낸다. 십여 년 전, 이곳에서 일하던 나날이 섬광처럼 떠오른다. 이 교외거리의 즐비한 아빠트 기초에도 지금은 3층 창문에까지 가지를 뻗친 가로수들의 어린 묘목에도 그는 소금이 밴 땀을 심었다.··· 아이들의 웃음이 노래처럼 들리는 거리, 길바닥에 깔린 조그만 포장돌들도 가슴 부푸는 긍지를 새겨주는 거리이다.

최현필은 아빠트 사이에 끼운 맥주집 옆에서 걸음을 멈추었다. 출입문 이마 우에는 두 줄기의 초록빛 네온등바다, 흰 거품이 넘어나는 맥주고뿌, 갈매기, 얼음보숭이(아이스크림)로 장식한 멋들어진 간판이 마음을 유혹한다.

'한 조끼 마시구 갈가?··· 가슴두 시원해질 거구···'

생각을 꺼내기 바쁘게 발은 돌계단을 올라서고 몸은 출입문 안으로 들어선다.

맥주집 안은 담배 연기와 말소리, 웃음소리, 맛을 분간키 어려운 복잡한 냄새가 가득 찼다. 사람들마다 자기 공장들에서 묻혀온 독특한 체취가 혼합된 그 미묘한 냄새는 나무방통에서 갓 뽑아낸 신선한 맥주에 미리부터 도수를 첨가해주는 듯싶었다.

최현필은 어느 식탁으로 가야 할지 몰라 두리번거렸다.

"아- 지배인 동무!"

창문 쪽 식탁에 앉은 손님이 그를 향해 만세나 부르듯 팔을 내흔들었다.

"여기로 오시오. 자리가 있습니다."

대머리에 얼굴이 넙적하고 풍채 좋은 오십 대의 사람이였다. 어데선가 본 듯싶기도 하고 영 낯선 손님 같기도 했다. 최현필은 그의 호의에 마음 끌려 다가갔다.

손님은 최현필에게 맥주 조끼를 밀어 놓았다. 퍼그나(퍽이나) 마셨는지 얼굴과 벗어진 이마에 맥주 기운이 벌겋게 살아 올랐다.

"지배인 동무, 날 모르겠습니까?"

"모르겠는데요.…"

"도 림업(임업)총국에 있습니다. 처장사업을 맡아보는 지 두어 달 됩니다."

접대원 처녀(여자 종업원)가 맥주 두 조끼와 마른 명태를 식탁에 놓고 갔다.

최현필은 맥주 고뿌를 거머쥐고 천천히 마시면서 의문스런 눈길로 상대방을 건너다보았다.

"난 저번 도당강연회 때야 지배인 동무를 알아봤습니다. 찾아 간다간다 하면서 짬을 못 냈지요."

"?…"

"54년 봄에 항구벽돌 공장을 복구하던 일이 생각납니까?… 그때 내게 송기떡(소나무 속껍질을 찧어 만든 떡)을 나눠줬지요?"

"!!…"

최현필의 눈시울이 쪼프려졌다(작아졌다). 엄혹한 그 시절에 패였을 이마의 주름살들이 미간으로 모여들었다. 어찌 잊을 수 있으랴. 허리띠를 졸라매고 재불(잿불)을 헤치며 기초를 파고 벽체를 쌓던 그 어려운 시절을!… 폭격에 무너진 벽체 곁에서 그와 함께 땀을 철철 흘리며 목고(목도)를 메던 청년, 점심을 못 싸와서 나무 밑에 혼자 외롭게 서서 비를 긋던 젊은이, 안해 윤씨가 먼 산을 헤매서 벗겨온 송기로 밤새 절구에 찧어 만들어준 떡, 어린 딸들에게도 넉넉히 못 차례진 송기떡.

"처장동문 그닥 늙지 않았소."

"뭘요, 단풍이 다 들었는데요."

"그럼, 난 락엽(낙엽)이구만. 허허."

"지배인 동무, 난 그때 송기떡이 지금의 이 찰떡보다 더 맛있었습니다."

최현필은 맥주 조끼를 천천히 내려놓으며 점잖게 대답했다. 어쩐지 그런 하찮은 일을 가지고 큰 은혜를 입은 듯 소란스레 구는 것이 마음에 들지 않았다.

"지배인 동무, 공장에서 무슨 좋지 않은 일이라도 생기지 않았습니까?…"

"그렇게 보이우?"

"맥주집에 들어오는 사람이 밝은 얼굴로 들어오지 못하구 이십 년 전의 인연 깊은 사람을 보구두 심드렁하니 묻지 않을 수 있습니까?"

"!…"

"하긴 지배인한테야 일이 더미지요. 좋은 일, 아니면 그렇지 못한 일을 기관차가 차량들을 끌고 다니듯이 늘 무겁게 달고 다녀야 할 겁니다. 도대체 일에서 벗어난 지배인은 지배인이 아니지요."

처장은 넙적한 얼굴에 리해와 아량의 미소를 지어보였다.

최현필은 호의적인 이 옛 친구를 고마운 눈길로 건너다보았다.

'그래, 난 기관차처럼 끌어왔어두 오늘 짐은 다 부리지 못했지. 내 어깨에 실린 짐만 무거운 줄 알구… 사고의 책임을 걸머진 성칠은 통 잊어버렸구나… 성칠이가 오늘 딸애를 데려온다구 했지.'

최현필은 맥주 조끼를 입에 가져다 댔으나 입술에는 누르스름한 액체의 쩡한(정신이 번쩍 들 정도로 자극이 심한) 맛이 느껴지지 않았고 더 마시고 싶지도 않았다. 맥주집 안에 들어찬 소음, 흥취는 자기와는 인연이 먼 것으로 생각되였다. 마음은 벌써 썰렁하고 어수선할 기관장의 집에 가 있었다.

최현필은 맥주 조끼를 내려놓고 일어섰다.

처장은 눈이 둥그래서(둥그래져) 마주 일어섰다.

"아니, 한 조끼도 채 마시지 않구 갑니까?"

"미안하우. 함께 마셨으면 좋겠는데…"

처장은 식탁을 삥 돌아서 최현필 앞에 다가서더니 은근한 어조로 말했다.

"지배인 동무, 며칠 내로 공장에 찾아가겠습니다."

"오시오."

처장의 얼굴엔 열적은(멋쩍은) 미소가 번져 올랐다.

"사실은… 뭘 좀 해결 받으려고…"

"뭔데?"

"'고급' 자가 붙은 걸루 말입니다.… 림산 사업소들에 출장은 자주 나가다보니…"

최현필은 이마살(이맛살)을 찌프리였다(찌프렸다). 굵은 눈섭 밑에서 혐오의 눈길이 번뜩였다. 울대뼈가 씰룩거린다.

"취했소?"

"취하다니? 원, 지배인 동무두… 청량음료에 취하겠소?"

최현필은 묵묵히 주머니에서 맥주값을 꺼내 탁자에 놓았다.

"아, 지배인 동무…"

처장은 몇 걸음 다가서며 섭섭한 표정을 지었다.

"물러서시오. 그런 일이라면 할애비라도 반갑게 맞아들이지 않겠소."

"!…"

출입문 쪽으로 가던 최현필은 몸을 돌리고 오금을 박았다.

"처장 동무, 우리 공장 제품은 송기떡처럼 둘이서 나눠 먹는 게 아니요. 인민들과 골고루 나눠 먹는 거란 말이요."

"!…"

최현필은 기분을 잡친 책임이 맥주집 출입문에 있기라도 하듯 쾅 닫았다. 한시바삐 대머리 옛 '친구'와 멀어지고 싶었다.

최현필은 길가의 공원 잔디밭과 줄나무들을 꿰질러 한참 걸어서야 기관장의 집으로 가는 길에 들어섰다. 눅눅한 바람이 불어와 그의 얼굴에 비방울을 뿌리였다. 점점 비살(빗살)이 선다. 옷이 축축이 젖어든다.

6

'흠, 내게 공명심이 있다구?!… 제가 나를 몰라서 그런 소리를 하다니…'

주성칠 기관장은 노기를 삭이지 못해 우뚝 걸음을 멈추었으나 자신이 아무런 항변도 할 수 없다는 막다른 처지라는 것을 깨닫고는 맥없이 발을 뗐다. 정민 기사만 그렇게 되지 않았어도 사고심의회의에서 부기사장과 대드리판(크게 싸움)했을 것이였다. 비록 공장 사람들과 열관리공들이 그와 마진호가 오래동안 합숙의 한 호실에서 막역한 사이로 지냈고 단둘이 있을 때나 술좌석에선 '너', '나' 하고 걸죽한(걸쭉한) 롱(농)까지 피우던 사이라는 걸 다 안다고 해도, 비록 그 우정이 깨진 사발이 되거나 새끼 오리처럼 언제나 비탈려만(조금 비틀려만) 나간다 해도 저열탄보이라와는 바꾸지도 양보하지도 않을 것이었다.

멀리서 비치는 낯익은 아빠트, 자기 집 창문의 정다운 불빛을 보자 성칠은 삽시에 공장에서 당한 그 모든 심리적 충격을 가뭇 잊고 허둥지둥 걸었다.

다섯 달 전에 불치의 병으로 안해가 사망한 날부터 줄곧 그는 합숙에 있었다. 오늘 처음 그동안 비였던(비었던) 집에 불을 때였고 일곱 살 잡힌(먹은) 딸애를 할머니한테서 데려왔다. 어린 딸은 제 집에 오자 순진한 설음이 어린 큰 눈을 슴벅거렸으나 어머니를 찾지는 않았다.

'저녁밥을 옆집에 부탁했었는데 순애가 혼자 먹고 잘가…'

성칠은 근심스레 중얼거렸다. 이제부턴 딸에게 살뜰한 아버지로서만이 아니라 어머니의 다심하고(여러 가지로 마음을 기울이고) 뜨거운 애정까지 기울여야 하는 것이다. 성칠은 자기가 더는 그 전처럼 일이 끝나고 집에 들어가면 아늑하고 행복스런 가정적 분위기에 잠길 수 없으리라는 것을 새삼스레 깨달았다.

전에는… 성칠이가 때로 공장에서 기분 상한 날이면 안해는 그의 얼굴만 보고도 알아차리고 얼마나 따뜻하고 부드럽게 맞이해 주었던가. 딸애의 애무가 끝나고 구미에 맞게 료리(요리)한 푸짐한 저녁을 치르고 난 뒤면 그는 기타를 그러안고 선률(선율)을 골랐다. 그는 얼굴이 거칠고 우둘지게(우락부락한 맛이 있거나 큼직큼직하게) 생겼지만 정서적이고 느린 곡을 좋아했다. 안해는 화음이 잘 되지 않아 눈섭을 찡그리는 남편을 정겹게 지켜보다가는 뜨개질감에 얼굴을 숙인 채 조용히 노래를 불렀다. 그럴 때면 딸애는 아버지와 어머니의 명상에 잠긴 얼굴을 번갈아 바라보면서 자기가 도저히 외울 수 없는 그 복잡하고 포근한 선률에 귀를 기울이다가는 혼곤히 잠드는 것이었다.

그러나 인제는 딸애의 동요 시절을 달콤한 푸른 꿈으로 풍만히 채워주던 그 상냥스런 노래는 없다.

성칠은 딸의 잠을 깨우지 않으려고 살며시 문을 열고 방안에 들어섰다.

순간 '아버지!-' 하는 기쁨에 떨린 목소리가 울리고 딸애가 미끄러지듯 달려와 그의 품에 안겼다.

"오, 우리 순애!⋯ 혼자서 무섭지 않던?"

"아니⋯ 옆집 아줌마가 와 있었어."

성칠은 딸애의 류다른 차림새에 눈이 갔다. 안해가 쓰던 들국화 무늬가 박힌 수건을 어머니처럼 숱 많은 머리가 이마 우에 살풋이 드리우게 썼다. 큼직한 앞치마는 딸의 작은 몸을 한 벌 감쌌다. 오뚝한 코며 륜곽이 또렷한 조그만 입술, 검은 동자가 큰 서늘한 눈매⋯ 꼭 제 어머니를 닮아서 성칠은 코허리가 시큰해진다.

딸애는 아버지의 가방을 받아서 책상 우에 가져다 놓고 밥상을 차리기에 분주하다. 부엌에서 밥이며 국이며 찬들을 재빨리 날라 온다. 국이 따가와서 손으로 두 귀를 잡고는 아버지를 보며 웃군 한다.

"내가 좀 나르자꾸나."

"아버지 가만 앉아. 내가 다 할게."

딸애의 소원이 눈에 가득 어려 있어서 성칠은 올방자(책상다리)를 틀고 잠자코 앉았다.

"웬걸 이리 요란스레 차렸니?"

"밥은 탔어… 국은 옆집 아줌마가 끓이구. 무우장아찌두 아줌마가 만들구… 닭알지짐(달걀부침)만 내가 지졌어."

"용쿠나. 난 순애가 이런 걸 다 할 줄은 꿈에두 생각 못했다."

"어머니한테… 아니야, 할머니한테서 배웠다."

딸애는 황급히 눈섭을 내리깐다. 그리고는 앞치마로 조그만 무릎을 가리고 앉아서 이따금 코를 훌쩍거리며 숟가락질을 한다.

성칠은 금방 눈물이 튀여나올 듯싶어 시선을 돌린 채 수저를 들었다. 그 무엇이 목구멍을 훑으며 넘어갔다. 그는 딸애가 밥을 맛있게 다 먹도록 느직느직 수저만 붙들고 있었다.

"잘 먹었다. 탄 밥두 맛있구나."

"아버진 절반도 안 잡숫구."

"오다가 아버지 동무들과 청량음료점에서 먹었댔지."

문득 딸애가 생각난 듯 물었다.

"아버지."

"응?"

"새 보이라 만드는 거 다 됐나?"

"네가 그걸 어떻게 아니?"

싱칠은 서으기 놀라 되물었다.

"옆집 아줌마가 그랬지 뭐. 아버지가 그래서 늦게 온다구…"

"그 다음은 또 뭐라던?"

순애는 어덴지(어쩐지) 아버지의 비위를 거슬렀다는 걸 눈치 채고 머리를 가로 흔들었다.

"정말이냐?"

성칠은 억지로 웃음을 지으며 따졌다.

그러자 순애는 용기를 내여 대답한다.

"새 보이라가 다 되문 아버진 영웅이 될 거라구…"

"영웅?"

"맞지?"

"틀렸다. 영웅은 그보다 몇 갑절이나 크구 훌륭한 일을 해야 돼."

"어느 만한 거?"

"건 잘 모르겠다… 아마 이만큼은 해야 될 거야."

성칠은 두 팔을 쫙 펴서 허공에 원을 그려 보였다.

"하늘만큼?"

"응."

밖에서 누군가 문을 두드렸다.

"기관장 동무 있소?"

귀에 익은 웅글은 목소리.

문 어구에 선 사람은 최현필 지배인이였다. 아들 집에 나들이를 온 아버지처럼 지배인은 얼굴에 너그럽고 푸수한 미소를 지으며 방안에 들어섰다. 그의 옷은 촉촉이 젖어 있었다. 그는 젖은 모자를 옷걸개(옷걸이)에 걸면서 지나가는 말처럼 건늬였다(건넸다).

"우산을 빌리러 왔네. 비 성화에 더 갈 수가 있어야지."

"…"

최현필은 성칠이가 꺼내놓은 방석을 밀어놓고 앉았다.

그때까지 눈이 올롱해서 쳐다보던 순애가 얼굴에 함북웃음을 지었다.

"지배인 할아버지…"

"오- 우리 순애가 이제야 날 알아보는구나!"

최현필 지배인은 다가오는 순애를 번쩍 안아서 무릎에 앉히고는 수염이 돋은 껄껄한 턱으로 소녀애의 토실한 볼을 마구 비비였다. 수염이 꼭꼭 찌르자 순애는 자지러지게 웃어댔다.

"피- 술 내야."

"그래, 할아버지는 맥주를 마셨다. 후-"

최현필은 아이의 얼굴에다 입김을 불었다.

순애는 목을 뒤로 젖히고 숨넘어가듯 웃어댄다. 봄날의 하늘에 떠오르는 종달새와도 같이 구속을 모르는 천성적인 맑은 웃음소리는 순식간에 방안의 침울한 공기를 가시였고 집안의 구석구석에 곰팡이처럼 낀 슬픔의 흔적을 지워버렸다. 과묵스런 주성칠의 두 눈과 입귀에도 벙글써 웃음이 내돋았다.

최현필은 성칠 기관장이 저녁을 차리려고 일어서는 걸 보자 급히 옷자락을 부여잡았다.

"그럼 난 가겠어. 앉게 기타나 한 곡조 들려 주게나… 가만, 먼저 우리 순애 노랠 좀 들을가?"

"응 노래할게."

순애는 지배인의 무릎에서 뛰여내렸다. 벌써 오래동안 자랑하고 싶었던 듯 방 복판에 나서자 량 손으로 치마귀(치맛귀)를 살짝 쥐였다.

감정이 단순한 애 되고 청아한 목소리가 방안에 흘러넘친다.

원수님의 사진은

언제 봐도 기뻐요

우리들이 어느 때나

보구 싶은 원수님

순애의 얼굴은 아침이슬을 머금고 금시 피여나려는 한 떨기의 꽃망울과도 같다.

나비 같은 리봉(리본)에

아름다운 무용복

노래하며 춤을 추며

웃어주실 원수님

최현필은 박수를 쳤다.

"꾀꼴새(꾀꼬리)로구나, 꾀꼴새!"

목청이 제 어머니를 닮았다는 말을 하고 싶은 걸 간신히 누른다. 그리고 품안에 뛰여드는 순애의 힘에 **삐쳐**(부쳐) 뒤로 넘어질 번(뻔)하며 우정 엄살을 부린다. 그리고 나서 최현필은 성칠을 향해 말했다.

"자네도 한 곡 타게. 그 있지 않아. '내 어린 시절에…' 하는 거 말이야."

성칠은 지배인을 보고 병원에 들려오는 가고 몇 번이나 묻고 싶은 걸 꾹 참는다. 지배인의 아픈 곳을 찌를가봐 두렵다. 그는 잠자코 벽에서 기타를 벗겨 두텁게 오른 먼지를 닦았다. 기타가 아니라 귀여운 딸이기나 하듯 살근히(은근하고 가볍게) 그러안고 눈을 감는다.

둥 둥- 머나먼 산줄기 바위짬(바위틈)에서 샘물방울로 솟아올라 무수한 골짜기를 **빠져**나온 시내물(시냇물)이 벼랑 후미의 자그마한 소(웅덩이)에 다리쉼(다리쉬임)을 하려고 모여드는 듯 둥 둥- 기타소리가 가슴을 울렸다.

어느덧 맑은 '시내물'은 기구한 운명에 부대끼며 흘러온 지난날을 다정히 속삭이기 시작했다.

내 어린 시절에 나의 어머니

찬바람 가리며 키워주실 때

…

최현필 지배인은 무릎에 앉은 순애의 머리를 쓰다듬으려 거쉰(목소리가 쉰 듯하면서 굵직한) 소리로 노래를 따라 부른다. 그는 노래를 좋아하지 않았고 그래서 외운 노래가 별로 없었으나 이 노래는 마음에 깊이 들어 했다. 노래에는 그의 지난날과 오늘과 미래가 비껴 있었다.

'시내물'은 여울을 만났으나 두려움 없이 갈기를 날리며 둥둥 흘러간 다. 그리고 어느덧 풍만한 흐름을 이룬 강물로 변하여 바다로 바다로 흐른다. 태양을 받들어 올리는 바다로.

로동의 나날에 나를 이끌어
따뜻한 사랑과 믿음 주었네
…

수천 리 머나먼 시련을 이겨내고 바다로 흘러간 시내물의 폭풍 같은 환희와 열정과 기쁨이 그대로 둥 둥- 방안에 울린다.

최현필은 조용히 눈을 감았다. 세상에 나서 진정한 삶이 어떤 것이였던가를 처음 느끼던 그 아득한 시절이 어제런듯(련듯) 추억되였다. 해방된 해 겨울, 깨진 유리창을 마분지로 가린 작업반 휴계실(휴게실) 밖에서는 첫눈이 푸근히 내리고 도람통(드럼통) 난로는 장작불에 달아오른다. 통나무 의자와 빈 상자들에 앉은 여섯 명의 당원들… 난로의 화구를 마주 앉은 세포비서(당의 가장 말단조직 책임자)의 얼굴은 너울거리는 불빛에 싸여 더욱 엄숙하다.

그들 앞에 나서서 임당청원서를 읽는 최현필의 손은 흥분으로 떨린다. 서른 살에 령감(영감)처럼 등이 굽고 목덜미에 바가지를 엎어 놓은 것 같은 굳은 떡살(굳은살)이 배긴 그는 목소리도 거쉬다. 입당청원서의 글발은 불길처럼 타오르고 심장이 튀여나올 듯 거쉰 목소리는 당원들의 가슴을 끓게 한다.

"장군님은 우리 조국을 찾아주셨고 저를 일본놈들의 채찍과 모욕에서… '불목두기'의 처지에서 건져주셨습니다. 장군님은 다리 밑에서 비를 가리고 살던 저의 집식구들을 기와집에서 살게 해주셨습니다… 저는 장군님을 위한다면 목숨을 서슴없이 바치고 장군님을 따라서는 어떤 힘한 길도 꿋꿋이 걸어가겠습니다. 저를 공산당에 받아주십시오. 저는 일생을…"

당원들이 들어 올린 무쇠주먹은 이글거리는 난로의 불빛에 마치 심장을 꺼내 추켜든 듯싶다.

당이 한 품에 안아준 그날은 최현필의 생이 눈 내리는 대지 우에 고고성을 터친(터뜨린) 잊을 수 없는 날이였다. 그날에 최현필은 당의 심장과 자기의 작은 심장을 한 피줄기(핏줄기)로 굳건히 이었다. 작업반장에서 직장장으로, 그 다음은 지배인으로 일했다. 공장에서, 기업소에서 그리고 또 새 공장으로 파견 되여갔다. 언제나 사업의 불도가니 속에서 날과 달과 해를 맞았다. 혁명과 건설이 질풍같이 전진하던 보람차고도 준엄한 날들이였다. 반당과 반혁명, 수정주의, 사대와 교조… 지구가 태양의 주위를 도는 것을 멈춰 세우려는 력사(역사)의 오물들을 시궁창에 차던지며(완전히 버리며) 건설과 생산을 밀고나가던 그 시련의 날들에 최현필의 온몸 혈관에서는 언제나 당의 피가 끓었다…

세월이 흘렀다. 젊음과 피와 사업의 열정이 끓어 번지던 시절은 어느덧 지나갔다. 간고하고도 보람찬 생의 길을 걸어온 그의 세대는 투쟁의 줄기찬 흐름에서 하나 둘 떨어져나간다.

최현필도 년로했다. 세상의 모든 사람들이 맞이하게 되는 락엽의 계절인 것이다.

그러나 인생의 해가 지는 가을에도 시대의 기관차는 더욱더 거대한 원동력을 안고 앞으로 달려간다. 로세대(노세대)한테 부러움과 찬란한 희망과 기쁨과 더불어 념려와 걱정을 안겨주는 후대의 길이 시작되였다.

그 길에 들어선 공장의 젊은 사람들은 어떠한가? 마진호는?… 열관리공들과 내 아들은?… 그들이 강 흐름의 여울물과도 같이 가슴 속에서 발 밑에서 쾅쾅 격랑이 소용돌이치게 인생의 길을 가는가?… 내 그들에게 포연과 재불 속을 헤쳐 온 우리 세대의 땀에 절은 신발을 신기고 끈을 졸라 매줬던가?

산을 걸머진 듯한 강렬한 의무감에 그의 가슴은 불타올랐다.

최현필은 두 눈에 졸음이 실린 순애의 머리를 쓰다듬으며 물었다.

"이보게 기관장, 오늘 사고 때문에 저열탄보이라를 포기하지는 않았나?"

"예?!"

주성칠의 무릎에서 기타가 미끄러져 떨어진다. 소리통이 방바닥에서 쿵 한다. 보이라 불길에 익어 철색을 띤 성칠 기관장의 우들진 얼굴에서 눈섭 꼬리가 관자노리(관자놀이)로 비껴 올라가고 곱지 않은 눈초리가 최현필을 찌른다.

"지배인 동지, 사람을 어떻게 보구 하는 말입니까?"

"됐네, 내 자네의 속내를 한번 떠 본거지."

최현필은 병긋이 웃고 나서 인차 정색을 해서 말했다.

"기관장은 며칠이라도 휴가를 받으라구."

"휴가를요?"

"몇 달 만에 할머니한테서 순애를 데려왔는데 집에 있으면서 푹 놀아주라구."

"그랬으면 좋겠지만…"

"보이라는 당분간 내가 맡아보겠으니 맘 놓으라구."

"지배인 동지, 고맙습니다. 그렇지만…"

"고집부리지 말라구."

"정민 기사는 병원에 누워있습니다. 1호 보이라는 숨 쉴 일이 막연한데 제가 무슨 량심으로 집에 편안히 들어앉아 있겠습니까. 지배인 동지는 오히려 저에게 고통을 주려하누만요."

"!…"

최현필은 자리에서 일어섰다. 그리고는 마주 일어선 기관장의 바위같은 어깨에 손을 얹었다. 그는 성칠의 얼굴을 믿음에 찬 눈길로 이윽히 들여다보고 나서 나직이 말했다.

"자네 마음속을 내 미처 몰랐었군… 그럼 난 가겠네. 순애를 공장 유치원에 보내세. 가을엔 학교에 넣어야겠는데 미리 글두 배우구… 구김

살 없이 자라도록 해야지."

최현필은 성칠의 손에서 우산을 받아들자 순애의 토실한 볼을 어루만
져 주고는 밖으로 나갔다.

현관을 나서자 비는 요란스레 우산을 두드린다.

얼마쯤 걸어가던 최현필은 뒤를 돌아보았다.

성칠이와 어린 딸은 락수물(낙숫물)이 떨어지는 아빠트 현관 채양 밑
에 여전히 서 있다.

'보이라를 안해처럼 끼구 사는 사람이지. 제 몸보다 공장을 먼저 생각
하는 저런 사람들이 우리 공장엔 많지… 많구 말구.'

최현필은 가슴이 뿌듯해서 비 내리는 밤길을 저벅저벅 걸어갔다.

7

마진호 부기사장은 운수과에 전화를 걸자 퇴근 차비를 하고 복도에
나섰다.

현관 층계로 옷이 비에 흠뻑 젖은 송훈 비서가 화분을 안고 올라왔다.
잎이 무성하고 탐스런 꽃송이가 달린 화분이다. 송훈은 얼굴의 비물(빗
물)을 훔치고 나서 말했다.

"부기사장 동무, 지배인 동무 방에 불을 껐구만… 이걸 래일 창턱에
좀 놓아주시오. 내 며칠 출장 갔다 와야겠기에…"

"지배인 동지 방에 좋은 선인장 화분을 놓았던데요."

"동무한테도 그게 좋아 보이오?"

"관리하기가 쉬울 겁니다."

"주름살과 털투성인 그 화분이 좋다니… 부기사장 동무의 생각이 경리과장과 비슷하구만."

"…"

마진호는 비서의 음성이 류달리 흥분됨을 느꼈다. 그래서 말없이 방문을 열고 앞서서 들어갔다.

송훈은 화분을 조심스레 원탁에 놓고는 손수건을 꺼내여 얼굴의 비물을 닦았다. 잠시 어색한 침묵이 흘렀다.

송훈은 띠염띠염(띄엄띄엄) 말을 꺼냈다.

"경리과장도 그렇고… 동무도 그런 관점이고… 나도 무관심했으니… 우리 지배인 동무가 더 빨리 늙었는지 모릅니다.…"

"…"

"이제 화분이나 놓아 준다고 무슨 도움이 되겠습니까… 부기사장 동무, 우리 년로한 지배인 동무에 대해 관심을 돌립시다. 사업상으로는 물론이지만 인간적으로 더 잘 도와줍시다. 요즘… 지배인 동무는… 몹시 괴로와하고 있습니다.… 생산정상화가 잘 안 되는 데다가 보이라 사고로 정민이까지 그렇게 됐으니… 환갑을 훨씬 넘긴 사람인데 마음속이 편하겠습니까."

마진호는 송훈이 부언가 툭 터놓고 말하지 않는 것을 느꼈으나 제 나름으로 짐작해버렸다. 모름지기 오늘 시당에 가서 생산정상화 문제를 가지고 말을 들은 것이라고 생각했다.

"부기사장 동무, 저열탄보이라 문제를 놓고 지배인 동무와 의논해 봤습니까?"

"예…"

"지배인 동무는 계속 내밀겠다는 거겠지요?"

"자신이 직접 맡아보겠다고 합니다."

"반대했습니까?"

"지배인 동지가 하는 일인데 제가 막을 수 있습니까?"

"내가 보건대 우리 공장은 전망적으로나 지방적 특성으로 보나 저열탄을 보이라에 때야 한다고 생각합니다."

송훈은 그 어떤 기술적 론거(논거)라도 주장하듯 확신을 가지고 힘주어 말했다.

마진호는 벌거우리 상기된 얼굴을 쓸어 만졌다. 속이 언짢았다. 열공학 기술에 대해 깊이 모르면서 내려 먹이는(상급자가 하급자에게 일방적으로 강요하는) 것 같은 송훈에게 반박하고 싶었다. 과학이나 기술 문제는 직급의 차이나 주관적 욕망에 의해 풀리지 않는 것이다. 그러나 어쩐지 론쟁(논쟁)을 확대할 용기는 나지 않는다. 이런 때는 침묵을 약으로 쓰는 게 낫다고 생각한 마진호는 그냥 잠자코 있었다.

얼마 후 송훈이가 자기 방으로 가자 진호는 관리부청사 현관을 나섰다.

처마 우에서는 락수물이 줄줄 떨어졌다.

구내등빛에 문발을 드리운 듯 비살이 촘촘히 늘어섰다.

아직 비에 젖지 않은 마당의 나무 밑에 뛰여든 그는 불 꺼진 지배인 방의 컴컴한 창문을 올려다보았다. 은연중 마음이 허전해졌다. 공장의 오랜 주인인 지배인이 이맘 때 퇴근한 적은 거의 기억엔 없었던 것이다.

'갱생' 승용차의 불줄기(솟구쳐 오르거나 내뻗치는 불의 줄기)가 비속을 누비며 달려오더니 마진호의 곁에 와 멎었다.

길수가 그에게 차문을 열어주었다.

"지배인 동지를 태워다 드렸소?"

진호는 좌석에 들어앉으며 물었다.

"병원에서부턴 걸어서 갔습니다."

"왜?…"

"붕대를 감고 누워있는 정민 기사를 보더니 몹시 괴로우신 모양입니다."

"그래도 집까지 태워드려야지."

"…"

지배인 승용차는 부기사장을 싣고 공장 정문을 나섰다.

비물이 흐르는 차창을 내다보던 마진호는 얼마 못가서 운전사의 어깨를 건드렸다. 차가 멎었다. 진호는 길옆에서 우산을 쓰고 걷던 안해가 이쪽을 돌아보자 타라고 손짓을 했다.

"난 걸어가겠어요."

오춘실은 얼굴이 붉어져 옆에서 걷는 사람들을 얼핏 보고는 우산을 더 낮추 쓰고 잰걸음(빠른걸음)을 놓는다.

길수가 빙그레 웃으며 차를 몰아서 오춘실의 옆에다 세웠다.

마진호는 화가 나서 신경질적으로 말했다.

"고집부리지 말고 타오."

춘실은 하는 수 없는지 우산을 접고 차에 올랐다.

"그건 겸손이 아니요. 남편이 차를 타고 먼저 집에 가서 저녁상을 차리라는 거지."

"지배인 동지 차를 저까지 타면 남들이 뭐라겠어요."

"당신은 시집올 땐 그러지 않았는데 근래 와선 쓸데없는 데 경우가 밝아진단 말이야."

"…"

"그런데 왜 이리 늦었소?"

"보이라의 뒤거두매(일의 뒤끝을 마무리하는 것)를 좀 하느라구…"

"가정 부인들은 일찌기(일찍이) 퇴근하라구 참모회의론에서도 론의(논의)가 있었소. 당신은 증기분배실이나 잘 거두오. 그게 얼마나 중요한 위치인 줄 아오? 철도루 말하면 사령실이나 같은 거요."

"호, 당신은 한 주일이 멀다하게 그 소리군요. 좋은 말도 세 번 들으면 귀찮다는데."

"교훈이 될 말을 자주 들어서 손해될 건 없을 거요."

승용차가 급선회를 하는 바람에 오춘실은 몸 균형을 잃고 황급히 남편의 팔을 부여잡았다.

마진호는 미소를 지었다. 이런 조그만 위험에도 남편한테 의지하려면

서 여느 때는 선생처럼 남편에게 훈계하려고 드는 안해가 미덥고 사랑
스러웠다.

승용차가 포장길을 고르롭게(한결같이 고르게) 굴러가자 진호는 며칠
전부터 생각해오던 것을 안해에게 은근히 터놓았다.

"여보, 당신은 어떻게 생각하오? 성칠 동무를 계속 홀몸으로 살게 할
수는 없잖소?"

"…"

"우리가 관심을 해야 되잖을가?"

"난 기관장 동무가 그런 데 마음을 쓰는 것 같지 않아요."

"속으로는 다 생각하지."

"글쎄… 남자들의 속은 모르겠어요… 당신이 만약 내가 죽으면 몇 달
못가서 은철이 후어미(계모)를 데려오겠어요?"

마진호는 안해의 싸늘한 얼굴을 열적게 쳐다보며 타협조로 말했다.

"질문을 그렇게 말째게(거북하고 불편하게) 하면 딱하지 않소."

"이봐요, 당신은 기관장 동무가 순애 어머니를 얼마나 사랑했는지 모
른단 말이예요? 원앙새 부부라고까지 말하잖았어요. 그런데… 난 당신
이 생각하는 게 친구에 대한 진정한 방조(거들어서 도와주는 것)가 못되는
것 같아요."

"그럼 홀아비로 사는 게 옳소? 거 녀자들은 남자들이 재혼하는 걸 공
연히 험담한단 말이야."

마진호는 언성을 높였다.

안해가 말이 없자 그는 화풀이하듯 주머니를 뒤져 담배를 꺼내 물었다.

집으로 가는 동안 두 사람은 내내 말없이 앉아 있었다.

이날 밤 진옥은 높은 반 아이들의 래일 교수안도 쓰지 못한 채 웃방에 자리를 펴고 누웠다. 모든 것을 잊어버리려고, 잠을 청하려고 애썼으나 눈앞에는 병원 침대에 의식을 잃고 누운 정민 기사의 모습이 삼삼히 떠올랐다.

얼굴과 어깨를 붕대로 싸맨 그 모습은 동정과 련민(연민)과 함께 야릇한 공포를 불러 일으켰다. 목숨을 잃지 않은 것을 다행으로 여겼던 그 첫 감정은 사라졌다.

시간이 갈수록 정민의 상처가 던지는 그늘로 하여 가슴이 타들었다. 하지만 이제 와서 정민을 한때 알았던 미모의 청년처럼 랭정히(냉정히) 생각하고 잊어버리기에는 심장이 너무나 뜨거웠다. 진옥에게 있어 정민은 어린 시절의 추억 속에 있는 소중한 옛 동무였다.

그들은 해변가 도시에서 나고 자랐다. 그들의 집, 솔밭정원을 낀 모래빛의 아담한 삼층 주택은 도시의 한 기슭에 있었다. 밝은 유리창으로는 언제나 푸른 바다가 보였고 갈매기들은 바다와 하늘이 맞붙은 그 푸른 원경 속에서 산뜻한 흰 점으로 떠다녔다.

어린 정민이와 진옥의 우정은 바다와 같았다. 그들은 해빛(햇빛)이 천만 쪼각(조각)으로 눈부시게 부서지는 잔물결처럼 정답게 속삭이고 떠들며 즐거이 학교로 오갔다.

가끔 폭풍이 불어 사납게 설레는 바다처럼 그들은 성을 내고 토라질 때도 있었다. 저 멀리 운무가 떠도는 지평선에 해가 기울고 온 하늘이 붉은 기폭처럼 노을이 물든 저녁 무렵, 학교에서 먼저 돌아오던 정민은 동뚝(홍수 방지용으로 쌓은 뚝) 길에서 발목을 휘감는 잔디 풀을 마주잡아 매놓고 수로 기슭의 버들 숲에 엎드려 있었다. 붉은 넥타이를 팔랑거리며 오던 진옥은 그만에야 풀옹노에 걸려 나가 고꾸라지고 책가방은 정민의 코앞으로 굴러 내려왔다.

하마트면(하마터면) 물에 빠질 번했다. 웃음을 참지 못해 싱글거리고 서 있는 정민의 손에서 책가방을 나꾸채(낚아채) 든 진옥은 홱 돌아서서 총총히 가버렸다. 그러나 소녀의 노여움은 옹군(정확히) 이틀을 가지 못했다.

성난 파도로 해변의 바위를 씻어내고 모래를 밀어내던 바다는 폭풍이 잦아 마음씨 상냥스런 소녀처럼 눈부신 미소를 담고 고요히 설레였다(설렜다). 천만 세월이 가도 바다는 변함없이 푸른 물결로 술렁거린다. 그들의 우정도 바다처럼 그렇게 영원했으면 얼마나 좋으랴.

학창 시절은 끝났다. 생활은 목가적인 것이 아니었다. 오누이처럼 다정하던 그들은 하나의 길을 더 같이 갈 수 없었다. 정민은 소원대로 북방의 새 광산개발지를 청춘의 첫 보금자리로 택했다.

탄탄한 포석을 깐 역두에서는 먼 고장으로 떠나는 항구 도시의 청년들을 바래는 환송곡이 울렸다. 청춘들의 랑만(낭만)과 기쁨이 그 선률에 팽팽히 실렸다. 렬치(열차)의 창문들에 머리를 내면 청년들과 역두의 군

중들 사이에는 무수한 꽃 보라가 날리고 환송과 작별의 뜨거운 정이 어린 오색 테프(테이프)들이 수천 갈래로 드리워졌다.

어깨에 배낭을 걸치고 모표(모자에 붙이는 일정한 표지) 자리가 또렷한 모자를 쓴 정만은 승강대에 서 있었다.

그의 눈길은 아버지와 어머니의 얼굴보다도 사람들의 뒤쪽에 쓸쓸히 서 있는 진옥에게 더 오래 머물러 있었다. 다정다감한 고향 도시의 잊지 못할 추억을 한 품에 안고 있는 진옥이… 어느덧 환송 군중의 물결을 헤치고 렬차는 서서히 떠났다.

"정민 동무- 잘 가요…"

진옥의 말은 짧았으나 검은 두 눈에는 빛나는 위훈과 앞날에 대한 축복이 깃들어 있었다. 정민은 머리를 끄덕이고 모자를 벗어 흔들었다. 진옥의 어깨 너머에는 푸른 바다가, 그들의 우정의 상징인 가없이(끝없이) 푸른 바다가 무수한 잔물결의 미소로써 그를 바래주고 있었다.

그때로부터 정민은 성에가 눈뿌리(눈알의 안쪽으로 달려 있는 부분)에 달리는 광산개발지에서, 수백 리 산협 길을 깎아내는 도로 공사장에서 청춘의 발자취를 남기였다. 그리고 대학에 추천되였다.

열공학부를 졸업한 정민이는 지난해에 보이라 기사로 배치되였다.

수년 만에 다시 만난 그들은 진심으로 뜨거운 정이 어린 악수를 나누었으나 다음은 어째선지 서먹서먹한 분위기 속에서 토막 이야기만 오갔다. 하지만 그들은 저마다 가슴 속 깊은 곳에서 고요히 일렁이는 송아지 시절의 그 정근 바다의 숨결을 감촉하고 있었다.

그날부터 정민은 큰길을 뒤두고 유치원 담장 밖의 돌부리들이 박힌 길 아닌 길로 해서 공장으로 다녔다. 진옥의 손풍금 소리에 맞춰 아이들이 재롱스레 춤을 추고 노래를 부를 때면 한참씩 담장 너머로 들여다보군 했다. 그러면 진옥은 당황히 살눈섭(속눈썹)을 내리깐 채 아이들에게서 시선을 떼지 않는다. 마치도 자기의 마음속에서 귀중한 것은 정민 기사가 아니라 아이들이라고 말하는 듯이…

그런 날들이 계속되였다. 그들은 송아지 시절 우정의 한계를 넘을가봐 서로 주저했다. 만나고 싶어 하면서도 정작 단둘이 만나게 되면 두서없는 이야기들이 오가다가는 화제가 끊어지군 했다.

어느 날 시내 극장에서 음악무용소품 공연을 본 공장 사람들은 극장 밖으로 쏟아져 나왔다. 큰 길에 나선 정민은 사람들 속에서 진옥을 찾았다.

처녀는 혼자 걷고 있었다.

"진옥이…"

정민은 나직이 불렀다.

"함께 걷지 않겠소?"

"그러자요."

"강변 오솔길로 가자우."

"?…"

"그 길은… 집으로 가는 가장 먼 길이요. 난 오랜 시간 이야기를 나눴으면 하오."

"호, 그렇게 긴 이야기가 있어요?" "있지 않구. 말이 모자랄 땐 마음속으로 나누지."

두 젊은이는 큰 길을 벗어나 강변 오솔길에 들어섰다.

쟁반달(보름달)은 구름 속에서 살며시 머리를 내밀어 미소를 짓고는 들키기라도 할가봐선지 검푸른 공간을 재빨리 날아가서는 다시 구름 속에 숨어서 내려다보군 하였다. 그때마다 수증기와도 같은 엷은 밤안개에 신비롭게 휩싸인 나무숲이며 바위며 풀밭이 눈앞에 드러났고 강물이 수은처럼 반짝거렸다. 하프의 무거운 선률과도 같은 그 흐름 우로 밤새가 울며 지나갔다.

"옆에 자리를 내났는데 왜 오지 않았소?"

"그저요.… 유치원 애들이랑 있구 해서…"

"또 구실이군…"

어둠과 밤안개의 장막이 심연처럼 드리운 강 아래쪽에서 쏴- 쏴- 하는 격랑의 울부짖음 소리는 가슴 속에 두려움과도 같은 아릿한 설레임을 일으킨다.

"진옥 동무, 난 우리 고향의 바다처럼 여기 강의 여울물이 마음에 드오."

"…"

"흐름이 깨끗하고 줄기차고… 언제나 변하지도 잠들지도 않소. 여울물 속에서는 돌들도 옥처럼 다듬어지오."

"우릴 두고 하는 말이예요?"

진옥은 어둠 속에서 그 영채롭고(매우 밝게 빛나거나 빛나는 데가 있는) 부드러운 눈으로 정민의 마음속을 들여다본다.

"그렇소. 우린 다같이… 험산중령의 바위짬에서 솟아난 애린(애티가 나게 젊은) 물줄기요. 그렇지만 계곡도 벼랑도 산굽이도 두려워하지 않고 줄기차게 흐른다면 흐름이 풍만해져 먼먼 바다로 갈 수 있잖겠소."

"!…"

검은 비로도 같은 밤의 장막 속에서 여물물은 쉬임(쉼) 없이 사품치며 머나먼 산줄기에서부터 시작된 자기의 영원한 노래를 부르고 있다. 시련과 고민의 하소연 같기도 하고 분노의 웨침 같기도 하고 절망과 비애의 흐느낌 소리로도 들리고 기쁨과 환희의 부르짖음 같기도 한 격랑의 노래를.

'그래 가자요, 함께!…'

그런데 처녀는 어째서 고민하느냐?… 함께 갈 수 없기에?… 어째서 갈 수 없단 말인가. 얼굴의 상처, 어깨의 타박상이면 어떤가. 병신이면 어떤가. 육체적 불구가 그리도 두려움을 자아내고 앞날에 그늘을 지운다고 생각하면 처녀의 사랑이란 과연 어떤 것이였던가!…

진옥은 오빠와 춘실이가 저녁을 왜 안 먹는 가고 걱정했으나 아프다는 핑게(핑계)를 대고는 모포를 뒤집어썼다.

다음날 아침, 열흘을 앓고 난 듯 수척해진 진옥은 힘겹게 자리에서 일어났다. 출근차비를 하고는 구럭(끈으로 그물처럼 떠서 물건을 넣게 만든 용기)에 실과(과일)를 넣었다.

미진호는 서으기 불안을 느끼며 동생의 얼굴을 유심히 쳐다보았다.

"너 병원에 갈려니?"

대답 대신 진옥의 얼굴에 알릴 듯 말 듯 홍조가 어렸다.

마진호는 속이 철렁했다. 그런 얼굴 표정은 동생한테서 처음 보는 것이였다. 정민이와 그저 옛 우정으로 가까이 지내는가 하고 방심한 것이 후회되였다. 철제 일용품공장 기사장의 동생 이야기를 미리 말해줬어야 했을 것이였다. 무역선 항해사, 체격 좋은 미남자이고 외국어에 능통한 발전성 있는 청년… 사진을 보자 진호는 대번에 마음이 끌렸었다. 이달 중에 휴가를 받고 오면 선을 보이고 제꺽(바로) 약혼식이라도 하려고…

마진호는 동생을 향해 타일렀다.

"유치원 교양원이… 다 큰 처녀가 제 설 자리도 가늠하지 못하는구나. 너 아니라도 기술과에서랑 보이라에서랑 병문안을 가잖으리."

진옥은 입술을 감빨며(야무지게 빨며) 까딱 않고 서 있더니 굽실굽실하고 술 많은 머리 모숨(한 줌에 쥘 만큼을 세는 단위)을 어깨로 쓸어 넘기고는 조용히 말했다.

"오빠는… 그 전날 우리 아버지가 앓을 때 지배인 동지가 다니던 걸 잊었어요?"

"기억한다. 하지만 그거 하구는 달라."

"…"

"진옥아, 아무튼 너 나를 속이려 들진 말아. 네 얼굴에 다 씌여있다. 명심해라. 사랑은 송아지 시절의 천진한 우정과는 달라. 빠져들면 헤여나기 어려운 감정이다. 신중해야지. 인생 행복의 출발점이니만큼."

진옥의 아름다운 눈에 맑은 이슬이 고였다.

마진호는 시계를 들여다보고 나서 말했다.

"출근 시간이 바쁜데 긴말은 그만두자. 우리 집안이 지배인 동지의 신세를 많이 진 건 사실이다. 아버지 때부터… 오래지. 그렇지만… 혼인 문제를 인정에 끌려 경솔하게 처리할 수는 없지 않느냐?… 진옥아, 내게 생각이 있으니 넌 곁눈을 팔지 않고 잠자코 있어라."

"…"

"구럭을 이리 다구. 내가 고열탄 때문에 시 연료사업소로 간다. 병원에 들리겠다."

"…"

진옥의 눈에는 화김(홧김)에 부은 술잔처럼 눈물이 가득 찼다. 그 눈물은 오빠에 대한 원망보다도 가슴 속에서 정민을 지켜내지 못하고 아무런 저항조차 하지 않는 자기의 미지근한 사랑과 리기적인(이기적인) 순종감(복종심)을 어찌할 수 없는 눈물이였다.

8

안개와 같은 몽롱한 의식 속에서 파르스름하고 조그만 불길이 타오른다. 그것은 자즘 주위로 번져가더니 비처럼 뿌려지는 탄가루에 껌벅껌

벅하면서도 창끝처럼 솟아오르기 시작한다. 먼저 불이 당긴 탄이 뻘개지더니 황백색을 띠여 간다. 점점 화염이 서린다. 그것은 마치 어떤 간교한 짐승의 혀와 같이 날름거리며 불 가루를 토한다. 맹수의 내장을 방불케 하는 화실 속에서 물관들이 빨갛게 달아오른다.

화구 앞에서 뜨거운 불기운을 온몸에 받고 있는 청년의 얼굴에 미소가 어린다. 불길이 고열 속에 몸부림치며 그를 위협하는 듯 긴 불혀를 화구 밖으로 내뻗치군 하지만 청년은 화실 안을 관찰하기에 여념이 없다. 사나운 불길은 그의 탐구심 어린 눈동자 속에서 한 쌍의 금나비처럼 반짝거린다.

증기가 익어가는 가냘픈 소리는 송풍기의 구성진 소리와 화음을 이루어 신비로운 관악기를 연주하는 듯싶다. 그 귀맛 좋은 음향과 저열탄의 황홀한 불길에 취한 청년은 성공의 기쁨에 잠겨 두근거리는 심장의 박동조차 느끼지 못한다. 물처럼 흐르는 땀이 보호안경 안으로 새여 들어 눈앞을 쓰리게 하나 청년은 압력계와 시계를 들여다보며 최후 환희의 순간을 한 초 한 초 기다린다.

갑자기 '쾅!- 쾅!-' 하는 요란한 소리와 함께 눈앞에 백열등을 마주한 듯 확 밝아진다. 뜨끈하고 예리한 그 무엇으로 지져놓은 것 같은 맹렬한 아픔에 청년은 눈을 번쩍 떴다.

정민은 황급히 두 손으로 얼굴을 싸쥐였다. 두툼하고 푹신한 붕대가 손에 잡히고 약 냄새가 났다. 꿈이였다. 온몸에 식은땀이 흘렀다. 그 순간에 벌어진 일들이 이미 겪어낸 지나간 현실이였음을 깨닫자 정민은 안도의 긴 숨을 내그었다(내쉬었다).

어느덧 정민의 눈앞에는 안개의 광망(빛살)에 싸인 어렴풋한 처녀의 얼굴이 차츰 선명히 떠올랐다. 이마와 어깨에 살며시 드리운 윤기 도는 굽실굽실하고 폭신한 머리, 숱진 가는 눈섭 아래 저물녘 호수 같은 눈, 도고하니(도도하게) 쳐들린 코날(콧날), 수박 쪼각 같은 입술… 그는 진옥이였다. 처녀는 그의 아픔을 달래기라도 하는 듯 서글픈 미소를 띠고 조용히 다가온다.

정민은 머리를 가로저었다. 입술을 깨물었다. 어찌하여 이 시각에도 아들 때문에 가슴을 태우고 있을 늙은 아버지나 어머니보다 처녀의 얼굴이 먼저 떠오른단 말인가… 그러나 자책은 순간에 머물렀을 뿐 한번 떠오르자 지꿎게(짓궂게) 갈마드는(번갈아 떠오르는) 진옥의 순결한 모습을 지워버릴 수 없었다. 정답게 속삭이며 강변길을 거닐던 그 달밤이 생생히 그려지며 마음을 산란하게 하였다.

정민은 씁쓸히(짐짓 모르는 체하며 시치미를 떼는 태도로) 미소를 지었다. 저열탄보이라 성공도 못하고 누워서 처녀 생각이나 하는 자기가 가긍하고(가엾고) 모멸스러웠다.

입원실 문이 조용히 열리였다.

흰 위생복을 어깨에 걸치고 들어선 사람은 마진호 부기사장이였다. 그는 원탁 우에 과실구럭(과일바구니)을 올려놓고 정민의 침대 곁으로 의자를 당겨 앉았다.

"정신을 차렸군… 봄이 좀 어떤가?"

"괜찮습니다."

정민은 마른 입술을 움직이였다.

마진호는 구럭에서 사과를 집어내여 깎으며 조용히 물었다.

"아버지가 안 오셨댔나?"

정민은 대답 대신 눈을 감았다 떴다.

"시당에 갔다 오셨네. 기분이 좋지 않더군… 생산 때문에 지적을 받은 모양이야. 하긴 우리가 보이라 능력이 걸려 일을 잘하지 못한 것은 비판을 받는 게 정당하지."

"…"

마진호의 손에서는 라선형(나선형)의 사과 껍데기가 길게 드리워 데룽거리면서 누워있는 사람의 마음을 저울질하려는 듯싶다.

"정민이…"

"…"

"자네 저열탄보이라를 계속하겠나?"

"그래야지요."

"참 답답하군… 난 그래도 열공학자 기사인 자네가 분별 있게 처신할 줄 알았는데…"

마진호는 안타까운 듯 말을 이었다.

"이보라구 정민이, 석탄공업에서는 발열량이 최소한 1500에서 3500카로리(칼로리) 되는 것을 저열탄이라고 하오. 그런데 우리 지방 저열탄은 겨우 900카로리지, 동무도 원서를 들춰봐서 알겠지만 발전했다는 나라의 보이라 공업 력사도 발열량이 이렇게 낮고 회분이 많은 저열탄을 땔 땐 실례는 없지 않소."

"남이 못하는 걸 우리가 하면 좋지 않습니까."

"보이라를 파손시키구 몸을 망치면서 한단 말이지?"

"…"

"정민이…"

마진호의 음성은 부드러웠다.

"자넨 아버지의 나이를 알겠지?"

"…"

"시에서 그 나이에 지배인을 하는 사람은 자네 아버지 한 사람이네. 내가 뭘 말하자는지 알겠나?"

"…"

"오늘 시 안전부에서 나왔댔네. 지배인을 찾는 걸 내가 나서서 긴 설명을 했지… 난 단순히 보이라 문제가 아니라 사람의 운명 문제라고 생각하네. 자넨 응당 아버지가 삼십 년간 지배인 사업에서 쌓은 공로를 귀중히 여겨야 하네."

"!…"

"정민이, 당분간이라도 결심을 달리하게. 자네 아버지가 이제 지배인을 하면 몇 해 하겠나… 그때 가서 보이라를 개조해도 하자구."

마진호는 몸조리를 잘하라고 재삼 이르고는 자리에서 일어났다.

정빈은 상반신을 애써 일으키며 부기사장을 바래였다. 문이 닫기자 그는 침대에 털썩 드러누웠다. 온몸이 쑤시는 듯 아파나고 골이 지끈거렸다.

정민은 눈을 지그시 감은 채 상처의 아픔보다는 더 큰 정신적 고통을 이겨내려고 무등(그 이상 더할 수 없을 정도로) 애썼다. 그러나 흔들리기 시작한 마음은 아무리 다잡아도 끈덕지게 불어오는 바람을 이겨내지 못하는 나무의 웃초리(나무줄기 맨 끝에 있는 가지=위초리)마냥 설레였다.

"정민이…"

나직한 부름 소리에 그는 눈을 떴다.

성칠 기관장이 허리를 굽히고 근심스레 들여다본다.

정민은 풀기 없는 웃음을 지었다.

성칠 기관장은 거쿨진(울퉁불퉁 마디진) 손을 내들고 정민을 어루만져 주려 했으나 온통 붕대를 싸매서 어떻게 할 바를 모른다.

정민은 힘들게 팔을 뻗쳐 성칠의 손을 부여잡았다. 따듯한 정이 뒤엉킨 두 손… 부드럽고 나긋한 손과 거칠고 억센 손이 허공에서 한 덩어리로 굳어졌다.

성칠의 과묵한 얼굴엔 죄스러운 낯빛이 어려 더욱 침침해 보였다.

"순애를 데려왔지요?"

정민이가 먼저 말을 꺼냈다.

"응… 병원에 따라오겠다는 걸 겨우 떼났어…"

성칠은 자책 어린 음성으로 말을 이었다.

"내가 그 시간에 앨 데리러 가지 않구 보이라에 있었으면야 자네가 이렇게…"

"다 책상물림인 내 불찰이지요. 현대 열공학의 종합체인 보이라를 무슨 밥 가마처럼 어리석게 생각했으니 말입니다."

"그래 한바탕 혼쭐이 났단 말인가?"

성칠은 롱조로 말하고 웃었으나 그 웃음은 정민의 눈에 옮아가지 못했다.

"기관장 동무, 보이라 사고 문제가 번졌는가요?"

"일 없어(괜찮아). 좋은 창안을 하다 그런 건데… 지금 손실은 봤지만 성공하면야 나라에 수십 배의 리익을 줄 게 아닌가."

"우리 아버진 어떤가요?"

"지배인 동지는… 솔직히 말해서 자네와 보이라 때문에 무척 괴로와하네… 그래두 얼굴은 태연하지. 우리 집에 와선 날 위로하구 순애하고 놀았어."

병색이 짙은 정민의 눈에는 서글픈 표정이 떠돌고 입안에서 나직한 한숨 소리가 새여나왔다.

"자네 몸을 다치더니 속까지 풀이 죽었군. 아버지 걱정은 말게. 지배인 동지는 사업에 들어서선 눈에 불이 이글거려. 다궜다대지(다 그쳐대지). 무슨 일에서건 전보다 더 바삐 서두르네. 오늘 낮에만 해두 승열이랑 열관리공들과 같이 재먼지를 들쓰면서 못쓰게 된 관들과 불판을 뜯어냈네. 우리들 보구는 주저앉지 말구 또 다른 방법으로 해보라구 고무했네."

"!…"

"여러 생각말구 치료를 잘 받게. 우린 자네가 나올 때가지 보이라 부속들과 자재들을 마련하고 도면을 재간껏 연구해 보려네."

"기관장 동무… 저, 그 저열탄보이라 도면은 내게 보내주십시오."

"자넨 이 몸으로 안 돼."

"글쎄… 다들 뛰는데 내가 아프다고 멀쩡히 누워있을 수야 없잖습니까."

정민은 량심의 충동에 못 이겨 말을 하고는 얼굴이 붉어짐을 느꼈다. 붕대를 감아서 표정이 알리지 않는 것이 다행스러웠다.

9

결재 시간이 지나고 직장들과 부서들에서 오는 분주한 아침 전화들도 뜨음해졌다(뜸해졌다).

최현필 지배인은 의자 등받이에 몸을 던졌다. 출근한 지 두어 시간 흘렀는데 옹근 하루 사업을 겪은 것 같이 피곤했다. 밤새 조금도 눈을 붙이지 못했기 때문일 것이다. 어제 밤은 여느 때보다 옆구리의 상처가 더 근질거리고 아팠다. 그 아픔은 진정제를 먹어 멈출 수 있었지만 자신의 해임과 아들의 불상사, 고민과 번뇌 속에서 시달리게 했다. 마누라 윤씨가 몇 번이나 전등을 켜고 그의 머리맡에 앉아 이마를 짚어주며 사뭇 근심스레 묻군 했으나 최현필은 공장의 일과 자신의 운명 변화에 대해서, 아들에 대해서 한마디의 말도 하지 않았다. 윤씨가 미리부터 고통을 감수하게 하고 싶지 않았던 것이다. 그래 눈을 감고 혼자 속을 썩이다나니 새벽까지 종시(끝내) 눈을 붙이지 못했었다.

손기척 소리가 났다.

문이 슬며시 열리고 탄 때가 묻은 작업복 차림의 승열이가 문지방에서 고개를 꾸벅했다.

최현필은 반가운 기색으로 등받이에서 몸을 뗐다.

"지배인 아바이… 들어와도 됩니까?"

열관리공은 주저주저하며 물었다.

"허, 익살쟁이 승열이가 새각시처럼 내우(윗사람 앞에서나 남녀 사이에서 부끄러워하고 수줍어하며 피함)를 하는구나. 엉큼한 녀석, 뒤에선 잔소리 많은 지배인 령감의 흉내를 낸다면서?…"

"그런 적이 있습니다."

"왜 그러구 섰어, 들어오지 못하구."

"사색 중인 것 같아서…"

"그래 보이라 걱정을 하던 참이야. 어떻게 왔나?… 사고심의 때는 벙어리처럼 가만있더니 무슨 좋은 안이라도 있나?"

"전 어제 밤에도 왔댔는데… 불을 껐두만요."

"미안하오…"

지배인이 신심으로 말하자 승열은 면구해서 얼굴을 붉혔다.

"전… 제 개인문제 때문에 왔습니다."

"저기 쏘파(소파)에 앉아 이야기하자구."

최현필은 승열의 어깨를 끌어안고 쏘파로 갔다.

승열은 폭신한 쏘파에 지배인과 나란히 앉자 괜히 모자에 눌린 머리를 바로잡느라고 비다듬었다(매만져서 곱게 다듬었다). 탄 물든 작업복 앞섶에서 에나멜빛 단추들이 번쩍거렸다. 그것은 승열이가 에나멜을 씌운 구리줄을 골뱅이 잔등처럼 돌려 감아 만든 단추였다. 본래의 수지 단추들은 보이라 화실에서 나는 열에 못 견디어 떼여버린 것이다.

"지배인 아바이, 전 보이라에서 일한 칠 년 동안에 지배인 아바이한테 자주 찾아 왔댔지만… 제 개인 문제를 말한 적은 없지요?"

"허, 서론을 들으니 용건이 중대할 것 같군."

최현필은 가위다리(한쪽 다리의 정강이 위에 다른 쪽 다리를 어긋나게 걸쳐 얹고 앉은 모양)를 하고 넌지시 미소를 지었으나 곧 신중해졌다. 새 지배인이 오는 동안에 풀어주지 못할 문제면 어쩌랴 하는 위구심(염려하고 두려움)이 불시에 들었다.

승열은 우물쭈물 말을 꺼냈다.

"지배인 아바이, 절… 보이라에서 돌려주십시오."

"뭐?… 보이라 직업을 바꾸겠다구?!"

최현필의 음성은 굵어졌다. 승열의 어깨에 얹었던 손이 힘없이 내려졌다. 믿음을 잃은 데서 오는 실망과 분노가 뒤엉켜 서려 올랐다. 주성칠 기관장을 내놓고는 보이라에서 제일 믿었던 청년이 아닌가. 탄먼지

나는 보이라에서 창안을 하고 손풍금을 울리며 열관리공의 노래를 부르고 익살로 처녀운전공들을 웃기고 비물에 씻기는 한 줌의 탄가루조차 아끼던 승열이가 아닌가.

"자넨 보이라에 제 집처럼 정이 들었다고 말한 적이 있지?… 헌데 어째서 그런 결심을 가지게 되였나?"

"…"

승열은 고개를 숙인 채 손가락만 잡아 비틀었다.

"보이라가 싫어졌나?"

"아니요."

"그런데?…"

"그저… 좀 바꿔주십시오."

승열의 눈 속에 비낀 고민의 깊은 흔적을 본 최현필은 가슴이 뭉클해졌다. 탄 때 낀 손을 씻지 못한 채 지배인을 믿고 찾아온 승열이… 그에 대한 동정과 련민의 정이 그득히 고여 올랐다.

"말하라구, 응? 승열이."

"…"

"무슨 사연이 있어서 그러겠지?"

"…"

"어서 말하라구. 자네가 이 지배인 방에 찾아온 게 마감인지도 몰라."

"예?!…"

승열이가 놀라서 고개를 쳐들자 최현필은 정신이 들어 말머리를 돌렸다.

"아니… 그럴 수 있단 말이지. 나이 많은 내가 지배인으로 그냥 있을 순 없잖나?… 그러니 말하게. 내가 지배인 자리에 있는 한 풀어보자구."

최현필은 승열의 어깨를 끌어당기며 따뜻이 말했다.

지배인한테서 아버지 같은 친근감과 믿음과 기대를 안은 승열은 스스럼없이 이야기를 시작했다.

"지난 주일에 삼촌이 저를 찾아왔습니다. 합숙 생활을 그만하지 않겠는가고 하면서 사진을 꺼내는 게 아니겠습니까. 어덴지 낯이 익은 것 같은 녀자 사진이였습니다. 삼촌은 '눈까풀이 얇다란 처녀가 세간살이(살림을 꾸려 나감)를 잘한다, 처녀가 얼마나 알뜰한 살림군(살림꾼)인 줄 아니? 일은 또 어떻구, 편직물 공장 정문에 가봐라, 영예게시판(직장에서 모범일꾼들을 사진과 함께 소개하는 판) 첫줄에 그 처녀 사진이 붙어있다' 하고 칭찬을 했습니다. 제가 가만히 보니까 생김새가 나무랄 데 없구… 은근히 마음이 끌렸습니다."

"그래 어떻게 됐나?"

"녀자네 집은 저 향로동에 있습니다. 다음 날, 한 시간나마 걸어서 삼촌네 집에 가니까 삼촌 어머니가 그 동무를 데려오겠지요. 척 마주앉아 통성(통성명)해보니 아닌 게 아니라 우린 초면이 아니였습니다."

지배인의 주름진 얼굴엔 엷은 미소와 너그러운 호기심이 어렸다.

"일이 우습게 됐습니다. 지난날의 묵은 검불을 들추어내게 되였으니까요… 저는 중학교 일 학년 때두 장난이 세찼습니다. 굵은 새끼줄로 허리와 어깨에 지휘관 혁띠(혁대)를 하고서 마을의 '골목대장' 노릇을 했습니다. 하루는 어스름했는데 마을에 이사 온 집의 처녀애가 오지 않겠습니까. 그래서 대뜸 마른 강냉이 대장총으로 질겁을 하도록 혼내줬지요. 저두 혼쌀(혼쭐)났습니다. 처녀애 어머니가 즉시에 우리 집에 달려왔으니까요… 알구 보니 그 처녀가 아니겠습니까. 하루 동안 유원지와 강기슭을 산보하고 나니 우린 정이 깊어졌습니다. 그래서 인제는 녀자의 어머니를 만나 볼려고(보려고) 하는데 한 가지 난처한 일이 생겼습니다."

"무슨 일인데?"

"아 글쎄 처녀가 자기 어머니한테 제발 내 직업이 열관리공이라구 하지 말라는 게 아니겠습니까. 후에 사실을 말하드래도(말하더라도) 지금은 그러지 말라구요… 하는 수 없이 승낙했습니다. 그래도 안심이 안 되는지 자기 집문 앞에 와서까지 당부를 합니다. 허리를 꺾어서 인사를 했습니다. 그 어머니는 저를 머리끝에서 손끝까지 올리 보고 내리 보고 은근히 옆으로도 보두만요. 물론 허리에 새끼줄 혁띠를 매고 강냉이 대장총을 꼬나든 옛날 '골목대장'을 알아보지는 못했지요. 두루두루 물어봅디다. 그러다니 직업이 뭔가구 하지 않겠습니까. 저는 어쩐지 '인물심사'를 하는 태도가 마음에 들지 않아서 뻐젓이 대답했습니다.

'열관리공입니다.'

'아니 보이라공이란 말인가?'

'예, 어머니.'

옷방에서 처녀가 안절부절 못하며 낯색이 수수떡빛이 된 걸 보면서두 정중히 대답했습니다. 그랬더니 그 어머니는 롱 삼아 타이르듯 하는 게 아니겠습니까.

'젊은 사람이 공부를 하기 싫었던 게구만. 코밑에 탄가루 수염을 묻히기 좋아할 땐.'

'어머니, 저는 중학교 최우등 졸업생입니다.'

'그런데 왜 하필 보이라를 하나? 대학이나 갈 거지.'

'보이라가 맘에 들었습니다.'

그 어머니는 저의 비꼬는 말투엔 아랑곳하지 않구 여전히 보이라 직업이란 게 우리 사회에서 제일 어지럽구 힘든 일이라느니… 하면서 푸념을 늘어놓겠지요. 그래서 저는,

'어머니, 외람된 말씀이긴 하겠지만 온수난방이 된 이런 깨끗하구 뜨뜻한 방에 앉아서 보이라공이 어떻구 탄이 어지럽구 하지는 마십시오. 신랑감을 나무래는 건 좋지만 보이라 직업을 모욕해선 안 됩니다.'

하고는 나와 버렸습니다. 그 처녀가 달려 나와 붙드는 걸 뿌리치구 공장으로 아예 오구 말았습니다."

승열은 눈길을 떨구었다. 처녀들이 부러워할 듯싶은 긴 속눈썹 속에서 고민 어린 침울한 눈동자는 열어놓은 창문 쪽을 바라본다. 바깥 창턱에 날아와 앉은 비둘기가 연신 꾸룩 거린다. 목과 깃에 연자줏빛 털이 덮인 의젓한 숫비둘기가 눈가루처럼 새하얀 암비둘기 주위를 에돌며 속을 태웠다.

"승열이, 어쨌든 잘 처신했어. 그런데선 자존심을 굽히지 말아야지. 모욕을 참으며 구걸을 해서 장가들 순 없어."

최현필 지배인은 자신이 배반을 당하고 모욕을 받은 듯 의분이 솟아오름을 느꼈다. 생각 같아선 그따위 리기적인 녀인의 가정과 인연을 끊으라고 말하고 싶었으나 처녀를 잊지 못해 울적해 있는 승열에게 그럴 수도 없었다. 사랑의 감정이란 일시적인 결단성으로 잊어지기 어려운 것이다.

"보이라 직업을 바꿔 달라… 그러니 자넨 굴복한 셈이군."

"지배인 아바이… 전 그 녀 동무를 보고 싶어 견딜 수 없습니다. 잠이 오지 않고 일도 손에 잡히지 않습니다."

"직업을 바꾸고 가면 그 처녀가 기뻐할 것 같나?… 아마 그 처녀는 자네를 주대(줏대) 없는 허술한 사내로 보구 환멸을 느낄 거네."

"…"

"승열이, 사회적 의무를 줴던지고(쥐여 던지고) 사랑을 찾는다는 건 우리 시대 청년으로서 부끄러운 일이야. 보이라의 동무들을 배반하는 너 절한 짓이지."

"!…"

승열의 얼굴은 수수떡처럼 검붉어졌다. 어깨는 대번에 축 처졌다.

"그래두, 정 소원이라면 바꿔주겠네. 처녀의 어머니가 만족하게스리."

"아니… 그만두십시오."

승열은 화를 내듯 말하고서 몸을 일으켰으나 지배인이 어깨를 누르는 바람에 도로 주저앉았다.

최현필은 빙그레 미소를 지었다.

"아무렴, 그리리라구 믿었어. 허지만 그 처녀가 정 마음에 든다니… 장가 들 방법을 궁리해 보자구… 어쨌든 어머니를 돌려세워야겠는데… 낮추붙어(자신을 낮추어) 사정할 순 없구… 아무래도 교양을 하는 수밖에 없어. 주근주근 달라붙어 어머니의 낡은 관점을 바로 잡아주는 게 좋을 것 같아."

"…"

"그 처녀네 집이 향로동 어디 바룬가?"

"공업품 상점 뒤의 긴 아빠트입니다."

"이름은?"

"장선화입니다."

최현필은 쏘파에서 일어나 문 쪽으로 걸어가는 승열의 뒷모습을 동정 어린 눈길로 바라보았다. 가슴이 아팠다. 아버지처럼 믿고 찾아와 속마음을 터놓은 승열이, 그의 신중한 사생활 문제를 쏘파에 편안히 앉아 말로 손쉽게 해결해치웠다. 탄 때 절은 작업복을 입고 보이라에서 찾아온 청년에게 아무런 담보(보장)도 희망도 안겨주지 못하고 내보냈다.

최현필은 자신이 불만스럽고 화가 나서 밖으로 나왔다.

구내길 저쪽으로 승열이가 멀어지고 있었다. 보이라로 가고 있다.

최현필의 발걸음은 자석에 끌린 듯 그쪽으로 향해졌다.

보이라 철문을 열고 안으로 들어선 최현필 지배인은 우뚝 멈춰 섰다.

1호 보이라 앞에서는 성칠 기관장과 마진호 부기사장이 받을 소처럼 푸르딩딩해서 마주 서 있었다.

'또 다툼질이구나!'

최현필은 마치 아들이 병원에 실려 갔다는 소리를 들었을 때와도 같이 가슴이 불안으로 후둘거리였다.

"진호, 자네 이 기관장 대신 사업조직을 하느라 수고했네 그려."

성칠의 가시 돋친 말소리.

"고맙네, 아무튼 간에 난 기관장이란 사람이 재처리장 속에 들어가서 증기생산과는 인연이 먼 일에 몰두하고 있는 걸 참을 수 없네. 자넬 찾아서 비뚤어진 일을 바로 잡으시오 하느라면 생산직장으로 가는 증기는 맥이 다 빠져버려."

느릿느릿 여유작작하게 내뱉는 마진호.

"사람을 무시하지 말게. 증기압이 좀 약해졌다고 일이 아주 비뚤어진 건가. 그걸 언턱(구실)으로 1호 보이라공들을 다른 보이라에 배치하다니!… 처사가 글렀네!"

"자네 어깨 우에 공장생산을 올려놓고서 대답해 보라고 할 걸 그랬어."

"흠, 일을 혼자만 하는 체하지 말게. 생산에 대한 책임은 공장의 지도일군이건 로동자건 다 같이 졌어."

"아무튼 간에 기관장은 이달 계획을 할 때까지는 1호 보이라엔 신경을 쓰지 말게. 열관리공들은 내가 배치한대로 집중해서 증기압에 파동을 주는 일이 없도록 하게."

"그럼 기관장이구 뭐구 다 혼자 해먹게!"

주성칠은 벙어리장갑을 1호 보이라 화구 앞에 휙 집어던지고는 휴계실 쪽으로 향해 돌아섰다가 그만 지배인의 성난 눈길과 딱 마주쳤다.

"기관장 동무, 무슨 말본새(말하는 태도나 모양새)가 그렇소?"

최현필의 거친 음성은 저쪽 보이라들의 소음을 눌러버렸다.

"어디 자본가가 경영하는 공장인가! 기분이 좋으면 일 해먹고 수틀리면 될 대로 되라?… 증기압이 떨어진 건 기관장으루써 응당 추궁을 받아야지. 무슨 대꾸질이요? 저열탄보이라 개조를 한다고 생산에 지장을 주는 걸 정당화하다니!"

주성칠은 입을 꾹 다물고 서 있었으나 목에서는 울대뼈가 절구질을 한다.

마진호는 옷주머니에서 담배를 꺼내였다. 그는 성냥 가치를 두 개나 분지르고야 불을 켰다.

최현필은 화구 앞의 벙어리장갑을 집어 성칠에게 주며 부드럽게 말했다.

"기관장 동무, 오전에도 세 개 보이라를 돌려 증기압이 떨어지지 않았는데… 어떻게 된 건지 가서 알아보오."

성칠은 음료수통을 벌컥 열더니 자루가 긴 늄(알루미늄) 고뿌로 찬물을 떠서 벌컥벌컥 들이키고는 2호 보이라 쪽으로 씨엉씨엉(씩씩하고 활기차게 걷는 모습) 가버렸다.

"나 좀 보자구."

최현필은 부기사장에게 짤막히 던지고는 보이라 철문을 열고 밖으로 나왔다. 마진호는 잠자코 지배인의 뒤를 따라왔다.

두 사람은 보이라 마당을 지나 구내 숲 사이로 뻗은 좁은 길로 한동안 말없이 걸었다.

공장사람들의 인적이 없는 구내공원에 깊숙이 들어와서야 최현필은 걸음을 늦추었다.

"부기사장, 자네와 성칠이는 왜 그리 뻣뻣해졌나?"

"…"

"난 부기사장과 보이라 기관장의 사업상 관계를 놓구 말하는 게 아니네."

"…"

"몇 해 전까지만 해두 자네들은 얼마나 정답게 지냈나… 오래동안 한 호실에서 합숙 생활을 했구. 같은 해에 합숙을 '졸업'하지 않았나. 내가 자네들을 한 아빠트에 집을 잡아주지 못했다고 자넨 섭섭해 했지? 자네들의 우정을 소홀히 한 건 내 잘못이였어. 공장의 세대주로서 응당 그런데 머리를 써야 옳았거던… 그래두 자네들의 관계는 여전했었지? 출근 길에 두 가정이 서로 만나면 성칠인 자네의 은철이를 안구, 자네는 순애를 안구서 나란히 걸었지, 그 옆에 서선 안해들이 다정히 이야기를 나누고… 길거리의 사람들두, 공장 사람들두 다 부러워할 정도였어. 그러니 일두 잘 돼 나갔지. 자네의 '강냉이물 농축기'두 또 뭔가 하는 발명들두 다 그때 자네들이 한 마음이 돼서 만들어낸 게 아닌가."

"전… 성칠에게 감정으로 대한 적은 없었습니다."

마진호는 조용히 항변했다.

"내 기억이 틀리지 않다면 자네가 부기사장이 된 다음해부턴가… 아마 그쯤 될 거네. 그때부터 자네들 사이에는 어성버성(부자연스럽고 서먹서먹)해지고 금이 가기 시작했어. 성칠에게두 결함이 많아, 그렇지만 자네두 알아두게. 지도 일군이 됐다고 해서 그 전날 로동하던 시절의 인간관계를 소홀히 해선 안 되네. 부기사장과 수백 명의 로동자들과의 관계는 어떤 의미에서 하나의 우정 관계라고 볼 수 있지. 자기와 가장 친근하던 벗과의 우정을 잃은 사람이 로동자들과 속마음을 주고 한 몸이 돼서 일할 것 같은가."

"…"

마진호는 묵묵히 걷기만 한다.

최현필은 무엇인가 더 말하고 싶은 충동을 억제할 수 없었다. 그것은 영영 돌아오지 못할 길을 떠나는 아버지가 집에 남겨두는 자식들이 서로 화목하고 의지해서 잘 살기를 바라는 절절한 마음과도 같은 것이었다.

그러나 더 이야기를 할 수는 없었다.

우편물을 한 아름 안고 오는 기요원 아주머니와 맞다들린(맞닥뜨린) 것이다.

"지배인 동지 소폽니다."

기요원은 주근깨 돋은 얼굴에 상긋 웃음을 지었다.

"나한테?… 보낼 사람이 없는데… 이크 무겁군 그래."

소포에 씌여진 주소를 읽어 내려가던 최현필의 얼굴은 신중해졌다.

"이 지질 기사한테서 편지는 온 게 없소?"

"있습니다."

기요원은 봉투를 하나 골라 지배인에게 내밀었다.

"부기사장 동무, 이 지질 기사가 우리 공장에서 새로운 저열탄보이라를 만드는 줄 알구 또 편지를 했소."

지배인의 말에 진호는 그저 심드렁하니 호기심을 나타냈을 뿐 따져 묻지 않았다. 그는 기요원 아주머니가 안고 있는 편지 뭉텡이(뭉치)를 보고 물었다.

"이건 누구에게 오는 편지들이요?"

"지배인 동지와 당 비서 동지 앞으루 오는 겁니다. 부기사장 동지에 겐…"

기요원은 그에게 한 장의 편지도 전해주지 못하는 것이 마치 자기 탓이라도 한듯 어줍어했다(어색해했다).

마진호는 그 자리에 서 있기가 옹색함을 느끼였다. 사람들로부터 귀중한 신의를 잃고 돌림(따돌림)을 받은 것 같은 괴로움이 못처럼 솟아올라 가슴을 쌀쌀히 긁어내렸다.

"참 부기사장 동지, 아까 전화가 왔었습니다."

기요원은 생각난 듯 말했다.

"어데서?"

"시 연료사업소에서… 계약한 게 튀지 않도록 해달랍니다."

"?…"

겉봉을 찢고 속지를 꺼내던 최현필은 마진호에게 고개를 돌렸다.

지배인의 쏘는 듯한 눈초리를 이겨내지 못한 마진호는 솔직히 터놓았다.

"지배인 동지, 고열탄을 더 받기로 했습니다."

"계획에 없는 계약을?"

"한 달 부분을 앞당기는 거지요."

"무엇을 담보루 했소?"

"저… 우리 공장생산품을…"

"뭐?!…"

최현필의 눈섭(눈썹)이 곤두섰다. 쏘아보는 지배인의 눈에는 그 어떤 실망의 빛이 어렸다.

"이제 보니 동문 열(열성)이 크구만. 그런 무원칙한 거래에 손을 척척 대구."

"뭐 제 주머니를 채웁니까. 지배인 동지, 생산품을 도매소에 넘기는 셈치구 한 번…"

"안 되오. 계약을 취소하시오. 생산품 판매 질서를 어긴다는 건 곧 국가를 속이는 거요."

"!…"

마진호 부기사장은 불만이 꽉 실린 표정으로 지배인을 바라보았다. 그 찌프린 눈길 속에는 '당신은 그래 이 공장의 살림살이를 책임진 지배인이 아니고 손님이란 말이요?' 하는 속대사(속말)가 비껴 있었다.

그러나 마진호는 관리부청사 쪽으로 가면서 지배인에 대해 달리 생각했다. 매사에 결백한 지배인이니 그렇게 랭정히 말할 수 있으리라고 여겼다. 어쨌든 공장의 모든 것을 책임진 지배인이 장마철을 앞두고 탄을 예비로 넉넉히 끌어들이는 것을 싫어할 리는 없을 것이였다.

마진호는 지배인과 헤여져(헤어져) 자기 사무실에 들어서기 바쁘게 자재과장에게 전화를 걸어 과업을 주었다.

10

'갱생' 승용차는 시내를 향해 달리고 있었다.

길수는 연신 가속기를 밟아대면서도 이따금 투시경으로 뒤좌석(뒷좌석)에 몸을 묻고 있는 지배인을 쳐다보군 한다. 그는 은근히 기뻤다. 어제부터 환자에게 필요한 여러 가지 식료품을 한 보자기 든든히 마련하고서 어떻게 하면 입원한 아들의 생각을 영 잊은 듯싶은 지배인 스스로 시내로 가자고 하지 않는가.

문득 길수는 깨닫고 '갱생'의 속도를 늦추었다. 조그마한 웅뎅이(웅덩이)도 조심스레 피해서 천천히 몰아갔다. 지친 듯 눈을 감고 있는 지배인을 잠시라도 편히 쉬게 하고 싶었다. 그는 이 '갱생' 차의 운전대를 잡은 때부터 한 번도 지배인이 한가한 때를 본 것 같지 않았다. 저녁에는 어떻게든 그를 먼저 들여보내고 자신은 일을 다 끝내고 밤이 깊어서야 걸어서 집으로 가는 때가 허다했다.

길수는 앞 거울에 비친 지배인의 잔주름 가득한 피로한 얼굴, 서리 앉은 머리, 고집스레 다물린 두툼한 입술에서 그 전날의 지배인 모습을 되살려 보려고 애썼다.

제대되여 공장에 배치된 그는 인차 지배인 승용차를 몰게 되였다. 달포 후에는 휴가를 받아 고향에 가서 결혼식을 하고 왔다. 합숙 생활을 하고 있는데 어느 날 최현필 지배인이 옷을 잘 입고 어데로 가자고 했다. 지배인이 무슨 행사에 참가하는 줄 알고 '갱생'을 서둘러 몰고 가는데 최현필은 역전으로 차를 몰라고 했다. 지배인은 그를 데리고 홈에 나갔다. 곧 렬차가 달려와 멎었다. 뜻밖에도 승강대에서는 그의 안해가 내리였다. 트렁크를 두개나 들고… 전보를 받고 왔다는 것이다. 최현필 지배인은 뜻밖의 상봉에 기뻐 어쩔 줄 모르는 그들을 이미 마련한 주택으로 데려다 주었다. 길수는 퍽 후에야 불이 잘 안 들던 그 집을 지배인이 경리과 사람들을 데리고 손수 부뚜막까지 쌓았다는 것을 알았다. 어디 그뿐이였던가…

인정 후더운 지배인을 조금이라도 도와줄 수 있게 된 길수의 마음을 알기라도 한 듯 '갱생'도 살근살근 말을 잘 들어 주었다.

차가 시 병원으로 가는 로타리(로터리)를 도는데 최현필 지배인이 그의 어깨를 건드렸다.

"향로동으로 가자구."

"?!…"

"공업품 상점 뒤 아빠트에 가야겠네."

"지배인 동지, 정 바쁜 일이 아니면 시 병원에 먼저 갑시다."

길수는 사정했다.

"우리 정민이한테루?… 거긴 오던 길에 들리자구."

"!…"

"어서 향로동으로 몰라니."

"무슨 중대한 일입니까?"

길수는 허물없는 롱기(농기)를 섞어 물으면서도 어쩌는 수 없이 운전대를 잡아 돌렸다.

"성미두 사내답구 미남자구 일을 썩 잘하는 청년인데 글쎄… 처녀네 집에서 아주 정당치 못한 리유(이유)를 붙여 배척을 했단 말이요."

"공장 사람입니까?"

"우리 열관리공이네."

최현필은 흰머리를 쓸어 넘기고는 나직이 한숨을 쉬였다. 어쩐지 승산 없는 걸음을 하는 것 같아서였다. 그러나 그는 틀어진 혼사를 바로잡는 것보다 더 긴요한 목적이 없음을 스스로 느끼였다.

필시 자기보다 나이를 덜 먹었을 것이지만 어쨌든 해방도 전쟁도 복구건설도 체험했을 그 녀인이 소경처럼 앞날을 바로 못 보고 사는 것은 참을 수 없는 것이다. 지난날의 고생과 의리를 싹 잊어버리고 제 앞길만 조심스레 두드리며 걸어가는 그 '소경'의 리기적인 지팽이(지팡이)를 뺏어치우고 시대의 눈을 번쩍 띄워주고 싶은 것이였다.

'갱생' 승용차가 '향로공업품 상점' 뒤의 뜨락에 멎자 최현필은 서둘러 내리였다. 길다란 6층 아빠트를 둘러보던 최현필은 그만 발걸음을 떼지 못하고 멍하니 서 있기만 했다. 아리숭한(긴가민가하여 뚜렷하게 분간하기 어려운) 기억을 더듬느라 애썼지만 떠오르지는 않는다.

길수가 운전 칸 문을 후려 닫고서 최현필 곁으로 다가왔다. 길수는 지배인 눈길이 닿는 아빠트를 올려다보며 그가 서 있는 것을 제 나름으로 해석하고 물었다.

"지배인 동지, 어느 집입니까? 힘든데 제가 올라가서 찾아오지요."

"이름이… 생각나지 않아 그러네."

최현필은 심장을 쥐여 짜는 듯한 아픔을 느끼며 간신히 대답했다.

'내가 정말 늙었구나… 수첩에 써놓았을 걸… 이건 건망증이 아니구 무관심이야. 승열이가 아들이였다면 잊어버릴 리 없지.'

길수는 눈이 둥그래서 지배인을 바라본다.

"반은 압니까?"

"물어보지 못 했어…"

최현필은 젊은 운전사 앞에서 온몸이 수치감으로 불타는 듯했다.

"그럼?!…"

"아빠트는 이게 틀림없어. 처녀가 편직물 공장에 다니는 집이네."

"이 아빠트는 너덧 개 인민반이 있습니다. 잘 될 겁니다… 지배인 동지는 차 안에 앉아계십시오. 제가 어떻게든 찾아보지요."

"그러문 자네 저쪽 현관으로 올라가서 알아봐주게. 난 이쪽 현관을 맡을 테니."

"!…"

최현필은 곧바로 마주 보이는 현관으로 들어가서 인민반장을 찾았다. 6층이였다. 가쁜 숨을 쉬며 올라가서 물으니 자기네 반에는 그런 집이 없다고 한다. 그는 다시 내려와 다음번 현관으로 갔다. 중년의 뚱뚱한 인민반장 녀인이 5층 3호집의 딸이 편직물 공장에 다닌다고 했다. 최현 필은 5층으로 올라가서 3호집 문을 두드렸다. 오십 고개에 이르렀을 점 잖아 보이는 녀인이 앞치마에 손을 닦으며 나왔다.

"어데서 오셨습니까?"

"따님이 편직물 공장에 다니지요?"

"예…"

최현필은 녀인의 나이를 짐작해보아 자기가 면바로(똑바로) 찾아왔음 을 직감했다.

"아주머니… 내 곡산 공장에서 왔습니다."

"무슨 일루?…"

녀인은 의혹 어린 눈길로 최현필을 쳐다본다.

"저, 그… 있지 않습니까. 저번에 우리 열관리공 동무가 집에 왔었지 요?"

"우리 집엔 그런 사람이 온 적이 없는데요."

"사위감(사윗감)을 고르지 않았습니까?"

최현필은 녀인이 에돌림을 하는 것 같아 툭 찍어 물었다.

"손님이 잘못 오신 것 같습니다. 우리 딸애는 이제 열아홉 살인데요."

"!!"

잠시 열적어 서 있던 최현필은 녀인에게 미안하다고 재삼 말하며 돌아섰다.

녀인은 복도를 따라 나오며 사람의 생활에 그런 일도 없겠는가고 무안을 덜어주느라고 애썼다.

최현필 지배인은 계단을 천천히 걸어 내려왔다. 현관을 나서는데 길수가 벙글거리며 뛰여왔다.

"지배인 동지, 처녀 이름이 장선화가 아닙니까?"

"선화… 맞네! 맞아. 어느 집인가?"

"4현관 4층 4호집입니다."

"누가 있던가?"

"집에 쇠를 잠궜습니다."

"!…"

"옆집에 물으니 그 처녀의 어머니는 친척집에 놀러간 지 며칠 되구 편직물에 다니는 선화란 처녀는 일 끝나구 늦게 온답니다."

"그러문… 돌아가자구."

최현필은 맥이 풀려 나직이 말했다.

'갱생' 승용차는 시내 쪽으로 오던 길을 돌아 달렸다.

길수는 반반한 포장길로 차를 다궈몰았다(세게 몰았다). 얼마 후 그는 지배인이 미처 정신을 차릴 새 없이 '갱생'을 시 병원 앞에 멈춰 세웠다.

그리고는 마치 명령이나 하듯이 말했다.

"지배인 동지, 어서 정민 동무한테 다녀오십시오."

"벌써 왔나?"

최현필은 차창 밖으로 내다보고 병원임을 알자 운전사의 어깨를 철썩 두드렸다.

"불이 번쩍 나게 몰았군."

최현필은 밖으로 나섰다.

길수는 바람처럼 지배인을 따라와 묵직한 보자기를 들려주었다.

운전사의 다심한(이모저모 헤아려 보는 깊은 마음) 성의가 깃든 보 꾸레미 (꾸러미)를 들고 병원 뜰 안으로 걸어가던 최현필은 갑자기 생각난 듯 돌아섰다. 그는 운전사를 손짓해 부르고는 조용히 일렀다.

"길수, 나를 기다리지 말구 공장으루 가게."

"?..."

"부기사장 동무가 오후에 새 '물엿 정제기'의 기술협의 때문에 강안 기계 공장에 가겠다고 했소."

"..."

"알아들었나?"

최현필은 엄하게 따져 물었다.

길수는 시큰둥해서 승용차 쪽으로 다가갔다.

　최현필 지배인은 간호원 처녀의 안내를 받아 아들의 입원실에 들어 갔다. 아들은 얼굴과 어깨를 붕대로 싸맨 채 누워 있다. 잠들었는지 눈 을 감고 고요히 누워 있는 아들의 그 모습이 며칠 전 밤처럼 최현필의 가슴을 아프게 긁어내렸으나 그는 간호원 처녀 앞에서 아무런 내색도 하지 않았다. 마치도 상처 입은 아들이 아니고 단잠에 든 무탈한(별 탈 없 는) 아들을 바라보는 그런 표정이었다. 안해 윤씨가 뒤늦게야 알고 허둥 지둥 병원을 다녀와서는 령감이 아들을 망쳤다고 야단을 칠 때도 올방 자를 꾹 틀고 앉아 말 한마디 없이 타는 가슴을 담배 연기로 가셔낸 그 였다.

　최현필은 온갖 시름을 안겨주는 것만 같은 아들을 더 보지 않으려는 듯 침대에서 물러나 원탁 곁의 의자에 조심스레 주저앉았다.

　입원실은 아늑했다. 눈 같이 희고 깨끗한 벽, 흰 침대, 흰 붕대, 간호원 의 흰 위생복… 그 모든 정갈하고 산뜻한 것들은 방안에 떠도는 각종 약 냄새들과 함께 환자의 앞날이 어둡지 않고 희망에 차 있다는 것을 최현 필에게 상기시켜주는 듯싶었다.

　저으기 마음의 안정을 회복한 그는 간호원을 향해 물었다.

　"우리 애한테 웬 처녀가 오지 않았습니까?"

　"공장 유치원에 있는…"

　"옳소."

"첫날… 응급처치가 끝난 후에 왔댔어요."

"오래 앉아 있었소?"

"온통 붕대를 싸맨 환자를 보자 손으로 얼굴을 가리고 울더군요. 그러더니 인차 나갔습니다. 그 동무는 병원 앞뜰의 버드나무에 몸을 기댄 채 비가 내리는 것도 모르고 오래도록 서 있었어요."

'고민을 하겠지…'

최현필은 어쩐히(어쩐지) 외기러기 신세가 될 듯싶은 아들을 쓸쓸히 쳐다보았다.

깊은 잠에서 깬 정민이가 그를 보자 몸을 일으켰다.

"누워 있거라… 그래 좀 어떻니(어떠니)?"

"의사 선생은 붕대를 인차 풀어주겠다고 말하두만요."

"음…"

"어머닌 걱정하겠군요."

"진정됐다."

"아버지는요?"

"나?… 보다싶이(보다시피) 이렇게 무탈하지 않니…"

정민은 아버지의 얼굴을 물끄러미 지켜보았다. 공장에서나 집에서 관심을 가지고 아버지를 유심히 본 적은 별로 없었다. 흰머리와 얼굴을 덮은 주름살들은 로년(노년)의 풍채를 돋보이는 듯했으나 초췌하고 주접든 흔적은 가리지 못했다. 매일 밀어야 할 수염은 며칠이 된 듯 싹이 자랐다. 눈시울 주원 피곤으로 해선지 탄가루가 꼈는지 푸르무레했다. 혈색이 나쁘고 윤기 없는 살갗에는 검버섯이 드문이 돋았다. 말 안 해도 아버지는 보이라와 생산현장에서 살다싶이(살다시피) 한다는 것을 느낄 수 있었다. 정민은 평생 공장과 일밖에 모르는 아버지에 대한 련민의 정과 함께 죄스러움을 느꼈다.

'난 저열탄보이라를 성공도 못하고 사고만 내면서 아버지를 고생시키는구나.'

정민은 이제라도 년로한 아버지가 사고 없이 지배인 사업을 하면서 편안히 지내도록 도와주는 것이 아들로서 의무라고 생각했다.

최현필은 아들의 눈에 떠오르는 번민의 빛을 보자 속이 언짢았으나 다정히 물었다.

"너 보이라 소식이 궁금하지 않느냐?"

"알구퍼요(알고 싶어요)."

"사고 났던 건 말끔히 가셨다. 그리구 인발관과 철판을 넉넉히 얻어 왔지. 내화벽돌은 곧 실어올 게다."

"아버지…"

"말하려무나."

"저… 보이라 개조를 당분간 고려해보지 않겠어요?"

"왜?"

최현필은 대번에 이마를 찡그렸다.

"또 사고날가 무섭니?"

"그런 건 아니예요."

"그런데?"

정민은 말을 주춤거렸다.

"저… 화실 내의 열부하 문제랑… 불판에 슬라크 앉는 거랑…"

"그게 어떻다는거냐?"

"해결 방도가 잘 떠오르지 않아서…"

"당장에야 어찌겠니. 해가느라면 묘책두 나오겠지. 그것 때문이냐?"

"그래요. 솔직히 말해서 전 또 사고 나지 않는다고 담보하긴 어려워요. 아버지 허락해 주십시오."

"토끼 같은 녀석!"

최현필은 입술을 아프게 깨물었다. 이 녀석이 분명 자기 피줄기를 타고 나온 아들인가 하는 저주로운 생각이 뒤덜미(뒷덜미)를 후려쳤다. 이런 녀석에게 저열탄보이라 기술 문제를 의탁하다니…

"아버지는 몸을 좀 돌보셔야 합니다. 인제는 나이도 많으신데…"

아들의 말은 간절했다.

"네가 꼭 부기사장과 같은 소리를 하는구나? 서푼 어치 동정을! 그건 애비에 대한 모욕이야!"

최현필의 노기 띤 음성은 입원실 안을 쩌렁 울리였다.

복도에 나갔던 간호원 처녀가 웬일인가 해서 문을 빠끔히 열어본다.

최현필은 여기가 지배인실이 아니며 정숙만을 요구하는 입원실의 질서를 지켜야 한다는 걸 깨닫자 손으로 수염 싹이 돋은 볼며 얼굴을 화풀이하듯 쓸어 만졌다.

"정민아, 네가 진정 나를 위해 그랬다면… 그렇게 맘 먹은 걸 죄스럽게 여겨라."

최현필은 말을 낮추었다. 그의 음성은 갈렸다.

"너도 들었겠지만 지난해 가을에 친애하는 지도자 동지께서는 어느 지방 도시를 실무 지도 하시다가 길가에서 노는 어린아이들을 만나보시지 않았겠니… 아이들의 주머니에 사탕과자가 있는가 보시구 일군들에게 간곡한 말씀을 하시였다. 곡산 공장들과 식료 공장들이 매달 생산을 정상화해서 온 나라 아이들에게 사탕과자를 떨구지 않고 먹이라고 하시였다. 우리가 후대를 위해 이 좋은 제도를 마련해 놓았는데 단 하루라도 아이들의 주머니에서 사탕과자를 떨궈서야 되겠는가고 말씀하시였다. 난 부에 올라가 그 뜨거운 말씀을 전달받을 때 울었다."

"!…"

"우리 공장이야 강냉이와 탄만 풍족하면 사탕과자와 숱한 식료품이 꽝꽝 나오지 않니… 그런데 수백 리 먼 타 지방의 탄을 실어다가야 어디 생산을 정상화할 수 있어야지. 그것두 나라의 귀중한 고열탄을 말이다. 그래서 우리 발 밑에 있는 저열탄을 안전하게 때는 보이라를 만들려고 더 극성스럽게 달라붙는 거다."

"…"

"이 애비를 걱정하진 말아. 난 인생 말년에 과오를 범하는 한이 있어두 당에서 아파하는 문제는 풀구야 말겠다."

"!!…"

"넌 상처가 웬간히(웬만히) 아물면 나오너라. 운동두 하는 겸 기술지도 같은 거야 못하겠니? 혈기왕성할 땐 누워있으면 상처가 빨리 낫지 못해."

최현필은 부드러이 말했으나 가슴은 아팠다. 침상에 누워있는 아들에게 이렇듯 랭혹히(냉혹하게) 말하다니!… 허지만 지배인 자리에서 물러나기 전에 하루라도 빨리 저열탄보이라를 완성하자면 아들의 손을 빌려야만 하지 않는가.

최현필 지배인은 깊이 생각에 잠긴 채 강기슭을 따라 천천히 공장으로 돌아오고 있었다.

그는 병원을 나설 때 아들이 여전히 번뇌와 고민이 어린 우울한 낯색으로 바래주던 걸 생각하자 발걸음이 천근 같이 무거워짐을 느꼈다.

왜 어렸을 때부터 아들을 매가 제 어린 새끼의 덜미를 쥐여 아찔한 계곡 우에서 날구듯(날리듯) 그렇게 억세게 키우지 못했던가. 저런 아들에게 나의 한생에 심장 속 깊이 간직하고 살아온 소중한 넋과도 같은 그 신념을 물려줄 수 있을가… 모든 것이 행복한 지금에도 저렇게 연약한 녀석이 앞으로 만약 준엄한 시기가 닥쳐오면 우리 당을 따라 변함없이 한길만을 억세게 가낼 것인가. 오늘은 기술적 신념이 흔들렸지만 래일에 가선 당을 따르는 그 신념이 흔들릴 수 있다. 만약 그렇게 된다면 최현필은 무덤 속에서도 잠들지 못하고 몸부림칠 것이다. 그의 소중한 넋은 아들의 가슴 속에서 밀려나와 허공 중에서 안식과 영원을 잃고 산산이 흩어질 것이다.

최현필 지배인은 강녘의 서늘한 바람도 들꽃의 무르녹는 향기도 느끼지 못한 채 터벅터벅 걸어갔다. 등은 더 굽어보였다.

아이들의 말소리와 웃음소리가 귀전(귓전)에 울려서야 그는 얼굴을 들었다.

두 아이가 강가에서 어물거리고 있었다. 보쌈(양푼만한 그릇에 먹이를 넣고 물고기가 들어갈 만한 구멍을 내 그 구멍으로 들어온 물고기를 잡는 도구) 같은 것을 맞들고 나와서는 기슭의 풀 속에 쏟아놓자 소녀애는 그걸 쪼그리고 앉아 지키고 총각애(어린 사내아이를 귀엽게 이르는 말)는 다시 보쌈을 들고 물이 얕은 기슭 쪽으로 들어간다.

최현필은 대뜸 유치원에서 도망친 장난군(장난꾸러기)들이란 것을 알았다. 애녀석들이 선생 몰래 강가에 자주 나온다는 생각이 들었다.

아이들한테로 다가간 그는 소문난 '자유주의 분자(조직과 규율을 싫어하고 제멋대로 행동하는 사람)'인 부기사장의 아들 은철이와 기관장의 딸 순애를 알아보았다.

'둘 사이가 아주 자별(각별)하거던. 하긴 저 애들이야 탁아소 시절부터 '우정'을 맺은 셈이지.'

"허- 이 밤톨 같은 녀석아! 그러다 고기한테 먹히울라(먹힐라)."

뜻밖의 석심한(쉰 듯한) 목소리에 흠칫 놀랜 두 아이는 자기를 붙잡으러 온 선생이 아니라 지배인이라는 걸 알자 '할아버지!-' 하고 물을 쩜벙거리며 튀여나왔다.

은철이와 순애는 그의 바지가랭이를 하나씩 붙잡고 조롱박처럼 매달렸다.

"어 어- 이러지들 말아."

최현필 지배인은 미처 몸 가늠(몸 가눔)을 못하다가 엄살을 부리며 애들을 부여안고 풀 우에 털썩 넘어졌다. 얼굴을 간지럽히며 훅 끼쳐오는 풀냄새, 깨드득 거리며(주로 아이나 여자들이 명랑하고 천진하게 웃는 모양) 웃는 아이들의 티 없이 천진한 웃음소리는 그의 머리를 괴롭히던 잡념을 씻은 듯 사라지게 하였다. 아득히 머나먼 어린 시절로 돌아간 듯한 기분이였다.

"어디 고기 잡은 거나 좀 보자꾸나."

지배인의 말이 떨어지기 바쁘게 은철은 벌떡 일어나더니 풀숲에서 아직 풀떡거리는 버들치, 연두모치, 행배리들을 주어(주워) 왔다.

"어, 이거 꽤 잡았구나. 내 고기꿰미(물고기를 노끈이나 꼬챙이 따위로 꿴 것)를 해줄가?"

"응, 해줘요."

최현필은 가까이에 있는 여우꼬랭이풀(여우꼬리풀)을 쪽 소리 나게 뽑아서는 한쪽 끝으로 고기 아가미를 꿰기 시작했다.

"은철이 이 녀석, 너 또 유치원에서 도망쳤지?"

"흥, 난 여기가 좋은 걸요."

"왜? 유리원엔 배그네(그네의 발판을 사람이 탈 수 있도록 배 모양으로 만든 진자 유희 시설)랑 미끄럼대랑 있지 않니."

"싫증난 걸 그러네."

"?!…"

"지배인 할아버지, 나하구 보쌈을 놓구서 며 감자요. 참 재미있어요."

"여기서 놀기가 더 좋단 말이지…"

최현필 지배인은 은철의 말을 무심히 들을 수 없었다. 그는 다심한 아버지로서의 의무감에 잠겨 주위의 자연을 천천히 둘러보았다. 사진기와도 같은 어린 소년의 맑은 눈과 순진하고도 섬세한 호기심을 안고서.

가없이 쭉 트인 하늘 아래에는 연무에 쌓인 산들이 한가로이 조을고 풀들과 꽃들이 핀 주단(명주와 비단) 같은 목초지는 발 밑에서부터 저기 둔덕 우까지 그림처럼 펼쳐져 있다. 수정 같은 개울물은 해빛에 즐거운 미소를 던지며 기슭의 낮은 개버들 숲과 풀대들을 적신다.

안개가 온밤 깃들인 자취인 듯 풀숲 속 그늘에는 구슬 같은 물방울이 맺혀 대룽거린다. 촘촘한 풀줄기들 사이에는 곤충들이 짜놓은 비단 같은 은빛 거미줄이 반짝거렸다. 풀이 무성한 둔덕은 이름 모를 들꽃들이 꽃 주단을 폈다. 고운 양산처럼 꽃잎을 펼친 것도 있었고 좁쌀알 같은 꽃들이 송이를 이룬 것도 있었고 유치원의 종처럼 생긴 조그만 보라빛 꽃은 누가 떼여갈가 두려운 듯 줄기에 산근히 매달려 있다. 토들토들한 가시가 돋친 멍석딸기 덤불은 돌각담을 한 벌 쭉 덮고도 넌출(넝쿨)을 심술궂게 아무데나 뻗친다. 찌씨르르- 풀매미의 울음소리가 제재톱 소리처럼 귀청을 째더니 무엇에 놀란 듯 뚝 그친다. 취할 듯 무르녹는 들꽃의 향기는 코를 벌름거리게 한다. 맑고 푸른 하늘의 눈동자와도 같은 해는 한 번 깜빡이지도 않고 들판을 내려다본다…

그 모든 풍경은 아이들이 마음껏 뛰놀고 뒹굴고 달음박질할 수 있는 자연의 풍만한 정서적 활무장(마음껏 활동할 수 있는 장소)이였다. 여기서는 아이들의 좁고 순진한 가슴에 유치원 교실에서는 할 수 없는 온갖 진지한 음향들과 그림같이 아름답고 생동하는 화폭들을 안겨줄 수 있지 않을가…

그의 열정적인 상념은 깨여졌다.

둔덕 우에 진옥이가 나타난 것이다. 처녀는 흰 운동모를 손에 구겨 쥔 채 이쪽으로 반달음을 해온다.

선생을 보자 은철은 고기꿰미를 풀숲에 집어던지고 지배인의 바지가랭이 뒤에 딱 숨었다.

순애는 어쩐지 멍하니 보고만 있다. 진옥이가 누군지 모르겠는 모양이다.

최현필은 그제야 짐작이 가서 허리를 굽히고 조용히 물었다.

"순애야, 아버지가 유치원에 데려다주지 않던?"

순애는 머리를 가로 흔들었다.

'기관장이 짬을 내지 못했구나. 사람두 참…'

최현필은 진옥이가 가까이 오자 바지가랭이 짬이 보이지 않게 은철이를 감싸주며 너그러운 웃음을 지었다.

"선생님, 우리 도망군(도망꾼)을 욕하지 마시오. 이 지배인하구 고기잡이를 했습니다."

최현필은 아이들 앞이여선지 깍듯이 존대를 했다.

진옥의 얼굴은 발그스레 상기되고 크고 검은 눈은 어쩐지 지배인의 눈길을 피한다.

최현필은 옛 친구의 딸을… 인제는 아들의 가슴에서 멀어지고 지배인인 자기와는 공장 유치원 교양원이라는 사업의 가는 줄기로밖에 이어져 있지 않을 진옥이를 유심히 쳐다보았다. 해볕(햇볕)을 받아 윤택이 흐르는 숱 많은 머리, 희맑은 살결, 푸른 강기슭이 비낀 눈동자… 처녀의 아릿다운(아리따운) 모습은 최현필의 가슴 속에서 아들에 대한 애달픈 감정을 더욱 사품치게 했다.

"진옥 선생… 애들이 강가에 자주 나오지?"

"녜… 더우면 그럽니다. 마을 수도가(수돗가)에서 장난을 치구…"

"한여름 철엔 더 그럴 거요… 어떨가… 물놀이장을 만드는 게."

"녜?!…"

처녀의 얼굴에 기쁨이 확 피여났다.

"유치원 마당에 알맞춤하게 못을 파구 못 가운데는 큼직한 금붕어를 만들어서 주둥이로 분수가 솟아나게 하지. 그 옆에는 대리석으로 장난군애들을 깎아 세우구. 어떻소?"

"애들이 정말 좋아할 겁니다. 한낮에 더우면 강가에 나오지 않고도 물장구를 치며 마음껏 놀 수 있을 거예요."

"우리 인차 그걸 현실로 만들어 봅시다. 자재는 얼마 들지 않을 테니까."

"그런데 유치원의 힘으로는…"

"아니지… 이건 우리 아이들을 위한 일이 아니요. 아이들의 얼굴에 웃음이 피는 일이라면 온 공장 사람들이 다 동원될 거요."

"!"

그들은 풀이 무성한 둔덕 우를 나란히 걸어갔다. 뒤에서는 은철이와 순애가 조심조심 따라선다.

"그런데 진옥 선생, 내 생각엔 아이들에게 물놀이장만 해줘서는 안 될 것 같소."

"?…"

"애들을 자주 들판에 데리구 나오오?"

"그러지 못했습니다. 봄에 한 번 들놀이를 조직했었는데 비가 와서 그만두고 말았습니다."

"아이들이란 어릴 때부터 들에서 곡식을 어떻게 키워 내는지, 풀과 꽃들이 어떻게 자라고 피는지… 하는 것들을 눈으로 생동하게 보고 만져 보고 느끼도록 하는 게 좋지 않을가. 이를 테면 선생들이 말하는 정서교양이겠지. 애들의 개성이 활짝 펴나려면 유치원 담장 안에서만 키워선 안 되잖가. 허허, 이건 내 생각이요…"

"지배인 동지, 옳은 말씀이예요. 인차 유치원 애들의 들놀이를 조직하겠습니다."

"그렇게 해주오. 날씨가 좋으면 이담에두 잊지 말구…"

최현필은 말을 멈추고 이마살을 찌프렸다. 처녀에게 쓸데없는 소리를 한다는 생각에서였다.

'새 지배인이 아무럼 어렵히 다 하지 않을가.'

그래도 로파심(노파심)은 속에서 그냥 살아 올랐다.

"잊지 말구 애들을 자주 들놀이에 데리고 나오오. 유치원에서 잘 가르치는 건 물론이구… 진옥 선생 책임이 크오. 진옥 선생이 웃으면 애들이 웃고 아이들이 즐거워하면 공장이 활기를 띠고 생산이 쑥쑥 올라갈 거요."

"!!"

유치원과 공장으로 갈라지는 길목에 와서야 지배인은 자기가 중요한 일을 잊을 번했다는 걸 알았다. 그리고는 이제까지 다소곳이 따라오던 순애한테 말했다.

"애야, 인사해라. 유치원 선생님이다… 보이라 기관장 동무의 딸애요. 아버지는 저열탄보이라 때문에 현장에서 살다싶이 한다오. 진옥 선생이 잘 이끌어 주시오. 애 얼굴에 그늘이 지지 않게… 제일 앞줄에 세워주오."

진옥은 순애의 머리를 쓰다듬어주고 옷깃을 바로 여며주었다. 두 아이는 진옥의 옆에 나란히 붙어 서서 뭐가 좋은지 속살거리더니 곧 잠잠해서 따라온다.

말없이 걸었다. 진옥은 지배인한테서 정민이 소식을 들을가 하고 은근히 기다렸으나 지배인은 침묵을 지켰다.

"저… 지배인 동지…"

"?…"

"정민 동문… 좀 어떤가요?"

"그저 그렇지…"

"전… 한 번밖에… 가보지 못했어요."

"안 간들 누가 뭐라겠나… 유치원에서 애들을 가르치는 선생이 무슨
시간이 있다구 시내로 다니겠나."

"그래서가 아니구 전…"

진옥의 얼굴엔 구름이 꽉 꼈다. 고민의 흔적으로 쌓였던 그 죄스러운
감정은 눈물부터 앞세웠다. 처녀는 황급히 눈시울을 내리키더니 두 애
의 손목을 잡고 총총히 걸어갔다. 처녀의 숱 많은 머리 모숨이 어깨 우
에서 서글프게 물결쳤고 바람을 안은 치마자락은 쉽사리 변하지 않을
사랑을 속삭이는 듯 가볍게 펄럭거린다.

'애가 진실하구나. 제 감정을 숨기지 않구… 우리 애와 짝을 뭇지는
않아두 공장 유치원에 그냥 있었으면 좋으련만… 공장의 어린 후대들은
잘 길러낼 테니…'

최현필은 처녀를 이윽토록(오래도록) 바라보았다.

12

한낮이 퍽 기울었다.

오춘실은 열관리공들의 손에 어지러워진 종이를 들고 부기사장방으로 향했다. 공장에서 남편의 사무실에 거의나(거의) 찾아간 적이 없는 춘실은 어쩐지 사람들 보기가 쑥스러웠다. 관리부청사 현관에서 복도로 층계로 오가는 사람들이 자기를 류달리 보는 듯싶어 망설였다. 그러나 손에 든 종이장(종잇장)에 담긴 자기의 소박한 창안품에 대한 열정이 그에게 용기를 돋궈주었다.

지배인과 성칠 기관장, 열기관리공들이 저열탄을 때려고 오래 전부터 애쓰는 것을 보아 온 춘실은 가만있을 수 없었다. 안온한 증기분배실에서 압력계나 쳐다보고 발브(밸브)나 열었다 닫았다 하면서 편안히 있기에는 너무나 량심이 꺼리였다. 그가 보이라 앞뜰에 꽃밭을 가꿨을 때 열관리공들은 무척 기뻐했지만 춘실의 가슴에 빈 구석을 메꾸지는 못했다. 그들처럼 열정과 정력을 바쳐 무언가 만들어내고 싶은 충동을 누를 수 없었다. 그런 자책과 고심의 흔적인지 춘실은 증기분배 발브들을 쉽게 여닫을 수 있는 간단한 장치를 착상해냈다.

그것은 기관장과 열관리공들의 긍정 속에서 증기의 자체압력으로 발브를 자동조절 할 수 있다는 구상으로 발전했다.

춘실은 지금 열관리공들의 탄 물든 손으로 스케치한 종이를 남편에게서 도움을 받으려는 것이다.

마진호 부기사장은 혼자 있었다.

송수화기를 든 그는 방에 들어선 안해를 놀란 듯 쳐다보고는 앞 상 옆의 의자를 가리켰다. 송화기에 대고 거쉰 소리로 따져 물었다.

"아니… 우리 진옥이가 유치원에 없다구요?… 시 병원으로?!… 정말 입니까?… 간지 오래다구… 아무튼 원장 선생, 진옥이가 유치원에 오거 든 내한테 보내주시오. 부탁합니다."

마진호는 송수화기를 털썩 놓았다.

"이 애가 간을 말리는군."

"누이는 갑자기 왜 찾아요?"

춘실은 의자에 앉았다.

"당신은 어떻게 왔소? 해가 서쪽에서 뜨는 게 아니요? 그건 그거구. 아무튼 잘 왔소. 내 오늘 저녁에 진옥이를 선보이자고 하오."

"?…"

"내 언젠가 당신한테 얼핏 말한 적이 있지?… 철제일용품 공장기사장 의 동생 말이요?"

"무역선 항해사를 한다는…"

"응, 어제 휴가로 왔소. 형을 닮아 성품도 좋고 미남자지. 그 청년은 우리 진옥이 사진을 보구 은근히 맘에 들어 우정(일부러) 온 모양이요."

"누인 요사이 정민 기사 때문에 몹시 고민하고 있어요. 감정이 류달리 민감한 누이여서 몸이 막 축가는군요."

"당신이 좀 설복하오(알아듣도록 말하여 수긍하게 하다). 그런 좋은 혼처 를 놓쳐서야 안 되지."

"글쎄… 난 자신이 없어요. 그런 문제는 녀성들 자신이 스스로 택할 일인데…"

"당신은 뭐 나한테 올 때 자결권을 행사했소? 아버님이 승낙하니 당신은 눈을 내리깔고 침묵으로 응하지 않았소."

"…"

"손에 든 건 뭐요?"

춘실은 종이를 남편의 책상에 올려놓았다.

탄 때 묻은 종이에 그려진 그림을 유심히 들여다보던 마진호는 미소를 지었다.

"착상이 좋은데… 누가 한 거요?"

"기관장 동무랑 도와주었어요."

"그럼 당신이?!"

"난 뭐 창안을 못하나요?… 좀 도와주세요. 개인적 부탁이예요. 중학 지식만 가지고는 도면을 못 그리겠군요."

"아무튼… 녀성 발명가로 전망이 있겠소. 그렇지만 앞으론 이런 걸 기술과에 가져가오. 부기사장이 안해를 위해서 공정 기사 노릇까지 할 수는 없잖소."

"…"

"두고 가오. 오늘밤 집에서 그려보기요."

마진호는 안해가 불만스러워한다는 걸 느끼면서도 우정 푸접 없이 말했다. 집안생활이 근심 없고 만족스러우니 아낙네가 경우에 닿지 않게 이런 걸 가지고 남편을 찾아다닌다고 생각된 것이다.

병원이 가까와 올수록 진옥의 발걸음은 떠졌다.

아버지의 친구에 대한 의리로서, 동무로서 찾아간다고 자신을 위안한 것이 어쩐지 떳떳치 못함을 느꼈다. 내가 그런 동정을 가지고 찾아온 줄 알면 정민은 뭐라고 할 것인가…

머나먼 산골짜기에서 시작된 애린 물줄기라는 정민의 말이 쟁쟁하다. 계곡도 벼랑도 산굽이도 두려움 없이 흐르는 물줄기… 나는 그런 변함 없고 줄기찬 물줄기가 아니라 후미진 벼랑에 고인 소로구나. 빙빙 에돌면서 깊이를 재고 타산하고…

진옥은 처음으로 머리속에 자기와는 다른 사고와 관점과 리성을 가진 인간이 뼈젓이 살고 있음을 알았다. 여느 때는 자신이 깨끗하고 순결하고 정직하고 고상한 처녀라고 믿어 왔으나 난관 앞에서 단번에 타산적인 차거운 심장을 가진 매정한 처녀로 변하는 자신을 뚜렷이 본 것이다.

진옥이 자신이 생활에서 그런 인간들을 얼마나 경멸했던가! 그런데 이제 와서는…

남을 평가한다는 것은 무척 어려운 일이다. 량심의 투철한 려과(여과)가 없이 생활을 받아들이고 증오하고 사랑해서는 안 되는 것이다.

진옥은 약 냄새가 풍기는 고요한 병원 복도에 들어서자 며칠 전의 그 공포를 자아내던 정민의 모습이 떠올랐으나 간호원을 따라 태연히 걸어 갔다.

"공장 유치원에 있지요?"

눈치 빠르고 활달하고 말이 가벼운 간호원 처녀는 입원실로 가는 동안에도 줄창(줄곧) 사근사근 말을 쏟아 놓았다.

"정민 동문 참 훌륭한 동무예요. 밤잠을 자지 않고 사색하고 도면을 그려요. 의사 선생이 처음엔 그한테서 연필 꽁다리와 종이를 빼앗았지요. 치료에 지장이 크니까요. 그런데 밤에 회진할 때 보니까 또 도면을 그리잖아요. 글쎄… 투약 봉투를 모아 풀로 붙여서 큰 도면 같은 종이를 만들잖았겠어요. 연필 대신 뾰족하게 깎은 나무가지(나뭇가지)로 빨간 약을 찍어서 그렸어요."

"!…"

층계를 올라가다 저도 모르게 걸음을 멈춘 간호원의 쌍까풀 진 눈에는 축축한 광택이 어렸다. 감정이 깊은 처녀였다.

진옥이도 멈춰 서서 그의 말에 귀를 기울였다.

"정민 동무는 그때 의사 선생과 저를 미안한 듯 쳐다보고 말했어요. '선생님, 저열탄보이라 도면들은 빨리 그려야 합니다. 열관리 동무들이 기다리는데 기사인 나는 병원에 편안히 누워 있습니다. 그것도 사고가 두려워서 그만둘가(둘까) 생각했었습니다. 저열탄만 보이라에 때면 생산을 높은 수준에서 정상화할 수 있는데 말입니다. 난 얼굴이나 어깨의 상처엔 대비도 못할 아픈 상처를 가슴에 냈습니다.' 의사 선생은 무척 감동했어요. 다음날 종이와 연필들과 직각자까지 얻어다 주었어요. 치료에선 또 얼마나 정성을 다했다구요."

"!…"

간호원 처녀는 입원실 출입문을 조용히 열자 진옥이만 들여보냈다.

침대에는 정민이가 없었다. 어데 나간 모양이였다. 원탁에는 간호원의 말을 증명이나 하듯 도면이 여러 장 있었다. 약 봉투를 풀로 붙은 종이에 피처럼 빨간 선으로 그렸다. 도면들에 그려진 무수한 선들과 동그라미와 점선들은 건강한 사람도 놀라와 할 열정과 인내력과 탐구와 성실성이 깃들어 있었다.

진옥은 흥분으로 설레는 가슴을 안고 입원실을 나왔다.

정민 기사에 대한 열렬한 공감, 신뢰와 믿음이 뜨겁게 솟아올랐다.

자기 몸의 상처를 두려워하지 않는 사람, 당에서 바라는 것을 위해서라면 목숨을 바쳐서라도 해낼 각오를 지닌 사람!… 얼마나 훌륭하고 고상한 정신세계를 소유한 청년인가. 육체적 불구는 되여도 정신적 불구가 되지 않으려는 그 깨끗하고 충성스런 마음을 보지 않고 나는 무엇을 고민했던가. 진정한 사랑이 무엇인지도 모르고 사랑을 했었지.

진옥은 부끄러웠다. 어서 정민을 만나 '동정'과 '의리심'으로 찾아오던 속된 자기를 까밝히고 사죄하고 싶었다.

진옥은 아래층의 응접실에서 정민을 만났다. 아직 얼굴을 엷은 붕대로 싸맨 정민은 어깨를 쏘파 등받이에 반듯이 기댄 채 다른 환자와 이야기를 나누고 있었다. 출입문가에 선 진옥을 본 정민은 고무 같은 탄성을 가지고 벌떡 일어났으나 이내 아픔으로 눈을 찡그리고 신음소리를 냈다.

진옥은 황급히 달려가 정민을 부축했다. 정민은 마치 그러기를 기다린 듯 처녀의 손과 몸에 의지하여 쏘파에 앉았다. 옆의 환자가 곧 일어나 나가자 둘 사이는 잠시 서먹서먹 침묵이 깃들었다.

정민은 진옥에게 아무것도 묻지 않았다. 왜 인제야 왔는지… 상처 입은 자기를 어떻게 생각하는지… 묻고 싶은 것이 많았건만 처녀가 살뜰히 찾아준 그것으로 괴로웠던 감정은 자취 없이 사라졌다.

진옥은 얼굴에 홍조를 가시지 못한 채 저열탄보이라의 진척과 건강을 돌보지 않고 일하는 지배인에 대해 말했다. 공장의 구석구석이 때를 벗고 생산이 올라갔다고 했다. 성칠 기관장의 딸 순애가 유치원에 다니는데 어머니를 닮아선지 노래를 잘 부른다고 했다. 지배인 동지가 유치원에 물놀이장을 꾸려준다는 말까지 하고나니 화제는 끊어졌다. 복도로 오면서 그토록 준비했건만 좀처럼 말이 나가지 않아서 진옥은 응접실 창문가에 드리운 버드나무만 바라보았다.

이때 마침 응접실 문이 열리였다.

"여기 있었구만."

"안녕하시오? 기사 동무."

문설주가 버그러지게(서로의 사이가 벌어지거나 나빠질까봐) 손풍금의 풀무 주름을 늘궈(늘려) 잡은 승열이가 싱글거리며 돌아서고 그 뒤로 배가 불룩한 배낭을 한쪽 어깨에 걸친 원국이, 뚱뚱보 수리공, 열관리공 청년들이 우르르 밀려들었다.

진옥은 황황히 창문가로 가서 병원 뜨락을 내다보는 척한다.

"기사 동무, 몸이 좀 어떻소?" "붕대는 인차 푼다지?" "혈색이 퍽 좋아졌어."

열관리공들은 정민이가 앉은 쏘파를 둘러싸고 저마다 위로의 따뜻한 말을 해준다.

승열이가 창문가에 선 진옥을 알아보고 동무들의 어깨를 쥐여 당겼다.

"나가자구…"

승열이가 눈을 끔쩍하는 걸 먼저 알아챈 것은 원국이였다. 긴 쏘파가 휘여들가봐선지 한쪽에 조금 엉뎅이를 붙였던 그는 못처럼 솟아 일어섰다. 짐짓 자책 어린 표정을 지으며 미안스러이 말했다.

"난 그저 간호원일 줄만 알았지… 눈치가 무디거던."

"어서들 나가자구."

"아니, 제발 이러지들 말라구. 승열이, 원국이!…"

정민은 쏘파에서 몸을 일으키며 손을 내저었다.

당황해난(당황한) 진옥은 원탁에서 가방을 집어 들며

"전 가야 해요. 온 지 너무 오래서…"

하고 나가려고 했다.

푸른 에나멜빛이 번쩍거리는 손풍금을 그러안은 승열이가 진옥의 앞을 막아섰다.

"진옥 선생, 이거 저마다 가면 누가 우리 정민 기사를 동무하겠소? 그럴 것 없이 우리 다 정민 기사의 친한 동무들인데 함께 놉시다. 내 먼저 노래를 하나 부를 가요?… 진옥 선생, 들어주겠소?"

"?!…"

승열은 원탁 옆의 의자에 걸터앉아서 사색에 잠긴 듯 건반을 한참이나 내려다보더니 눈을 지그시 감는다.

열관리공들은 정민의 주위에 둘러앉기도 하고 창턱에 몸을 기대고 서기도 하였다.

뚱뚱보 수리공은 배낭 안에 손을 쑥 넣더니 사과를 꺼내서 정민이와 한사코 사양하는 진옥의 손에 들려주고야 만다. 그리고는 동무들에게 한 알씩 던져주고서 자기는 그중 작은 것을 골라서 손바닥으로 쓱쓱 문대여 와싹 베여먹었다.

낮고 어딘가 귀에 익은 듯한 손풍금의 은근한 선률이 방안에 울리기 시작한다.

승열은 손풍금의 풀무 주름 속에 노래가 있기라도 하듯 고개를 기웃하고 귀를 기울이며 조심스레 건반들을 눌러 댄다. 선률이 마음에 들자 고개를 들더니 명상에 잠긴 눈으로 여기저기 앉은 동무들의 얼굴을 하나하나 바라본다. 그의 시선은 창문 쪽 긴 의자 모서리에 무릎을 모으고 앉은 진옥의 얼굴에서 멎었다. 그 다음은 쏘파에 몸을 기댄 정민을 바라본다.… 분명치 않게 긴 전주가 끝나자 승열의 입귀가 실룩거리더니 굵직한 저음이 울려나온다.

창가의 버드나무 왜 설레나
눈매 고운 처녀
젊은 기사 말 못하네

...

승열의 가슴에서 풀무 주름은 파도치고 탄 때가 낀 거친 손가락들은 흰 건반 우를 갈매기마냥 날아다닌다.

쇠는 불속에서 굳세여지고
검은 탄은 불타야 뜨겁네

승열의 눈시울 주위는 피곤으로 푸르무레했으나 음악적 사색에 잠긴 눈동자는 동무의 상처와 고통을 감수하는 진정이 빛난다.

오, 청년들아
쇠와 같이 불덩이 같이
뜨겁고 굳센 사랑 못 하며는
속삭이지 말라
먼 길 가는 심장 괴롭힐지니

손풍금의 멜로디는 진옥의 가슴 속에서 잠들지도 변화지도 않는 고향 바다의 영원한 설레임 소리와 맑고 줄기차게 계곡도 벼랑도 두려움 없이 흐르는 시내물소리와 화음을 이루어 심장을 쿵쿵 울렸다. 진옥은 이 정답고 친구하고 쾌활한 열판리공들 속에 있는 것이 기뻤다. 저열탄보이라 때문에 밤을 밝히고 탄 물든 손으로 사과를 나눠주고 손풍금을 울리는 애인의 소박한 벗들과 함께 있는 것이 행복했다.

13

공장구내에 어둠이 깃들었다. 공원숲 속에는 구내등들이 켜졌지만 나무들로 하여 어둠은 곳곳에 미묘한 음영을 던진다. 부나비들이 구내등의 주위로 세차게 륜(동그라미)을 그린다.

열어놓은 창문으로 서느러운 밤바람이 불어든다.

최현필 지배인은 팔걸이 의자에 몸을 깊숙이 묻은 채 좀처럼 일어날 줄 몰랐다. 낮 동안에 보이라와 생산 현장을 좀 다닌 피곤으로 하여 온몸은 폭신한 의자 속에 점점 잦아드는 듯싶다. 어깨의 옛 상처가 뜨끔거린다. 그제야 이 며칠간 진료소에 한 번도 가지 않았다는 것을 알았다. 환갑 고개를 넘을 때도 그닥 말썽을 일으키지 않던 상처이다. 늙음에 대한 어쩔 수 없는 강렬한 느낌이 아릿하게 가슴을 파고든다.

초점 잃은 흐릿한 눈길은 창턱에 놓인 화분에 쏠렸다. 부상화나무였다. 기름기 도는 푸른 잎사귀를 무성이 펼친 나무의 아지 끝마다에는 연분홍빛의 소담한 꽃송이가 피여 있었다. 그 옆의 어항 속에는 수탉처럼 울긋불긋한 금붕어가 구슬을 내뿜으며 수초들 사이를 헤여다녔다. 화분과 어항은 침침한 방안에 산뜻한 향취와 싱싱한 활력을 넘치게 해주는 듯싶었다.

다람쥐꼬리 같은 주름살투성이의 선인장 화분을 가져온 기요원 아주머니가 생각났다. 그 일이 있은 다음날 아침에 최현필은 뜻밖에 사무실의 창가에 놓인 다른 화분을 보자 기요원에게 은근히 말했었다.

"지배인의 메마른 정서 때문에 동무가 수고했구만."

"아닙니다. 이 화분은 비서 동지가 구해온 겁니다."

"그래?!…"

"지배인 동지, 다 제 잘못입니다. 저는 지배인 동지한테 문건만 드릴 줄 알았지 지배인 동지를 정신적으로 도와드릴 생각은 못했습니다."

"!!…"

기요원 아주머니의 말이 다시금 귀전을 치자 최현필의 가슴은 찌르르해났다.

최현필은 무릎을 짚고 안락의자에서 힘겹게 일어났다. 창가로 다가간 그는 당 비서의 섬세하고 다심한 정이 어린 꽃나무의 부드러운 잎사귀를 껄껄한 손으로 만져보았다. 주먹만 한 분홍빛 꽃송이는 가느다른(가느다란) 줄기가 휘여서 어항 우에 드리웠다. 향긋한 냄새가 풍긴다. 어항 안의 금붕어는 툭 삐여진 눈을 데룩 거리며(큰 눈알을 볼썽사납게 이리저리 천천히 굴리며) 지배인을 경계하더니 곧 안심을 하고서 수면으로 떠오른다. 그놈은 물 우에 드리운 꽃송이를 은근히 탐내는 모양이다. 지배인은 손가락 등으로 어항을 톡톡 다독였다. 놀랜 금붕어는 부질없는 욕망을 단념했는지 어항 안을 분주히 오락가락한다.

최현필 지배인은 어쩐지 마음이 가벼워서 보온병에서 시원한 물을 한 고뿌 따라 마시고는 화분에 부어주었다. 그리고는 두 손을 썩썩 마주 비비고 나서 안락의자가 아니라 딱딱한 나무의자를 끌어당겨 앞 상을 마주 앉았다. 그러자 손은 본능적이다싶이 전화통에 뻗쳤다.

'무슨 일부터?…'

최현필은 전화통에 손을 덮은 채 생각에 잠겼다. 성칠 기관장한테 밤 교대 증기를 파동 없이 보내라고 강조하고 싶은 생각이 굴뚝 같이 치밀었으나 그는 망설였다.

온종일 보이라에서 증기압이 떨어지지 않도록 성칠이와 같이 재 먼지를 들쓰며 일하고, 기능공들로 로력(노력) 조직을 하였고, 2호와 3호 보이라 상태를 점검하고 소소한 불량 상태도 퇴치했었다. 그런데 이제 또 말한다면 잔소리가 될 거고 성칠이나 열관리공들이 싫어할 것이다. 젊은 사람들은 불필요한 긴 말과 한 말을 또 하는 것을 싫어한다. 그것은 결코 일군에게 있어 사소한 것이 아니였다. 최현필은 수일 동안 보이라에 나가 있으면서 젊은이들의 기분과 요구를 모르는 것이 작풍문제이면서도 로쇠(노쇠)현상임을 깨달았다. 늙으면 주위환경에 대한 감촉이 떠지는 것이니, 현실을 따라가기 위해 사색하고 노력하며 나이 체면이나 상급의 틀을 차리지 말고 늘 젊은이들과 한 덩이로 살아야 할 것이다.

그것은 생활에서 하나의 진리이지만 늘 깨닫고 살기는 어렵다. 그는 평시에 가끔 아래 일군들과 젊은 사람들의 반발에 부딪혀 괴로울 때는 그 점에 대해 곰곰히(곰곰이) 생각해 보군 했지만 날이 지나면 감감 잊어 버렸다. 지배인 사업이 며칠 남지 않은 지금에 와서 그는 자기가. 육십 고개를 넘어서부터 확실히 그렇게 살았다는 걸 후회하였다. 지배인의 그런 로쇠가 일군들과 로동자들의 기분을 흐리게 하고 공장 일에 제동을 놓았을 것은 틀림없었다. 이제라도 젊은이들의 기분과 요구에 원심(혼자서 속으로 안타깝게 애쓰며 마음을 조임)을 쓰고, 사업에서, 행동에서, 언어에서 결패(결단성 있게 행동하는 패기나 기백)있고 모가 나게 열정적으로 일하고 싶었다. 시간이 얼마 없다는 조바심은 더욱 그런 결심을 불러일으켰다.

최현필은 전분직장장과 당과직장장, 술직장장들의 얼굴을 차례로 그려보았다. 일 계획을 미달하지나 않는지 근심되었다. 보이라에 나가 있느라고 부기사장이 생산을 안고 씨름질 하는 걸 도와주지 못한 것이 민망스레 여겨졌다.

이때 공장진료소장이 문을 열고 들어왔다. 몸매가 늘씬하고 눈가와 입가에 미소가 떠날 줄 모르는 삼십 대의 녀자다.

"동무가 어떻게?…"

"지배인 동지는 왜 치료받으러 오시지 않습니까? 두 주일이나 지났습니다."

진료소장은 가볍게 힐책하며 왕진 가방을 벗어 앞 상에 올려놓았다.

최현필 지배인은 그의 곁으로 다가갔다.

"찾아주어 고맙소. 허지만 지금은 아프지 않소… 그리구 난 바쁘오."

"웃옷을 벗으십시오."

"허… 이런 관료주의라구야. 환자가 아픔을 호소하지 않는데 뭘 치료한다는 거요. 이보오. 난 사업이 끝나구… 아니, 앞으로 진료소 문턱에 불이 나도록 찾아다니며 치료를 받겠소. 어서 집에 돌아가 경리과장 동무의 저녁식사를 푸짐히 차리오."

최현필은 어리둥절해 서 있는 소장의 어깨에 왕진 가방을 메워주었다.

"소장 동무가 남편의 구미를 맞추지 못하는 것 같애. 경리과장 동문 합숙식당에서 식사하는 걸 좋아하거던."

"우리 집사람은… '뒤골방'(뒷골방) 식사를 좋아합니다."

그 녀자는 가정에 애착을 붙이지 않는 남편에 대한 불만에선지 화풀이하듯 솔직히 터놓았다. 고운 눈매와 입가에는 야릇한 미소가 어렸다.

"소장 동무, 내 래일 낮에 합숙 책임자한테 말해놓을 테니 '뒤골방'에 가서 한번 식사하오. 그래서 꼭 그대로 남편 식탁을 차리란 말이오. 경리과장이 교양될 거요. 허허."

"!…"

최현필은 소장의 어깨를 따뜻이 떠밀어 보내고는 송수화기를 들었다.

"부기사장 방에 대오."

수화기에서 신호종이 그냥 울렸으나 상대는 응답이 없다.

"교환수 동무, 부기사장 동무가 다른 전화에 나오면 나한테 보내주오… 될수록 빨리… 인젠 유치원을 주오."

원장은 인차 나왔다. 나이가 지숙한 녀자인데 목소리는 처녀들같이 맑고 또랑또랑하다.

"순애가 유치원에 나오우?… 뭐?… 순애가 유치원에 셋이나 된다구? 애들과 잘 논단 말이지요… 원장 동무와 진옥 선생이 그 애 어머니를 대신해서 잘 돌봐주오…"

순애를 보살펴준 일들을 길게 이야기하는 원장의 말을 끝까지 들어준 최현필은 다시금 물었다.

"직관원이 그린 유치원 물놀이장 전경도를 보았소?… 음… 외형이 멋있구 맘에 들면 곧 설계실에 가져가오. 내 이미 말해뒀소. 부기사장 동무도 알구 있소… 못의 깊이는 낮은 반 애들의 키에 맞춰야 하오. 금붕어 분수와 대리석 아이들도 잊지 말구… 허허, 죄다 예견해야 하우. 설계가 되면 내가 보겠소."

송수화기를 놓고 난 지배인은 저으기 만족하여 허리를 쭉 폈다. 온몸을 붙잡고 있던 피곤은 어데론가 사라졌다. 사업에 들어서면 만시름(온갖 시름)을 잊어버릴 수 있다. 사업은 그에게 있어 메마른 밭에 흘러드는 물과도 같이 생의 활력과 기쁨과 정력이 솟아나게 한다.

조금 후에 마진호 부기사장이 사업노트를 옆구리에 끼고 들어섰다.

부기사장이 앞 상 건너편에 앉자 최현필은 그에게 담배갑을 밀어 넣고 나서 물었다.

"그래, 오늘 생산 형편은 어떻소?"

마진호는 담배 한 가치를 조심스레 꺼내였다.

"저녁 무렵에 증기압이 떨어져서 좀 애를 먹었습니다."

"음… 점심 시간과 교대 시간에 세 보이라가 다 화실 온도가 떨어지는 게 결함이거던. 그래서 생산에 영향을 주지… 이건 기관장 동무가 알고 있으니 고칠 거요. 초산 쪽에 나간 수송대는 안 들어왔지?"

"래일쯤 강냉이를 서른댓 톤 실어올 겁니다."

"내 오늘 보니까 당과류의 질이 괜찮은 것 같소."

"상업망들에서 반영은 긍정적입니다. 우정 전화를 걸어왔습니다."

"공장이 꼬마주민들한테도 평이 좋다는 말이지."

최현필은 마음이 즐거워졌다.

"부기사장 동무, 유치원 물놀이장을 어떻게 할가?… 설계가 되면 요다음 일요일에 공사를 해보지 않겠소?"

"휴식 일에 말입니까?"

"의무성을 띠지는 않게 그저 사회동원을 좀 하자는 거요. 아이들을 위한 일인데… 정치 사업을 하지 않아도 될 거요. 우선 은철이 아버지부터 삽을 메고 나와 보시오. 허허."

지배인의 꾸밈없는 미소는 부기사장의 얼굴에도 옮아갔다.

"내 요전 강가에서 보니까 은철이 그 녀석이 보쌈을 제법 잘 놓던데."

"자유주의 분자지요. 제 고모가 선생이라고 깔보는지…"

"그래두 진옥이가 나타나니까 바지가랭이를 넓히면서 꾹 숨더군."

전화기가 찌르릉거렸다.

최현필은 팔을 뻗어 송수화기를 들었다.

"자재과장 동무요?… 내 지배인이요… 저탄장에 고열탄을 부리우겠다구?… 얼마나 들여왔소?… 다섯 차량?!… 과장 동무, 문짝을 따지 마오! 내 곧 나가 보겠소."

최현필은 손이 후들거려 송수화기를 간신히 제자리에 놓았다. 다섯 차량이라는 말을 들은 순간부터 관자노리로 치달아 올랐던 눈섭 꼬리는 좀처럼 내려앉지 못했다. 얼굴은 모욕감으로 시뻘겋게 달아올랐다. 목구멍에서 불덩어리 같은 것이 튀여나오는 걸 간신히 참으며 물었다.

"동무가 자재과에 과업을 주었소?"

"예."

마진호는 응당 할 일을 한 사람처럼 례사롭게(예사롭게) 대답했다. 그의 얼굴에는 아무런 불안도 위구도 떠오르지 않았다.

최현필의 눈은 점점 달빛을 띠여갔다. 울대뼈가 씰룩거리고 이마의 주름살들은 세찬 물굽이처럼 한꺼번에 미간으로 흘러들었다. 꽉 부르쥔 주먹이 경련을 일으킨 듯 떨더니 그만에야 쾅- 하고 앞 상을 내리쳤다.

불줄기 같은 욕설이 터져나갔다.

자리에서 벌떡 일어난 마진호는 반쯤 두려움이 비낀 눈으로 지배인을 건너다보았다.

"그만큼! 그만큼 말했는데 제멋대루 탄을 끌어들이다니, 동무가 어떻게 이럴 수 있소?! 지배인을 허수아비로 아오?!"

"전, 지배인 동지를 존중해서 한 일입니다."

마진호는 태연히 대답했다.

"참 고마운 일이군…"

최현필은 쓰겁게(쓰게) 내뱉었다.

"그럼, 어디 저탄장에 나가보기요."

"…"

저탄장 안으로 뻗은 구내 철길에는 다섯 대의 차방통이 줄을 서 있었다. 바곤마다(차량의 적재함마다) 탄이 산처럼 실려 있다. 몸이 갱핏한(몸집이 여윈 듯한) 자재과장은 바곤의 탄 무지 우에 올라서서 탄을 부리러 나온 자재과 사람들을 큰소리로 지휘하고 있었다.

최현필 지배인은 그를 손짓해 불렀다.

"과장 동무, 원래 이번 주일에 우리 공장에 차례진 탄은 한 차량이지?"

"그렇습니다."

자재과장은 탄 때 묻은 벙어리장갑을 벗으며 만족스레 대답했다. 계획의 다섯 배나 되는 탄을 받아온 것이 못내 자랑스러운 모양이다.

최현필은 분노로 속이 꿈틀꿈틀했으나 로동자들이 있는 데서 이들에게 욕설을 퍼부을 수는 없다는 것을 직감했다. 그는 열기 띤 눈으로 마진호에게 돌아섰다.

"부기사장 동무, 나머지 네 차량은 곧 돌려보내시오."

최현필 지배인은 사무실에서 주간 사업을 포치하듯이(일정한 사업을 배치하듯이) 나직이 확고한 어조로 말했다.

"아니?!…"

자재과장을 놀래서 지배인과 부기사장을 번갈아 쳐다보았다.

사정을 짐작했는지 손수건을 꺼내여 이마의 땀을 훔치자 안타까운 듯 얼굴을 일그러뜨렸다.

"지배인 동지는 제가 이 탄을 받느라고 얼마나 고생했는지 모르고 말씀하십니다. 시내 강철 공장 사람들과 다투기까지 했습니다."

"그러니 강철 공장이 받을 고열탄을 뒤거래(뒷거래)로 가로채 온 셈이지?"

"…"

"그 강철 공장이 어디 다른 나라의 공장이요? 대안의 공급체계가 엄연히 있는데 남을 희생시켜 자기의 배를 더 불리려 하다니! 그렇게 해서 공장 계획을 넘쳐했다구 국가에 리익이 될 것 같소? 곁에 있는 다른 공장이 빈손 털고 나앉는데."

"그렇지만 우리 공장이 살 궁리야 우리가 해야지 않습니까."

"나라 살림은 어찌되든 제 공장이 살 궁리를 하구, 그 다음에 가서는 공장이야 어찌되든 제 한 몸 살 궁리를 하지."

"지배인 동지, 건 너무합니다."

"여러 말 말구 한 차량만 부리우고 다 강철 공장에 보내주시오. 그리구 자재과장 동무는 국가의 공급 질서를 어기는 일에 발 벗고 나서진 마오. 제정신을 가지고 살 줄 아시오."

"!!…"

최현필 지배인은 관리부청사 쪽으로 휘적휘적 걸어갔다. 자기 손으로 완충기를 떼고, 네 개의 방통(짐차)이 구내 밖으로 나가는 것을 보고야 마음 놓을 것 같았지만 꾹 참았다. 그들 자신이 쓰겁더라도 자기 잘못을 시정하는 게 좋을 것이였다.

뒤에서 원망하는 다급한 말소리가 들려왔다.

"아니, 부기사장 동무, 이건 어찌된 일입니까? 애매한 뚜꺼비(두꺼비) 떡돌(떡판)에 치이는 격이 아닙니까."

"누가 떡을 쳐 먹소? 이제라도 지배인 동무가 말한 대로 하면 되지 않소!"

마진호의 신경질적인 고함소리였다. 지배인이 우정 들으라고 한 것 같았다. 그는 아까부터 손에 들고 있던 담배꽁초를 탄 무지에 휙 집어던 지고는 지배인의 뒤를 따라갔다.

14

얼마 후, 그들 두 사람은 다시금 지배인 방에서 앞 상을 마주하고 앉았다.

마진호는 별로 어려움 없이 담배를 피웠다. 두 줄기 담배 연기는 저마끔(제각기) 다른 그들의 마음처럼 서로 어울리지 못하고 곧추 피여올랐다. 천정에 부딪쳐서야 뒤섞여져 엷은 장막을 펴간다.

최현필은 어느덧 진정했다. 그는 지난날 오래동안 데리고 있었던 이 사람에게 성을 낸 것이 온당치 않음을 깨달았다. 그는 퍽 누그러운 어조로 침묵을 깨뜨렸다.

"부기사장 동무, 어쩌믄 그럴 수 있소? 아래 일군들을 대안의 사업체 계대루 일하도록 이끌어 줘야 할 동무가 앞장서서 그런 조직사업을 하다니."

"…"

"난 아까 저탄장에 로동자들이 있어서 더 말하진 않았소. 동무는 고열탄을 실어온 것으로 해서 저열탄보이라를 만드는 열관리공들의 가슴에 찬물을 끼얹었소. 고열탄이 아니라 얼음덩이를 실어왔지."

"…"

"물론 그게 본의는 아니였겠지. 이 늙은 지배인에게 보이라와 탄을 맡겨 놓으니 안심찮아서 그랬으리라 믿소. 하지만 앞으로는 그런 무원칙한 사업 방조는 그만두오. 보이라 증기를 이 지배인이 맡은 이상 탄이 없으믄 내 몸을 불살라서라도 증기를 보내지 않으리."

"지배인 동지, 국가의 법인 생산을 놓고 롱을 하셔서야 됩니까?"

"난 롱담을 할 겨를이 없는 사람이요."

"지배인 동지는 저보고 생산을 맡아 안으라고 했지만 탄과 증기가 안전하게 담보되지 않는 생산을 놓고 어디 잠이 옵니까."

"…"

"솔직히 말해 직급 상으로나 년령(연령)상으로 퍽 웃사람인 지배인 동지가 그렇게 나오니까 전 할 말이 없습니다."

"공장을 위한 일에 직급이나 나이를 고려할 게 있소? 이 지배인이 일을 잘못한 일이구 섭수를 해야 옳지."

마진호는 반밖에 타지 않은 담배를 재털이(재떨이)에 비벼 껐다.

"저는 지배인 동지가 부둑부둑 저열탄보이라를 내미는 것이 썩 잘하는 일 같지 않습니다. 물론 우리 공장이 생산을 정상화하는 안전한 길은 저열탄을 때는 것입니다. 그렇지만 전 하필 우리 공장이 그 위험한 저열탄보이라 시험 제작에 앞장설 것은 없다고 봅니다. 도내 인민생활을 책임진 공장의 중요성으로 봐서 말입니다. 그래서 고열탄을 매달 어김없이 실어 보내주는 게 아닙니까."

최현필은 의자에서 힘들게 몸을 일으켰다. 자기의 량수책상(양수책상, 양쪽에 여러 층의 서랍이 달린 책상)으로 다가가서 서랍을 뒤지더니 편지 뭉텅이를 꺼내였다. 몇 개의 봉투를 골라 마진호 앞에 내밀었다.

"읽어보오. 우리 도의 한 지질 기사에게서 온 편지들이오. 동무두 그 사람을 모르진 않을 거요."

"…"

마진호는 손을 내밀지 않았다.

편지들은 최현필의 손에서 미끄러져 앞 상 우에 떨어졌다. 지배인의 얼굴에는 부기사장의 버릇궂은(버릇없는) 소행을 나무리는(나무라는) 기색조차 비끼지 않았다.

최현필은 잠자코 철함으로 다가가더니 그 안에서 소포 꾸레미를 꺼내였다. 며칠 전에 기요원 아주머니가 안고 온 것이였다.

"긴 사연을 읽기 어려우면 이걸 한눈에 볼 수야 있겠지."

최현필은 타이르듯 말하며 묵직한 소포 꾸레미를 앞 상에 털썩 놓았다. 열려진 소포 아구리에서 새까만 가루가 쏟아져 나왔다.

"보다시피 탄이요. 저열탄이요. 그 지질 기사는 수억 톤이나 되는 이런 저열탄 매장지를 또 찾아냈소."

"!…"

"부기사장 동무, 그 사람은 우리 도에서 석탄매장지를 찾느라구 일생을 바친 사람이요. 지질조사대를 이끌구 십 년 동안을 집과 처와 아이들과 헤여져 험준한 산발을 헤매다녔소. 우리 도에 석탄이 없이 지방공업을 추켜세우지 못한다구 걱정하신 말씀을 그 사람은 심장에 새겼던 거요. 그 절절한 마음이 돌 우에 꽃을 피웠소. 그런데 사람들은 저열탄이 발열량이 낮다구 외면했소. 가정들에서도 점점 때지 않소. 탄광은 폐갱(廢坑)될 형편이요. 그 지질기사는 머리에 서리가 앉았지만 나라의 귀중한 자원은 여전히 땅 속에서 썩구 있소."

최현필은 커다란 손으로 소포 아구리에서 탄가루를 꽉 움켜 쥐었다. 투박한 손가락 짬으로 탄가루가 부슬부슬 앞 상 우에 떨어졌다.

"이건 저열탄이 아니라 나라의 보물이구 한 지질학자의 고뇌에 찬 얼굴이요."

"…"

"그래 이걸 우리가 발열량이 어떻다구 보이라에 때지 못해서야 되겠소? 도내 지방공업에서 그중 탄을 많이 먹는 우리 공장이 말이요."

"지배인 동지, 글쎄… 저열탄을 땠으면 얼마나 좋겠습니까. 그런데 발열량이 너무도 낮으니… 900카로리도 못됩니다. 사실 말이지 버력(광석이나 석탄을 캘 때 나오는 광물이 섞이지 않은 쓸모없는 잡돌)이나 다름없는 거지요."

"뭐라구?!"

최현필의 눈섭이 관자노리로 비수처럼 치켜 올라갔다. 그는 부기사장을 쏘아보았다. 가슴은 화독(화덕)처럼 달아올랐다.

'버럭이라니?!… 삭정이 한 가치 마음대로 줏지 못하던 피눈물 나던 시절에 네가 살아봤어야 할 걸 그랬구나! 아니, 살지는 못해도 네 아버지의 지난날을 잊지만 않았어두 버럭이란 말을 쉽게 하지는 않았을 게다.'

그는 평소에 눈에 등불을 켜달고 부기사장을 살펴오지 못한 것이 후회되였다. 그 전날 부기사장이 연필과 수첩을 웃주머니에 넣고 다니며 하루 종일 손에 검뎅이 한 점 묻히지 않는 것을 보았을 때 왜 더운 눈물이 쑥 빠지게 꾸짖지 않았던가. 늘 인정에 끌려 적당히 충고나 주며 지내온 후과(뒤에 나타나는 좋지 못한 결과)가 아닌가… 최현필은 자신에 대한 뼈아픈 자책감으로 하여 지금도 진호에게 욕설을 퍼붓지 못했다.

"부기사장 동문 옳지 않소. 동무가 그런 립장(입장)이니 공장 내 적지 않은 일군들과 기술자들이 저열탄을 못 때는 줄 안단 말이요. 동문 발열량 같은 수자(숫자)로 탄을 대하지 말구 심장으로 나라의 부원을 대하시오. 심장의 발열량을 깡그리 바쳐보오. 저열탄두 고열탄처럼 불붙지 않나."

마진호는 지배인의 고집을 꺾을 수 없다는 것을 알면서도 오늘은 할 말을 하고 싶었다.

"지배인 동지는 왜 정민 동무의 사고에서 교훈을 찾으려 하지 않습니까. 글쎄 친아들은 희생시킨다 해도… 공장에 손해를 주고 생산에 파동을 가져오는 건 어찌겠습니까(어쩌겠습니까). 직장장 동무들과 생산직장 로동자들은 불만이 큽니다. 세 개의 보이라로 겨우 일어나가고 있으니 그들도 짜증이 안 날 수 있습니까. 전 생산을 책임진 사람으로서 이런 불안정한 상태를 더 지속할 수 없습니다. 확고한 기술적 담보가 있을 때까지는 저열탄보이라를 그만둡시다. 지배인 동지가 정 고집하면 부에다가 제기하겠습니다."

"으-음…"

신음소리와도 같은 탄식 뒤끝에 쿨럭쿨럭 하고 마른기침이 뒤따랐다. 관자노리에 굵은 지렁이 같은 피줄이 내뻗고 얼굴은 숯불처럼 달아올랐다. 기침이 멎고 한동안 지났으나 최현필의 얼굴은 여전히 불을 딱 눈앞에 둔 것 같았다. 무릎에 놓인 주먹은 가늘게 떨렸다. 그는 앞 상을 마주한 부기사장이 오래 전에 작고한 옛 친구의 아들이 아니고 제살붙이였다면 분명히 그 살집 좋은 흰 볼에 주먹을 안겨 자기 말 값을 알도록 했을 것이었다.

'너의 병집(깊이 뿌리박혀있는 결함)을 주물러 놓아야겠구나. 내 그 곪은 종처를 수술하지 않구는 지배인 자리에서 물러나도 그냥 공장에 나오겠어. 마운학이의 피가 네 몸에서 끓을 때까지 말이다!'

마진호는 앞 상 우에 떨어진 담배재를 훌 불었다. 담배재는 날려서 소포 꾸레미의 탄가루에 섞여 자취를 감추었다. 그는 담배꽁초를 재털이에 비비고 일어섰다. 사업노트를 옆구리에 꼈으나 지배인이 여전히 깊은 생각에 잠겨있는 것을 보고 선뜻 걸음을 떼지 못했다. 그는 괜스레 손으로 혈색 좋은 얼굴을 쓱쓱 문대고 말했다.

"그럼, 전 그만 돌아가겠습니다."

최현필 지배인은 실무적 어조로 랭정히 그루를 박았다(힘주어 단단히 말했다).

"가보오. 부에다가 제기는 하더래두 부기사장 동무는 저열탄보이라 기술협의회를 인츰(반드시) 조직하시오. 알겠소?"

"…"

최현필은 문 쪽으로 태연히 걸어가는 부기사장의 뒤모습에 이윽히 시선을 주었다. 그 눈길은 마진호가 나가고 문이 닫겨졌어도 마치 거기 사람이 있기라도 한 듯 오래동안 떨어질 줄 모른다.

최현필 지배인은 쏘파에서 몸을 일으켰다. 괴로운 마음을 잠시라도 달래고 싶어 방안을 천천히 거닐었다. 그러나 아까 전화받을 때와 저탄장에서, 그리고 방금 전까지 가슴을 지지던 고통스러움은 사그러지지 않은 숯불처럼 가슴밑굽에 남아 있었다. 방안에 고요한 정적이 깃들고 시간이 흐름에 따라 그 숯불은 타오르기 시작했다. 그리하여 상처 입은 자존심은 쓰리고 아파났다. 애지중지하던 아들한테서 수모를 당한 것과도 같은 그런 억제할 수 없는 모욕감은 불길처럼 번져갔다.

'내가… 내가 과연 무엇을 잘못했단 말인가?… 아직도 내가 지배인인데 어떻게 되여 그들이 나를 무시할 수 있단 말인가. 진호는 어째서 내 말을 듣지 않는가?… 전에는 그런 적이 없었지. 사업을 잘하든 못하든 나를 존경했지. 내가 육십 살을 갓 먹을 때만 해두 그러지 않았지. 헌데 인젠 내가 조직한 사업은 밀어놓고 제 마음대로 할려고 들다니! 왜 그럴 가?… 오래지 않아 지배인 자리에서 물러나는 게 불 보듯 뻔해서인가? 정녕 내가 늙었다구 그러는가!'

최현필 지배인은 벽시계 밑에 걸린 큰 거울 앞에 우뚝 멈춰 섰다.

서리 앉은 머리, 윤택 없는 살갗을 파고든 무수한 잔주름살들, 운명에 순종하지 않는 열기 띤 눈, 담배재 같은 꺼칠한 턱수염… 최현필은 마치 낯선 사람을 굽어보듯 자신을 바라본다.

거울을 처녀들 방의 치장품처럼 여기고 별로 관심을 두지 않던 그였건만 지금은 아이들의 동화 속에 나오는 요지경만큼이나 귀하게 생각된다. 그는 거울 앞에 더 바싹 다가섰다. 그리고 나무판자처럼 꼿꼿한 손바닥으로 눈언저리와 얼굴의 주름살들을 조심스레 대림질(다림질)했다. 그러나 주름 가득한 얼굴은 구겨진 천이 아니였다. 벌겋게 달아오를 뿐 주름살들은 자기 존재를 인정하라는 듯 뚜렷이 살아 올랐다. 그것은 반세기하고도 십칠 년을 살아온 인간에게 자연이 남겨준 표적이였다.

거울 안의 령감은 인생의 철리 앞에서 부질없는 저항을 한다는 것을 깨달은 듯 서글피 웃는다. 마디 굵은 손으로 흰 머리를 쓸어 넘기던 그의 수심 낀 흐릿한 눈동자 속에 별안간 궁리가 떠오른 아이마냥 티 없이 순진한 광채가 번뜩인다.

'그래, 서리 맞은 이 흰 머리를 물들이면 퍽 젊어 보일 거야. 가을한 수

수밭 같은 턱수염두 깎구···'

그는 한 주일 가까이 면도칼을 대지 못한 볼편과 턱을 어루만져 본다. 눈앞에는 거리의 단골 리발소(이발소)와 그 리발소의 접수구 유리창에 매달린 '머리를 염색합니다.'라고 쓴 패쪽이 떠오른다.

최현필 지배인은 가벼이 한숨을 쉬었다. 리발소에 드나들 때마다 머리를 물들이는 손님들을 허영심에 뜬 어리석은 사람들로 못마땅하게 여겨온 그였다.

그러나 지금은 그 손님들에게 동정이 갔다. 그들 중에는 나이에 비해 머리가 센 사람들도 있을 것이고 사랑하는 처녀나 안해에게 더 잘 보이려는 소박한 의도 밑에 온 사람들도 있었을 것이다.

최현필은 곰곰히 되새겨보고 나서 그 손님들 중에 늙은 사람들이 적지 않았다고 단정했다. 모름지기 그들은 사생활의 목적에서가 아니라 락엽 지는 생의 흐름을 빛갈로써라도 '멈춰 세우고' 더 많은 일을 하려는 불같은 욕망에서 왔댔을 것이다. 그렇다. 젊어지지는 못해도 젊어 보인다는 게 얼마나 중요한 일인가. 마음이라도 가벼울 수 있고 무턱대고 늙은이 치부를 하려 들지 않을 것이다.

15

밤은 고요히 깊어 갔다.

전화기도 찌릉거리지 않았고 문기척도 나지 않는다.

최현필 지배인은 사업계획서 철(파일)을 펴 놓은 채 골똘히 들여다보며 앉아 있었다.

주 사업계획서였다. 새 주의 사업을 구상하고 설계하고 싶었다. 어쩌면 마지막 주 사업계획을 세울지도 모른다. 이제라도 불쑥 문이 열리며 학교를 졸업한 기사장이 지배인이 되어 반가이 수인사를 하며 들어설 것만 같다. 아니면 낯설은(낯선) 다른 지배인이 들어설 지도 모른다. 풍채 좋고 서글서글한 인상을 주는 사람일 것이다. 사업에서 전개력이 있고 인정이 많고 원칙성과 아래 일군들에 대한 요구성이 강한 사람일 것이다. 그는 아마 가방을 끼고 이 지배인 방부터 오지는 않을 게다. 최현필 자신이 지난날 새 공장에 배치되어 갈 때처럼 정문이 아니라 작업복을 입고 공장 후문으로 들어올 것이다. 공장의 구석구석을 객관적 눈으로 보고 로동자들의 꾸밈없는 말을 들으며 공장 형편을 깊이 료해(사정이나 실정이 어떤지 알아봄)하고야 비로소 자기소개를 할 것이다. 새 지배인은 늙은 이 선임자를 호기심을 가지고 자세히 들여다본다. "동무가 지배인이요? 참 한심하오. 공장을 이렇게 관리하다니!" 그의 불만스런 얼굴은 이렇게 말할 것이다.

그러니 어떻게 하면 조금이라도 미흡한 점이 없이, 량심에 가책이 되지 않게 떳떳한 심정으로 공장을 인계할 것인가. 어디에 빈 구석이 있는가? 로동자들의 정신 상태는?… 설비관리 정형은?… 로동 보호 대책과 지제, 원료의 확보와 보관은 원만한가?… 그리고 자금의 리용 정형은 깨끗한가? 기술 준비 상태의 결함은 무엇인가? 로동자들의 후방공급 사업 (근로자들의 생활에 필요한 여러 가지 지원사업과 공급활동)은 전망적으로 만족한가?…

그는 사업계획서 철에 써넣기 전에 초안을 작성해본다. 어느 모로 보나 저열탄보이라 개조가 중심문제이다. 그것은 지방산업공들이 자체의 원료와 연료, 자재를 가지고 관리운영 해나갈 것을 요구하는 당의 의도를 관철하는 길이고 나라살림에도 보탬을 줄 뿐 아니라 공장 생산정상화의 필수적 조건이다.

최현필은 래번 주까지 저열탄보이라 개조에 성공할 수 없으리라는 불안을 예감하면서도 사업계획서의 첫머리에 뚜렷이 써넣었다. 설혹 자기가 완성하지 못해도 새 지배인은 탓하지 않고 긍정하리라 믿었다. 주민들의 식생활을 책임진 공장이라고 귀중한 고열탄을 뻐젓이 땔 수는 없지 않은가. 그렇다, 새 지배인은 리해하며 찬동해 나설 것이다.

최현필은 머리를 끄덕이며 분주히 펜을 달렸다. 저열탄보이라 기술적 개조를 부기사장과 일군들의 관점을 바로 세워주는 기본사업으로 내민다. 기술협의회, 생산직장들의 보이라 지원… 등 구체적인 조직사업의 세부들을 써 넣었다. 목요일, '설비점검 검열의 날'에는 아무리 바빠도 자신이 검열관이 될 결심이다. 원료, 자재부문… 자재과장과의 사업을 중심으로 한다. 그를 통해 직장장들과 부서장들이 철저히 대안사업체계 (다수 근로자가 참여하는 집단적 지도체제로 공장과 기업소를 운영하는 경제관리 형태) 원칙대로 일하도록 이끈다. 그리고… 최현필은 주 사업계획을 옹근 두 페지(페이지)나 꾸미였다. 후방 부서의 사업과 유치원 물놀이장의 다음 밑줄에는 참고부호를 치고 잔글씨로 '향로동 아빠트, 4현관 4층 4호 장선화'라고 써넣었다.

창 밖에서 귀 익은 '갱생' 승용차 소리가 나더니 가벼이 부르릉거리며 멎었다.

'길수 이 사람이 아직 퇴근하지 않았나?…'

최현필은 초저녁에 운전사더러 오늘은 일찌감치 집에 들어가라고 일렀었다.

수년 동안 지배인과 함께 이른 새벽에 공장으로 출근해서는 별들이 조을 때까지도 지배인의 사업이 끝나지 않으면 운전 칸에서 스다찡잠('스다찡'이란 구식 자동차의 시동을 걸기 위해 쓰이는 쇠막대기를 말한다. '스다찡잠'이란 운전석 뒤 칸 스다찡을 놔두는 데에서 새우잠을 자는 걸 은유적으로 뜻한다)을 자면서 기다리고 기다려서는 새벽에 퇴근하는 것을 보통 일처럼 여겨온 운전사이다. 허우대 크고 인상이 뚝하지만 조그만 안해의 말을 한 번도 거역해 본 적이 없다는 마음이 비단같이 부드럽고 성실한 사람이다.

최현필은 지배인 직무가 며칠 남지 않은 이 기간이나마 운전사에게 한가한 시간을 마련해주고 싶었다. 그는 운전사를 어떻게 하면 단박에 (대번에) 집으로 보낼가 하고 궁리하며 일어섰다.

손기척 소리가 울렸다.

문이 조용히 열리더니 뜻밖에도 송훈 비서가 들어섰다.

"지배인 동무, 왜 아직 퇴근하지 않습니까?"

책망조의 부드러운 물음이다.

"출장 갔다 오는 길입니까?"

최현필은 송훈이와 반가이 악수를 나누었다.

송훈은 월력(달력)이 붙은 벽가에 멎어선 지 여러 시간이 된 벽시계의 뚜껑을 열었다. 태엽을 감아주고는 바늘을 열한시 오십분에 멈추었다. 적적하던 방안에서는 시계추의 맥박소리가 활력을 채웠다.

"집에서 정민이 어머니가 얼마나 기다리겠습니까?"

"집에 일찍 들어간대야 늙은 내외가 이마를 맞대구 무얼 하겠습니까. 비서 동무, 이걸 좀 봐주시우. 래주에 할 사업계획섭니다."

송훈은 어쩔 수 없이 최현필의 손에서 사업계획서 철을 받아들었다. 실주름이 얽힌 지배인의 얼굴에선 의무감에 못 이겨서 하는 겉치레의 표정은 찾아볼 수 없었다. 그와 사업한 몇 해 동안 어느 주 어느 달도 빠진 적이 없이 찾아 와서는 "비서 동무, 내 계획서를 좀 봐주시우." 하고 방조와 믿음을 바라던 열정 어린 그 모습, 그 표정 그대로였다.

송훈은 지배인의 손때 묻은 사업계획서 철을 펴들었다. 주 사업계획서는 지난주들과 꼭 같이 줄을 정히 긋고 날자와 요일, 사업내용, 집행시간과 결과의 란이 뚜렷이 밝혀졌다. 오늘 래일 공장을 그만둘 사람이 세운 형식적이고 생활력이 없는 계획이 아니였다. 지난주와 사업 아퀴(일이나 정황 따위가 빈틈없이 들어맞음)가 물리고 공장의 월 사업방향에 맞게 세운 치밀하고 동원적이며 현실성이 있는 계획서였다. 이것을 그 누가 영영 공장을 그만둘 사람이 세웠다고 하랴!

한생을 당 앞에서 정력과 재능을 깡그리 바쳐 성실히 살아오고서도 마감 날의 한 분, 한 분을 쪼개가며 아껴 쓰는 지배인!… 그를 과연 어떻게 도와주면 좋을가… 건강이 더 상하지 않게 사업 부담을 덜어주고 보람찼던 공장생활에서 물러나는 그의 마음이 괴롭지 않도록 돌봐줘야겠는데 어떻게 하면 좋단 말인가… 송훈은 그저 안타깝기만 했다.

최현필 지배인은 선생에게 시험지를 맡긴 학생처럼 송훈의 얼굴을 자못 신중히 건너다본다. 그러더니 자책에 젖은 목소리로 말했다.

"비서 동무, 날 꾸짖어주시오. 난 사실 래번 주 사업계획을 세울 생각을 하지 못했더랬습니다. 인차 인계를 하겠는데 필요없으리라구 여겼지요."

"…"

"그런데 이 며칠간 마진호 동무나 내 아들이나 일부 직장장과 과장들이 일하는 걸 보니… 속이 내려가지 않습니다. 신발을 똑바로 신기지 못했다는 생각이 가슴을 칩니다."

"!…"

"아마 사업계획서가 마음에 들지 않을 겁니다. 도와주시오. 내가 당 앞에서 한생을 조금이라도 떳떳이 총화(일 전체를 한데 모아 결산함)받을 수 있게 말입니다."

"지배인 동무, 우리 같이 집에 가면서 의견을 나누는 게 어떻습니까. 난 려행길(여행길)에서 지쳤습니다."

"!…"

당 비서의 얼굴에서 피곤한 기색의 그림자를 찾아보려는 듯 찬찬히 바라보고 난 지배인은 마지못해 의자에서 일어났다.

두 사람을 태운 '갱생'은 가로등이 조을고 있는 밤거리를 천천히 달렸다.

집집의 창문들은 잠든 지 오랜 듯싶다.

최현필 지배인은 송훈 비서의 말을 초조히 기다렸다.

송훈은 지배인의 조바심에는 아랑곳없이 어둠이 흘러가는 차창 밖을 내다보더니 이윽고 좌석 등받이에 편히 기댄 채 졸기 시작한다. 차가 돌출 때마다 머리가 건들거린다. 지배인이 슬그머니 어깨로 찔어도 송훈은 근근하다.

최현필은 졸음이 오지도 않고 마음은 초조해만 나서 송훈의 팔굽을 꽉 쥐여 당기며 말했다.

"비서 동무… 자는 척하지 말구 시원히 말해주시오. 사업계획서에 빈구석이 어텝니까?"

송훈은 더 침묵을 지킬 수 없어 '잠'에서 깨여났다. 지배인을 조금이라도 눈을 붙이게 할 수 없다는 것을 깨달은 것이다.

"지배인 동무, 난 사업계획서 자체에는 아무 의견이 없습니다. 그렇지만 지배인 동무는 자신의 건강을 고려해야지요. 래주에 그 계획서대로만 일하면 지배인동무는 아마 병원에 실려 갈 것입니다. 그래서 난 찬동하지 못하겠습니다."

"비서 동무, 내 몸이야 내가 잘 알지요. 걱정 마시구 나를 힘껏 밀어주시오. 새 지배인에게 문건 상 인계만 할 수야 없잖습니까."

"!"

차는 갈림길 어구에서 속력을 늦추었다.

송훈은 얼핏 차창을 내다보고 나서

"곧바로 가기요." 하고 운전사에게 말했다.

최현필은 왼쪽으로 꺾어 들어가면 당 비서의 집이 있는 사택거리라는 생각이 펀뜩 떠올라 운전사의 어깨를 두드리며 엄하게 말했다.

"멈추라구."

길수는 제동기를 밟았다.

최현필은 차에서 내렸다.

지배인이 얼마 안 되는 길을 걸어서 집으로 갈 생각이라는 걸 알아챈 송훈은 하는 수 없이 차안의 구석에서 종이 꾸레미를 들고 내렸다.

"화상에 좋은 동약(한약)입니다."

"!"

"지배인 동무는 아들한테 한 번밖에 안다녀왔지요?"

"웬걸요. 두 번인데."

"래일은 대휴(휴일에 일한 대신 평일에 쉬는 것)삼아 하루 푹 쉬면서 병원에 다녀오십시오."

"비서 동무, 내겐 하루가 지난날의 일 년 맞잡이(일 년과 맞먹는 정도)입니다.… 그저 내 부탁을 잊지만 말아주시오."

"?"

"이 늙은이가 '인생결산서'를 똑똑히 남길 수 있게 지배인을 그만둔다는 걸 누구한테도 말하지 말아주시오."

"지배인 동무!… 내 꼭 그러지요."

송훈은 최현필의 손을 뜨겁게 마주 잡았다.

이윽고 최현필은 자기 집 쪽으로 천천히 걸어갔다. 어둠 속에서 지배인의 구부정한 모습은 아주 사라진다.

그래도 송훈은 갈림길 어구에 점도록(한동안) 서 있었다.

16

최현필 지배인은 송훈이 출장길에서 구해온 동약 꾸레미를 안고 집 쪽으로 천천히 걸음을 옮겼다.

쌉쓸하고도(쌉쌀하고도 쓸쓸한) 향기로운 약 냄새가 풍겨 오른다.

최현필은 안해 윤씨가 기뻐하리라는 생각이 떠올라 입가에 저절로 미소가 그려졌다. 수십 가지 식료품들을 만드는 공장의 지배인이면서 가정과 아이들을 위해서는 사탕과자 한 봉지 들고 다닌 적이 없는 그였다. 집에 찾아오는 친척들과 손님들에게 별로 내놓을 것이 없는 날 저녁에는 윤씨가 푸념을 했지만 최현필은 사생활에서의 청렴성에 한 점의 티도 묻히지 않았다.

물엿 같이 누르스름한 달빛은 주위의 사택마을과 그 사이로 뻗은 호젓한 길을 비친다.

갈림길 어구에서 그는 문득 걸음을 멈췄다.

저만치 앞에 사람의 형체가 얼씬거렸다. 검은 그림자는 몸을 비슬(비틀)거리며 갈지자로 걷고 있었다. 그러다가는 꿍- 하고 자빠진다. 어정어정 기여 일어나서는 또 그렇게 걷는다. 술 취한 그 사람은 자빠져서도 일어나면서도 손에는 무엇인가 든든히 틀어쥐고 있다. 가방인 듯싶다.

최현필은 그 사람의 뒤모습에서 마진호 부기사장과 비슷한 점을 발견하자 걸음을 빨리했다. 가까이에서도 술 냄새가 확 끼친다. 부기사장이였다. 최현필은 폭풍에 시달리는 나무처럼 휘청대는 마진호의 어깨를 잡고 부축했다.

"웬… 녀석이야? 끅… 놓아라!… 끅…"

몸을 가누지 못하면서도 손아귀에서 벗어나려고 허우적거렸다.

"자네 이게 무슨 꼴인가!"

"아… 아니… 지배인… 동지구만요… 내… 좀… 마… 마셨습니다."

"적당히 마실 게지."

최현필은 마진호의 손에서 삼면 쟈크 가방을 받아 약 꾸레미와 함께 쥐고 다른 손으로는 그의 뚱뚱한 허리를 끌어안고서 걸었다. 마진호가 비칠거릴 때마다 그의 중량에 삐쳐 최현필은 발을 벋디디고(발에 힘을 주고 버티어 디디고) 몸 가늠을 하군 했다.

"무 무슨… 근심이 있다구 못… 못 마시겠습니까. 끅… 내… 내가 기

사장 대리를 하면서… 생산을 미달하나… 설비가 고장나나… 강… 강냉
이를 랑비(낭비)하나. 끅… 지배인 동지도 알지 않는 가요."

"말이 많은 걸 보니 아직 술이 곯았군."

"그렇지요… 난… 취하지 않았습니다.… 끅… 이걸 놓으시오… 자…
혼자 가는 걸 보십… 끅."

마진호는 향방 없이(일정한 방향 없이) 처벅처벅(무겁게 발자국 소리를 내며
걷는 모양) 걸어 나간다. 앞에는 여라문(여남은) 메터(미터) 폭의 다리가 있
다. 시내의 오수가 모여 흐르는 개울창 다리다. 세멘트 란간을 한 그 다
리로는 자동차도 다닐 수 있건만 부기사장은 외나무다리 우에 올라선
듯 이리저리 비틀거리더니 란간 쪽으로 무섭게 다가간다.

최현필은 반달음 쳐 란간에 넘어지는 그를 덮쳐 안았다. 그 서슬에 손
에 들었던 약 꾸레미가 란간에 부딪혀 다리 아래로 떨어졌다.

철썩-

"뭐… 뭣을 떨궜습니까?…"

마진호는 황급히 란간 너머로 몸을 기울이고 개울물을 내려다본다.

"내… 가방이 아닙니까? 끅…"

"가방은 여기 있소."

최현필은 참을 수 없는 괴로움을 느끼며 개울물을 내려다보았다.

송훈의 후더운 정이 어린 약 꾸레미! 아들의 상처를 걱정하는 윤씨에
게 기쁨을 안겨줄 약 꾸레미는 그의 소박한 희망을 아랑곳없이 개울물
에 떨어진 것이다

지배인의 손에서 가방을 받아 옆구리에 낀 마진호는 멋적은(멋쩍은) 듯 다시 란간에 몸을 굽히였다.

"아… 저기 종이 꾸레미가 떠내려가는 군요… 지배인 동지 건가요?"

"내 거요."

"과자봉지 같은 거야… 구럭에 넣어 드는 게 좋은데…"

마진호는 중얼거렸다.

최현필은 온몸의 피가 얼어붙은 감을 느꼈다.

"취한 사람이 생각두 혀두 잘 돌아가누만… 정신이 멀거든 꾸물거리지 말구 썩 집으로 가게!"

"왜… 큰소립니까… 여기가… 지배인 방인가요… 난 인제 고열탄은… 안 들여오겠습니다.… 지배인 동지가… 다 책임을 지십시오."

최현필은 마른침을 삼켰다. 인두로 지지는 듯 목안이 타들고 아팠으나 다시금 마진호의 어깨를 부여잡았다. 걸음이 순탄치 못한 그를 어쨌든 집까지 데려다 주어야 할 것 같았다.

한 사람은 부축하고 한 사람은 의지하고서 달빛이 고즈넉히(고즈넉이) 흐르는 사택마을길로 걸어갔다. 서로 상반되는 기분이였으나 그림자는 한 덩어리였다.

"지배인 동지…"

"…"

"난 터놓고 말할 게 있습니다."

딸꾹질은 멎은 듯싶었다.

"오늘 밤은 자네하고 말하고 싶지 않아."

최현필은 잘라 말했다.

마진호는 취기를 가시려고 얼굴을 쓸어 만졌다.

"그래도 말해야겠습니다. 제가 왜 술을 마셨는지 압니까?… 동생 진옥이와 싸웠습니다. 그 앤 집을 나갔습니다."

"어째서?!"

"철제일용품 공장 기사장의 동생과 오래 전부터 말이 있었는데 그 애가 반대를 하는 게 아니겠습니까. 종시 데리고 가지 못 하구서… 그 사람과 화풀이 술을 마셨습니다."

"?!"

"지배인 동지… 난 그 애를 이 산골도시에… 공장에 두고 싶지 않습니다. 그만큼 데리고 있었으면 멀리로… 고향 바다로 훨 날려 보내고 싶습니다."

"음…"

최현필은 가슴이 터지는 것 같았다. 구태여 속을 감추고 싶지 않았다.

"자넨 진옥이와 우리 정민이 관계 때문에 그러지?…"

찍어서 묻는 지배인의 말에 마진호는 취중에도 속을 움칠했다(움찔했다). 안할 말을 했다고 생각되었지만 이미 엎지른 물이였다.

"부기사장… 난 그 애들의 사이가 자별한 걸 기쁘게 여겨왔네. 버그러질가봐 은근히 걱정을 하구… 진옥이가 마음에 들구 내 딸처럼 귀여웠으니까… 그렇다구 자네 마음꺼릴 건 없어. 제 동생인데 보내구 싶은 데

보내야지… 그러나 내 말하고 싶은 게 있어… 자넨 사랑이란 게 뭔지 아나?"

"…"

"새처럼 자유로운 거야. 조롱 안에 가둬보게. 보금자리를 안 틀구 울기만 하지."

"!…"

"내 아들에 대한 리기심에서 하는 말이 아니야. 자넨 젊은 애들의 사랑을 생산 공장처럼 간섭하고 지시하지 말라구. 사람의 감정은 누르고 지배하지 못해."

"!…"

마진호는 고개를 떨구더니 터벅터벅 걸어갔다. 아까보다 퍽 온전한 걸음이다. 그러나 방향은 집 쪽이 아니다. 오른쪽 소로길로 가야 한다는 걸 모르는 모양이다.

최현필은 다우쳐 걸어가서 마진호의 어깨를 끌어안았다.

"같이 가세."

"…"

달빛 속에서 두 사람은 천천히 걸어갔다. 한 사람은 의지하고 한 사람은 부축하고서.

그들은 저마끔 괴로와 하면서도 가슴 속에 어두운 구석까지 말끔히 털어놓고 불꽃을 일으킨 것으로 하여 발걸음은 그렇게 무겁지 않다.

17

남편과 시누이가 다투고 나간 썰렁한 집안, 책상등이 희붐히 비친다.

춘실은 의자에 앉아 턱을 고인 채 깊은 고민에 잠겼다. 탄가루에 어지러워진 종이의 그림은 도면으로 옮겨지지 못하고 책상 우에 그대로 놓여 있다. 로동생활에서의 첫 소중한 착상, 열정, 기쁨이 담겼던 그 종이는 제도지의 연필, 삼각자, 계산척 옆에 휴지처럼 놓여 있다. 그것은 자그마한 창안도 자기 힘으로 지식으로 실현할 수 없는 그 녀자의 잔약한 모습을 그대로 보여주는 듯했다.

어찌하여 생활의 모든 것이 풍족한데도 가정은 화목하지 못 한가… 고열탄차 방통이 들어온 날 저녁, 남편이 지배인 방에 갔을 때 그를 비난하던 열관리공들의 목소리는 아직도 귀가(귓가)에 쟁쟁하다.

안해로서 사람들이 자기 남편에 대해 뒤소리를 할 때처럼 가슴 아픈 일이 어데 있으랴… 그렇다고 어느 열관리공도 탓할 수는 없다. 그것은 응당한 감정의 폭발일지도 모른다.

왜 그이만은 저열탄을 때는 데 랭정한가? 어찌하여 그렇게도 친한 사이였던 기관장과는 남처럼 되여버렸는가?…

춘실은 자기의 고향, 정다운 산촌… 맑은 개울물이 돌돌 흐르고 산새들의 울음소리와 뜨락또르(트랙터)의 발동소리밖에 들리는 것이 없는 한적한 산촌의 그 목가적인 생활에서 벗어져 남편과 함께 살아온 십여 년의 가정생활을 랭정히 돌이켜보았다. 그는 결코 화목과 웃음과 행복이 한껏 실린 꽃수레를 타고 살지는 못했다. 아니, 그에게도 그러한 시절이 있지 않았던가! 신혼생활의 뜻 깊은 날들에는 남편과 그의 가정에 동무들도 많았고 웃음도 많았고 탐구의 밤으로 새벽이 되여 오도록 방안의 불빛이 꺼질 줄 몰랐다.

결혼한 그해 초겨울의 어느 일요일. 아직 총각으로 합숙에 있던 성칠 기관장이 바께쯔에 흰 거품이 부글대는 맥주를 들고 와서는 싱글거리며 말했다.

"아주머니, 멋들어진 안주를 마련해 놓으시우. 일 끝나구 오겠소."

춘실은 그들이 올 시간을 짐작해서 마른 명태를 두드려놓고 오리 내포(내장)를 사다 볶았다. 그리고는 맥주 바께쯔를 가마 목에 올려놓았다. 날두 추운데 뜨끈히 덥혀 마시면 얼마나 좋으랴.

밤이 이슥해서 주성칠과 열관리공들을 데리고 집에 들어선 마진호는 뜨뜻하고 맨숭맨숭한 맥주를 맛보고는 버럭 화를 냈다.

그러나 성칠은 넌지시 웃으며 말했다.

"이게 바로 소박한 안해의 갸륵한 심정이란 거요. 자 우리 진호 동무 아주머니 극진한 정성을 생각해서 마십시다."

한 조끼를 단숨에 비우고 난 성칠은 기타를 그러안았다. 그의 능숙한 손가락 춤이 시작되자 방안에는 가볍고 은근한 선률이 흘렀다. 모두들 '더운 맥주'란 생각은 까맣게 잊어버리고, 학의 나래에 앉아 푸른 창공을 둥둥 날아가는 듯한 선률의 흥취에 잠겼다. 그리하여 맥주 바게쯔는 어느 결에 밑창이 났다.…

그때는 그의 집에 로동자들이 기름때 묻은 허름한 종이에 대충 그린 걸 가지고 와서는 남편과 온 밤 머리를 맞대고 토론하군 했다. 춘실은 하루에도 저녁을 두세 번 지을 때가 적지 않았다. 그때는 모든 것이 즐거웠고, 깨가 쏟아졌고, 구름 우에 앉은 것 같았었다.

그런데 어느 때부터였던가?… 남편은 두 번째 발명권을 탄 지 몇 달 후 부기사장으로 되였다. 그것은 벌써 사 년 전 일이다.

어느 날 저녁 공장문화 회관에 새 영화가 왔다. 무슨 영화였던지 춘실은 생각나지 않는다. 회관 안에 꽉 들어찬 로동자들은 영사실 투광구멍만 올려다보며 이제나 저제나 기다리고 있었다. 그런데 좀처럼 시작하지 않았다. 회관 관장은 부기사장이 영화를 보겠다고 전화를 걸어왔으므로 기다리는 중이었다. 기다리기에 지친 사람들이 술렁대는 바람에 먼저 시보와 과학영화를 돌리였다. 그것이 끝나자 장내에 또 불이 켜졌다. 얼마 후에야 부기사장은 모인 사람들의 이목을 받으며 천천히 들어와서 객석의 가운데 자리에 앉았다.

춘실은 지금도 사람들이 남편을 쳐다보던 눈길들을 잊을 수 없다. 무표정한 눈길들, 은근한 비난의 눈길들, 쓰거운(달갑지 않고 언짢은) 표정… 화살처럼 쏟아지는 그 속에서 리해와 존경의 눈빛은 찾아볼 수 없었다.

아마도 그때부턴지… 집으로 찾아오는 동무들이 줄어갔다. 그러나 남편은 별로 개의치 않았다. 지난날 탐구의 흔적들이 어린 낡은 책들과 준박사 론문을 준비하던 서류들이 방 뒤 구석의 낡은 트렁크 속에서 잠들고 있는 데 대해서도 잊어버리고 있었다. 그 대신 진호는 공장에서 돌아오면 어린 아들 은철에게 애정을 쏟아 부었다. 목마를 태우기도 하고 숨박곡질(숨바꼭질)을 하기도 했다. 방안에는 웃음이 넘쳐흘렀다. 시간이 헛되이 흘렀지만 춘실은 그것을 느끼지 못하고 그저 행복감에 잠겨 있었다. 그렇게 팔 년을 살아왔다. 그런데 남은 것은 무엇인가? 가장집물(집에 놓고 쓰는 살림 도구=세간)이 늘고 은철이도 크고 생활이 유족해졌지만 남편은 창안도 발명도 한 것이 없고, 춘실이 자신은 몸이 부허예져서(부유스름하게 허옇게 돼서) 여전히 편안한 증기분배공의 일을 하고 있을 뿐이다.

춘실은 지난날의 창조성이 없는 호젓하고 단조로운 생활을 돌이켜보고 쓸쓸히 웃음을 지었다.

밖에서 말소리가 들렸다. 지배인의 목소리 같기도 했다. 그러나 문을 열고 들어온 사람은 남편 혼자였다.

마진호는 신을 털어버리며 물었다.

"진옥이가 안 들어왔소?"

술 냄새가 춘실의 얼굴에 끼쳤다.

"갈만 한 곳은 다 찾아보았어요."

"동무네 집에 간 게군. 래일 들어오겠지… 난 인젠 손을 들었소. 제 마음대로 하라구 하오."

의자에 털썩 주저앉은 진호는 책상 우에서 낯익은 종이장을 보았다. 안해가 낮에 자동 발브의 초안이라고 사무실에 가지고 왔던 것이었다.

"내 당신과 한… 약속을 잊었군. 후-"

진호는 괴로운 듯 중얼거렸다.

춘실은 창가에서 얼굴을 돌리지 않았다. 그의 두 눈에서 눈물이 방울 방울 솟아올라서는 마주 쥔 손에 떨어졌다. 춘실은 어둠이 달라붙은 검은 창유리에 비친 자기의 모습을 바라보며 소리 없이 울었다.

도면 한 장 그릴 줄 모르면서 공장생활을 해온 것이 진정 부끄러웠고, 증기 발브나 여닫는 것밖에는 아무런 지식도 기술도 없는 무능력한 자신에 대해 환멸을 느끼였다. 그렇다. 배워야 한다. 가정적 안락에 만족할 것이 아니라 기술을 알아야 한다. 결코 늦지는 않았다. 이제라도 배워서 진정한 삶, 창조적 삶을 누려야 한다. 나의 생활의 참된 길은 거기에 있다.

춘실은 남편이 찬물에 시원히 세수를 하고 났을 때 조심스레 말을 꺼냈다.

"이봐요. 난… 학교에 가고 싶어요."

"응?!… 이자(방금) 뭐이라고 했소?"

진호는 눈이 둥그래서 안해를 건너다보았다.

"통신으로 먼저 전문학교를 다녔으면 해요."

"어, 참 기특한 생각을 했소. 아직 단발머리 처녀 시절인가 하는군. 당신은 어머니요. 대학을 졸업한 어떤 처녀들이 가정생활을 시작하면 몇 해를 못가서 배운 걸 싹 줴버리는(함부로 버리고 돌아보지 않는) 걸 못 봤소? 그들이 뭐 당신만 못해서 그런 줄 아오?"

"나를 하필 시대에 뒤떨어진 녀자들에 비교할 건 뭐예요."

"그럼 일찌감치 대학에 다닐 노릇이지."

"후회한들 어쩌겠어요.… 도면 한 장 그릴 줄 몰라서 남편에게 의존하고 온 밤 고민한 내가 어리석었지요. 그렇지만 더는 이런 길로 갈 수는 없어요. 이봐요. 생활에는 전환이란 것이 있잖아요? 난 방향을 바꾸겠어요. 공부하겠어요."

"그게 정말이요?"

"난 진정을 말해요."

"나도 롱담을 하지는 않소… 당신의 어깨에는 남편의 사업과 아들의 뒤바라지(뒷바라지), 주부의 역할… 증기분배공의 임무… 꼽자면 많고. 그 많은 짐을 지고 걸어갈 것 같소? 홀몸으로 뛰여도 처녀들을 따라 못 가겠는데… 결론은 명백하오."

마진호는 거칠게 말하고서 담배를 꺼내 물었다. 절컥절컥… 라이타 켜는 소리, 화김에 켜서 그런지 좀처럼 불이 달리지 않는다.

잠에서 깨난 은철이가 눈을 비비더니 일어나 올방자를 틀고 앉는다. 아버지와 어머니를 근심스레 올려다본다. 그리고 어느 쪽 편도 들지 않은 채 화해를 신청했다.

"싸우지 마, 응? 자자."

18

청신한 밤이였다.

검푸른 하늘에는 별들이 부서질 듯 여물었다.

보석 같은 별빛은 진옥의 살눈섭에 가랑가랑 맺힌 이슬을 헤치며 새여든다. 유년 시절, 소녀 시절, 신비로운 공상의 세계를 펼쳐 보이며 그의 맑은 눈동자에 비끼였던 별빛, 그 별들은 지금도 변함없이 정답고 친근한 얼굴로 처녀를 내려다본다. 설음에 젖어 향방 없이 걷는 처녀를 길동무라도 해주는 듯 가로수 잎새들 사이로 숨박곡질하며 따라온다.

울분이 점점 가셔지자 진옥은 자기의 처지와 앞날에 대하여 생각해보기 시작했다. 배우자를 강요하는 오빠와 다투고 나왔지만 정작 갈 곳이 없다.

진옥은 어둠 속에 잠긴 거리를 살펴보았다. 집들은 불을 끈 채 깊은 잠에 들었고 길에는 사람 그림자조차 얼씬하지 않는다. 그래도 집으로 다시 들어가고 싶지는 않았다. 아니 영영 안 들어갈 것이다. 래일부터 공장합숙에서 살면 되지… 다 큰 처녀가 살림하는 오빠와 계속 함께 있다는 것도 거북한 노릇이다. 벌써 나왔어야지.

또다시 어둠 속을 한참 걸었다.

목적 없이 길을 따라가기만 하던 그는 걸음을 멈췄다. 이래서는 안 된다는 생각이 들었다. 어데든 가야 했다.

친한 녀동무네 집은 재밤중(한밤중)에 들어갈 수 없다. 그의 부모들이 어떻게 생각할 것인가.

진옥의 발걸음은 저도 모르게 지배인네 집으로 향해졌다. 바다가(바닷가), 모래불, 솔숲, 고향도시의 풍경이 눈앞에 그려진다.

소꿉놀이 시절, 진옥은 정민이와 같이 바다가 모래굽이에서 어리광치는 파도와 장난을 하며 조개를 잡군 했다. 그래 해 저무는 줄도 몰랐다. 아들을 찾아 나온 최현필은 꾸지람 한마디 하지 않는다. 다만 '정민아, 이따금 어머니 생각도 좀 하려무나.' 하고 조용히 타이를 뿐이었다. 외아들을 끔찍이 사랑하는 집안이다. 정민의 아버지는 치마폭이 파도에 흠뻑 젖은 진옥에게 잔등을 돌려대었다. 진옥은 손가락을 입에 물고 한걸음 물러섰으나 지배인의 억센 손탁에 그만 덩실 업히고 말았다.

"정민인 어쩌구?"

진옥은 업혀서도 걱정스레 물었다.

"그 녀석은 너보다 두 살이나 우이고 사내니까 제 발로 걸을 게다."

소년은 아버지의 말을 들었는지 못 들었는지 고개를 수굿(수굿)하고서 진옥의 신발과 자기 신발을 짝지어 들고 뒤를 따랐다.…

최현필 지배인에 대한 소중한 추억은 깊은 겨울의 나무에 낀 서리꽃처럼 진옥의 기억 속에서 반짝거렸다. 친아버지와 같은 그 미더운 감정은 정민에 대한 사랑이 깊어진 오늘에 와서는 가장 귀중한 것으로 처녀의 마음속에 간직되는 것이다.

그러나 진옥은 지배인네 집으로 마음이 자석처럼 끌려갈수록 들어가서는 안 된다는 강렬한 생각에 부딪혔다. 아들이 그런 불행을 당해서 괴로와 하겠는데 내가 이런 모양을 하고 찾아들어가다니…

진옥은 맥없이 발길을 돌렸다.

'별 수 없이 집에 돌아가야 하나?… 아니, 그건 오빠와 타협하는 길이

다. 마음이 그렇게도 약하니? 자존심이란 꼬물(보잘 것 없이 아주 적은 분량)만큼도 없구나.'

꾸준히 따라온 별들은 처녀를 동정하는 듯 측은히 내려다본다. 밤이슬에 몸이 눅눅해진다. 어느덧 진옥은 공장 유치원 담장에 이르렀다. 그는 '꽃봉오리' 글자를 따붙인 유치원의 키 낮은 철문을 부여잡고 어둑시근한 마당 안을 들여다보았다. 낮에는 한순간도 조용해 본 적이 없는 유치원이 지금은 고요했다. 진옥은 마음이 허전해졌다. 아이들과 같이 있으면 이런 괴로움에서 벗어날 수 있을 것이었다. 아이들의 동심세계에서 사는 것이 그에게는 더없이 귀중하고 행복한 때였다. 순진한 어린이들이 글을 깨치면서 머루 알 같은 눈들을 반짝이며 맑은 목소리로 첫 문장들을 읽은 때는 진옥이도 눈굽이 뜨거워지였다. 미래의 꼬마주인들에게 당의 고마움과 지식의 첫 싹을 키워주는 교양원, 인생의 첫 교원…

긍지 높고 자랑스러운 부름을 지닌 선생이 이런 고민에 잠겨있는 것을 애들이 안다면?… 진옥은 서글픈 미소를 지었다. 마음을 진정하고서 교양실 마루에 누웠다. 피곤이 일시에 온몸으로 잦아든다. 진옥은 잠들었다. 얼마나 시간이 흘렀는지… 처녀는 잠결에 누구인가 나직이 부르는 소리를 들었다.

"얘 진옥아…"

웅글고 부드러운 목소리.

진옥은 무겁게 눈시울을 떴다.

머리맡에는 최현필 지배인이 아이들의 조그만 의자에 앉아서 그를 근심스레 내려다보고 있었다.

진옥은 서둘러 일어나 앉았다.

"네가 여기 있는 걸 찾아다녔구나."

"!…"

진옥은 지배인의 웅심깊은(생각이 깊고 무게 있는) 눈길에서 그가 모든 사연을 안다는 것을 직감하자 금시 설음이 콱 솟아올랐다. 입술을 깨물며 눈물을 삼켰다. 그래도 느낌소리는 간간히 들린다.

"어서 집으로 가자. 오빠가 걱정할 게다."

"전… 집에서 아주 나왔어요."

"나오다니?… 원, 그럼 어데서 살겠니?"

"합숙에 있겠어요."

"합숙이라…"

최현필은 말꼬리를 길게 뽑았다.

"합숙에 나가면 문제는 간단하겠지. 오빠하구는 담을 쌓구 너는 너대로 나는 나대로 살면 되겠으니까… 그렇지?"

"…"

"그거 보라구, 대답하기 힘들어하는 거… 진옥아, 우리 같이 이런 생각을 좀 해보자. 자, 부기사장은 기사장이 없는 이 큰 공장의 생산과 설비들과 수백 명 로동자들을 책임진 일군이다. 진옥이는 그의 하나밖에 없는 누이동생이다. 그런데… 진옥이가 오빠를 배척하고 합숙에 짐을 꾸려들고 나갔다… 그래 사람들이 부기사장을 어떻게 보겠니? 사랑하는 누이동생이 믿지 않는 일군을 로동자들이 믿고 따르겠니?"

"!…"

"그러구 보면 남매 간의 의견 상이(의견 차이)가 공장의 생산과 관련되는 큰 문제루 번질 수 있잖을가?…"

"…"

"진옥이가 문제를 과격하게 처리해서야 안 되지. 교육자가 아니냐, 누이구."

처녀의 느낌소리는 잦아들고 어깨는 가벼이 들먹거린다.

지배인의 단순하고도 사리 있는 말은 처녀의 눈을 틔워 주었다.

"인젠 그만 진정하라구… 자꾸 울면 내 래일 유치원에 와서 애들한테 선생이 울었다고 대주겠어. 허허…"

최현필 지배인은 의자에서 일어났다.

"자, 집으로 가자구. 내 바래다주지. 아마 부기사장과 은철이 어머니가 속이 타서 찾아다닐 거야."

진옥은 물기 젖은 눈으로 지배인을 바라보았다. 산속의 호수 같은 그 눈은 아버지의 친구였던 지배인에 대한 깊은 신뢰의 감정으로 빛났다.

19

며칠이 또 지나갔다. 그날들은 마지막 사업을 다그치는 최현필 지배

174

인에게 있어 번개의 섬광처럼 짧은 시간이였다. 인생흐름에서 지금처럼 시간을 귀중히 여겨본 적은 없었다. 흘러간 시간은 금으로도 살 수 없고, 욕망과 간절한 소원으로써도 되찾을 수 없다. 누구를 위해 멈춰 서지도 남겨 두지도 않으며 가차 없이 앞으로만 흐르는 그 시간을 젊은 시절에는 왜 물처럼 써버렸던가…

최현필 지배인은 주간 생산참모회의가 한창 진행되고 있을 때 부기사장의 방에 들어섰다. 전분직장의 수리공들을 도와주느라고 작업복 앞섶에는 강냉이 전분가루와 물엿 깡지(바닥에 가라앉은 찌꺼기) 같은 기름때가 묻었다. 오늘 아침 윤씨가 깨끗이 대림질까지 해준 작업복인데 반나절을 못 가서 어지러워진 것이다.

그는 참모회의 집행자인 마진호가 내주는 자리는 마다하고 늘 앉군 하는 앞 상의 오른쪽 옆자리에 앉았다. 그리고는 작업 모자를 벗어 앞 상에 내려놓았다.

순간, 마진호와 방안 사람들은 그만 눈이 둥그래졌다.

머리가 새까맣고 턱수염을 반반이 민, 그래서인지 십 년이나마 젊어진 듯싶은 지배인이 곁눈도 살피지 않은 채 꿋꿋이 앉아 있지 않는가!

아침 출근 때부터 지배인이 모자를 쓰고 있어서 머리를 염색했다는 것을 누구도 알지 못했던 것이다. 설마 한들 처세와 가식을 모르는 고정한 최현필 지배인에게서 그런 변화가 일어나리라고는 생각조차 못한 일이였다.

마진호 부기사장은 잠시 하던 말을 멈추었고 직장장들과 과장들은 이 변화를 어떻게 받아들여야 할지 몰라 서로 마주 쳐다보았다. 곧 약속이나 한 듯 그들의 얼굴에는 너그럽고도 즐거운 미소가 떠올랐고 방안에는 알릴 듯 말 듯 가벼운 활기가 돌았다. 그러나 누구도 지배인이 무엇 때문에 자기의 변함없는 사생활의 신조를 버리고 머리를 치장했을가 하는 데 대해서는 그닥 깊이 생각하지 않았다. 머리를 물들였든 어쨌든 공장의 세대주가 '젊어진' 것은 진정 기쁜 일이였던 것이다.

최현필 지배인은 이 모든 방안의 기분을 륙감(육감)으로 느끼고 있었다. 안도의 숨이 나갔다. 늙은이의 변덕으로 여기고 은근한 조소와 비난을 할가봐 두려웠었다. 그래서 하루 종일 모자를 벗지 못했던 것이다.

"내가 재삼 말하지만… 이번 주간 생산실태가 긴장(일을 순조롭게 넘기기 어려울 정도로 빠듯한)하다고 해서…"

마진호 부기사장은 자기 말이 빗나가지나 않는지 하고 앞뒤를 재여보면서 말을 이어나갔다. 전번에 고열탄을 더 끌어들인 것으로 하여 지배인이 분노하던 것을 본 다음부터는 은연중 조심스러운 생각이 들었다. 그래서인지 지배인의 검은 머리를 본 순간 그는 대학을 졸업하고 기사로 공장에 배치 받아 왔을 때 지배인에게서 느끼던 그 위엄과 결단성과 원칙이 되살아난 것 같은 감이 들었다.

"…설비를 혹사하지 말고 표준조작법대로 돌려야 합니다. 기계란 건 사람의 정신능력처럼 한계가 없는 게 아닙니다. 마찰계수, 호환성, 허용공차… 등의 수치와 요소들을 가지고 정밀성과 수명을 보장하는 겁니다. 이걸 무시해서는 안 됩니다. 탕과직장에 있는 카라멜(캐러멜) 포장기나 알사탕 성형기들을 비롯해서 우리 공장의 모든 설비들이 정밀성을 생명으로 하는 것만큼 로동자들에게 이 점을 늘 강조해야 합니다. 그리고…"

마진호의 이야기는 슬슬(술술) 풀려나갔다.

최현필은 잠자코 앉아서 사업노트를 들여다보고 있었다. 그의 이마에 패운 주름살들은 미간으로 모여들지도 않았고 두툼한 입가에는 평온한 미소가 깃들고 있었다.

마진호는 지배인의 그 푸수한(수수한) 얼굴표정을 보고 지배인이 자기의 말에 공감한다는 것을 느끼였다. 그는 이야기를 다 끝내자 자리에 앉았다. 손수건을 꺼내여 불깃한(조금 불그스름한) 얼굴에 돋친 땀을 문대였다. 그리고서 몸을 반쯤 일으켜 최현필에게 말했다.

"지배인 동지, 말씀하실 게 있으면 하십시오."

"허, 이 동무들이 부기사장 동무가 말한 걸 미처 삭이기나 해야 내가 말하지. 숨이라도 돌리게 담배나 한 대씩 태웁시다."

최현필은 빙그레 웃으며 방안을 둘러보았다. 직장장들과 과장들은 얼굴에도 웃음이 피여났다.

"가만… 자재과장 동무가 왜 안 보이오?"

최현필 지배인은 앞 상에 팔굽을 짚은 채 몸을 돌렸다.

"여기 앉아 있습니다."

방 구석 쪽에서 황급한 목소리가 울린다.

"어디요?… 그렇게 접혀 앉아 있지 말구 썩 나오오. 여기두 의자가 있지 않소.”

최현필 지배인은 자기 옆에 있는 의자덜미를 쥐여 내놓았다.

“뭐 여기도 괜찮습니다.”

“남까지 불편한데 제꺽 나오오.”

옆에 앉은 술직장장이 자재과장의 등을 쿡 밀어냈다.

몸이 갱핏한(몸집이나 생김새가 여윈 듯하고 칼칼한) 자재과장은 단번에 무
우 뽑히듯 해서 지배인의 곁 의자에 앉았다.

최현필은 그를 쳐다보며 넌지시 물었다.

“구석에 앉을 걸 보니 뭘 또 욕심스레 끌어들인 거나 아니요?”

“그럴 리 있습니까!”

자재과장의 눈이 펑 열려진다.

“그런데 얼굴은 왜 그리 벌겋소?”

“…”

“술직장에 들려 한잔 맛보구 오지 않았소?”

사람들이 웃었다.

최현필은 억울한 듯 항변하려는 자재과장을 보며 껄껄 웃었다.

방안에 즐거운 휴식의 분위기가 흐르고 담배 연기가 서렸다.

최현필 지배인은 안개처럼 떠도는 담배 연기 속으로 직장장들과 과장
들의 얼굴을 하나하나 살펴보았다. 자기가 모름지기 마지막 참모회의에
참가하리라고 생각되자 이들을 그전처럼 사업 실무적으로만 보게 되지
않았다. 수년간 그와 고락을 같이한 정 깊어진 사람들이다. 오래지 않아

이 사람들과 헤어진다고 생각하니 지난날 생산이나 직장일들이 잘 안 되면 덮어놓고 욕질을 하고 들볶아대기만 한 것 같아서 미안하고 죄스러웠다. 용서와 리해를 받고 싶었다. 매 사람의 우단점(장단점)에 대해 교훈적인 말로 타일러도 주고 싶었지만 그는 감정을 억제했다. 때 이른 작별의 정을 나누는 건 나약성의 표시이고 사업의 포기를 의미하는 것이다. 서두를 필요가 없다. 새 지배인이 온 다음에 공장을 떠나면서 말해 줄 수 있다. 그것이 아마 제일 마감사업일 것이다.

최현필은 좀 전의 태연한 표정을 짓고서 입을 열었다.

"다들 지루한 줄 아는데…"

긴말을 하지 말아야 했다. 일군들은 공장의 잡사가 아니라 참모회의 내용에 맞는 필요한 말을 듣고 싶어 하며 회의가 빨리 끝나기를 바란다.

"생산 문제와 설비기술 문제들에 대해선 부기사장 동무가 구체적으로 말했기 때문에 한 가지만 강조하기요. 이번 주간에는 물론이구 앞으로도 우린 수십 가지 식료품을 만들어 내는 공장의 특세를 쓰면서 생산을 할려고 해선 안 되오."

최현필은 부기사장과 자재과장을 엄한 눈초리로 일별했다.

"술이나 그러루한 것으로 무원칙하게 거래하여 원자재를 더 실어 들이는 건 결국 자물쇠를 채우지 못하는 나라의 창고에서 망탕(되는대로 마구) 꺼내는 거나 같은 거요. 동무들이 잘 알지만 우리나라 공장에도 필요한 원자재들이 들어오는 거요. 하지만 나라에서는 때로 이것저것 못주는 적도 있소. 한 가정 살림살이에서도 이런저런 사정으로 아버지가 자식들에게 약속대로 못해줄 때가 있는데 나라살림에 그런 일들이 없겠소?… 때문에 우린 나라에서 주면 좋구 안 주면 우리 지방 것을 가지고 우리 힘으로 한다는 립장에 서야 하오.”

방안의 공기는 무거워졌다.

누구나 진중한 자세로 앉아서 지배인의 다음 말을 기다린다.

“그런데, 요즘- 공장 안에서 저열탄을 보이라에 때는 문제를 가지고 말이 많소. 열관리공들과 공무직장 사람들이 눈에 피발(핏발)이 서도록 밤잠을 못 자며 보이라 개조를 하고 있는데 한쪽에서는 찬바람질을 하고 있소. 리유는 생산에 혼란을 주고 사고를 낸다는 거요. 현상적으로는 그럼직하오. 그러나 이런 동무들의 진짜 리유는 뭐겠소?… 나라에서 주는 귀중한 고열탄을 때면서 생산계획을 쉽게 하고 편안히 살아보자는 안일성에 뿌리를 두고 있소. 볶이우는 게 싫으니까.”

최현필 지배인은 비수 같은 눈길로 사람들의 얼굴을 엄격하게 찌른다.

“부기사장과 전분직장장, 탕과직장장이 제일 불만이 크오!”

방안 사람들은 지배인이 뜻밖에 사정없이 이름을 찍는 바람에 놀래고 당황해서 마진호의 얼굴을 훔쳐본다. 그는 목덜미까지 뻘겋게 달아올라 손을 대면 델 듯싶다. 전분직장장은 담이 커서 헛기침을 했으나 탕과직장장은 애꿎은 담배꽁초를 가루로 만들어 버렸다.

그들의 머리 우로 지배인의 노기 띤 거칠은 음성이 채찍처럼 후려쳤다.

“아주 틀려먹었소! 세 동무 다 여기 일군들 중에서 그중 젊은 사람들인데… 앞장에서 뛰여야 할 사람들이 그래서야 되겠소?! 내 더 참을 수 없어 말하는 거요. 이 지배인 령감이 기력이 **빠져서** 물렁물렁하다구만 생각하구 제멋대로 놀다간 큰 코를 다칠 줄 아시오! 엄포가 아니요."

누구도 움쩍하지 않았다. 방안에 가득 서린 엄숙한 정적을 깨치기 두려운 모양이다.

최현필은 쿨룩쿨룩 기침을 짖고 나서 한결 음성을 낮추었다.

"생각들 해보오. 우리가 언제까지나 고열탄을 보이라에 땔 수는 없지 않소? 지금 좀 곤난하더래두 공장의 장래를 담보하는 게 옳지 않겠소. 우리 대에 버럭 같은 저열탄을 때구, 저 공장 유치원 애들이 자라나면 좋은 고열탄을 물려주잔 말이요."

최현필은 주머니에서 담배를 꺼냈다.

"난 할 말을 다했소… 부기사장 동무, 저열탄보이라 기술협의회는 언제 할려오?"

"…"

"내 말을 잊었소?"

"래번 주에… 정민 동무가 퇴원한 다음에 할 계획입니다."

"이번 주에 합시다. 그 앤 곧 퇴원할 거요."

마진호는 대답 대신 눈을 내리깔고 펴놓았던 사업노트를 접었다. 쓰던 달던 지배인이 하자는 대로 순응해야 하리라고 여겼다. 부에 제기하고 싶은 생각조차 싹 없어졌다. 한 집안에서 그런 언쟁을 벌려놓아야 살림이 깨지고 리로운 건 없을 것이다. 웃사람인 지배인하고 사이가 나쁘다는 도덕적인 손실을 볼 것밖에 없다. 차라리 가만있는 게 상책이라고 생각하니 어쩐지 속이 편안함을 느꼈다. 후날(훗날) 무엇이 잘못 돼도 지배인이 아래 일군들을 억누르고 한 일이니 구태여 추궁을 받을 것도 없을 것이다.

그는 퍽 자연스러운 목소리로 사람들을 향해 말했다.

"그만 합시다."

자리에서 일어서는 사람은 하나도 없었다. 조심스레 주머니에 손을 넣어 담배를 꺼내기도 하고 곁 사람과 나누기도 한다.

최현필은 담배 연기를 시원스레 내불고 나서 손으로 머리를 쓸어 만졌다. 그러더니 마진호를 향해 슬며시 물었다.

"부기사장, 어떤가?"

"!…"

"이 원짜리 인조청춘이긴 하지만… 괜찮지?"

열적은 웃음을 짓는 최현필의 얼굴은 달빛을 띠었다.

방안에는 즐거운 기분이 파도처럼 술렁거렸다.

"맘에 듭니다. 벌써 물들일 걸 그랬습니다."

마진호는 진심으로 말했다.

"지배인 동지, 갱소년(늙은이의 몸과 마음이 다시 젊어짐)한 것 같습니다."

"한 십 년은 젊어 보입니다."

방안 이쪽저쪽에서 연방 지지가 들어왔다.

최현필은 만족스런 미소를 지었다.

"다들 좋단 말이지… 그렇지만 자네들은 이제 후회하게 될 거네."

"?…"

"?…"

"배끈(허리띠)을 늘구구서 팔자걸음을 하지들 말구 단단히 정신을 차리게. 내 이 머리가 진짜루 까맣던 시절에 자네들에게 요구하던 만큼 달 궈낸다(일을 재촉하여 꼼짝없이 몰아치게 만든다)는 걸 알게."

"!!…"

"!!…"

마진호는 웃주머니에서 빗을 꺼내여 숱이 많은 자기의 검은 머리를 보기 좋게 빗어 넘기고 나서 등받이에 몸을 제치며(젖히며) 여유 있게 말했다.

"지배인 동지가 뛴다고 우리가 따라가지 못하겠습니까. 그건 별루 큰 문제가 아니지요. 어쨌든 저는 지배인 동지가 지금 한 사십 대쯤이면 정말 좋겠습니다."

"그래, 젊으면 좋은 일이 많지. 허지만 난 육십 대가 좋네."

최현필 지배인은 선언하듯 확고히 말하고서 부기사장과 방안의 사람들을 빙 둘러보았다. 부리부리한 눈에서는 자기의 그런 권리에 대한 열렬한 옹호의 빛이 번쩍이였다.

마진호는 지배인의 성난 듯한 그 눈길을 피했다.

방안의 누구도 그 정당한 권리를 부정하는 사람이 없자 최현필의 눈에는 숙연한 추억의 그늘이 어렸다.

"아마… 자네들은… 그런 걸 겪어보지 못했을 테지…"

아득히 흘러간 날들을 회고하는 최현필의 갈린 목소리는 고요한 밤 머나먼 곳에서 은은히 울려오는 신비로운 종소리처럼 사람들의 심장을 서서히 그러 쥐였다.

 "난 일본놈들 채찍 밑에서 '불목두기'로 살아왔소. 피눈물을 흘리다가 해방을 맞았을 적에는 감격에 목 메여 울고 울면서 거리를 다녔소. 내게 차례진 자유와 권리가 사실인지 꿈인지 잘 믿어지지 않았댔으니까. 그걸 깨달은 다음에는 쫓겨 가는 일본놈들과 반동놈들이 공장을 마스지(망가뜨리지) 못하게 지켰소. 낮에는 공장을 돌렸구 밤에는 보총을 메구 눈이 부엉이처럼 깜깜한 어둠 속을 누볐지. 어느 날 밤에 쥐새끼 같은 그놈들이 단꺼번에 세 놈이 덤벼들지 않겠소. 내 어깨에 칼질을 한 놈을 즉석에서 요정(결판을 내어 끝마침)을 내구서 두 놈은 바다가까지 쫓아가서 또 한 놈을 쏘아 눕혔소. 내 발밑에 엎드려 살려달라구 애걸하던 나머지 쪽바리 놈의 몰골을 자네들이 봤드라면… 당이 창건된 그해 겨울에 난 당에 내 운명과 처자들의 앞날을 맡겼소. 당의 크나큰 신임으루 지배인이 되여 건국의 불같은 나날 보냈소. 지금 자네들 사십 대는 전쟁 때 방공호에서 글을 읽었지? 전쟁의 엄혹한 시련을 맛보지 못했을 거네. 난 미제원쑤놈들을 때려눕히는가 아니면 노예로 사는가 하는 그 삶과 죽음의 싸움을 해 보았소… 그래 난 예순일곱이 된 걸 후회하지 않아. 그랬으니 좋은 나이 때 허리띠를 졸라매구 전후 복구에 한몫 끼일 수 있었지. 나라의 공업화에두 대건설에두 참가하구… 난 이 육십 대가 좋네."

 "‼…"

"!!…"

방안은 아주 조용했다.

사람들은 저마다 깊은 생각에 잠겨 있었다.

최현필은 행복과 긍지가 넘친 얼굴을 어엿이 쳐들고 말을 이었다.

"그렇다구 나를 부러워할 건 없소. 동무들은 다 젊었으니 머나먼 길을 갈 수 있지 않소. 순간두 변함없이 굳세게 가느라면 육십 대가 될 게 아니요. 그때 가서 어느 하루 시간을 내여 다음 세대 젊은이들에게 자기 인생의 보람과 긍지를 옛말처럼 해줄 수 있을 거요."

방안은 여전히 조용했다.

누구나 자기의 지나온 길을 더듬어 보았고 앞날에 대해 깊이 생각하는 것이였다.

20

사람들이 돌아간 지 퍽 오랬으나 마진호 부기사장은 그냥 앉아 있었다. 마치도(마치) 생산이 꼬여서 참모회의가 별로 성과를 보지 못하고 끝난 때처럼 기분이 울적했다. 자신심(자신감)이 없어지고 마음의 안정이 흐트러졌다. 늙은 지배인의 랑만에 찬 말들은 잔잔하던 호수에 돌을 던진 것과도 같이 그의 마음속에 파문을 일으켜 놓았다. 마진호는 지배인보다 자기가 더 늙은 사람으로 여겨지는 그 언짢은 생각을 털어버리지 못한 채 밖으로 나왔다.

어슬 무렵(어스름)이였다.

비가 오려는지 누기(축축하고 눅눅한 기운)를 머금은 바람이 간단없이(끊임없이) 불어치며 구내공원의 나무숲을 흔들었다.

마진호는 바람에 날리는 덧입은 작업복 자락의 단추를 꼼꼼히 채웠다.

정문길 쪽에서 최현필 지배인이 한 손에 밥보자기를 들고 다른 손에는 조그만 처녀애의 손목을 쥐고 오고 있었다. 소녀애는 엷은 꽃수건을 턱밑에 꼭 졸라매 쓴 것이 아주 귀여워보였다.

"누구 딸앱니까?"

지배인이 가까이 오자 마진호는 생각 없이 물었다.

"성칠 기관장의 딸이요."

"?!…"

최현필은 부기사장의 난처해하는 기색을 보자 말머리를 돌렸다.

"우리 순애가 보이라 개조를 하는 아버지를 위해 무슨 생각을 했는가 보오. 더운 밥에 고사리, 계란 반찬, 따끈한 국 쟁개비(작은 냄비)… 심청인들 곁에 가겠소? 허허…"

"!…"

"부기사장 동무는 어데 갈려든 참이요?"

"직장들을 좀 돌아보려구요."

"내 볼 일이 있어 시내 향로동 쪽에 걸핏 다녀오겠소. 동무가 겸사해서 이 앨 데리구 보이라에 나가보오. 기관장 동무와 열관리공들이 화실

구조를 좀 다르게 해 볼 생각이던데… 내 생각에두 됨즉하더구만."

"얘 이리 온."

마진호는 소녀애를 불렀다.

순애는 지배인의 바지가랭이에 착 붙어서 그를 빤히 올려다본다.

"이리 오라는데."

순애는 입을 꼭 다문 채 머리만 까딱거린다. 미심쩍기도 하고 두렵기도 한 모양이다.

"왜 내가 싫어?"

마진호는 일부러 상냥하게 물었으나 얼굴은 귀밑까지 달아올랐다.

최현필 지배인이 제때에 도와준다.

"순애야, 너 저 아저씨를 모르겠니? 네가 어머니 젖을 먹을 때 너를 늘 안아주었단다. 유치원의 은철이 아버지다."

"알아."

"그런데…"

최현필은 말꼬리를 흐리였다.

마진호의 얼굴은 수수떡처럼 되였다.

"어서 가봐라. 저 아저씨를 따라가면 아버지한테 갈 수 있어."

지배인이 등을 밀어서야 순애는 조춤조춤(망설이며 조금씩 조금씩) 마진호의 곁으로 다가왔다.

마진호는 애를 데리고 보이라 쪽으로 천천히 걸었다.

타격을 받은 감정이 상처는 좀처럼 아물지 못했다. 바늘 끝에 찔렸지만 칼자리(흉터)로 번졌다. 주성칠이와 술상을 마주하고 앉아본지도 여러 해가 흘렀다는 생각이 어렴풋이 떠오른다. 못 견디게 괴로왔다.

마진호는 순애에게 허리를 굽히고 따뜻이 물었다.

"그래 저녁밥은 누가 지었니?"

"옆집 아줌마."

"넌 저녁을 먹었니?"

순애는 머리만 까딱거린다.

마진호는 순애가 머리에 쓴 갈색 바탕에 핀 들국화 무늬 수건이 낯익었다. 퍽 오래 전 일이다. 이 애가 세상에 나지도 않았을 때니까… 성칠의 결혼식 날에 진호는 옻칠을 윤이 나게 먹인 책상을 사 가지고 갔다. 그의 안해 춘실은 남편과 가정의 성실한 벗인 기관장의 안해 될 녀성에게 자기 딴의 기념품을 주는 게 도리에 맞는 일이라고 여겼다. 생각던 끝에 춘실은 자기에게 두 개의 수건 중에서 들국화가 핀 것을 골라잡았다. 바둑알 무늬 수건은 바탕이 곱기는 했지만 바둑알 점들과 꽃들이 수다스레 박힌 의미 없는 것이였다.

"은철이 아버지, 난 이걸 신부에게 주겠어요."

"녀자들은 고운 걸 더 좋아하잖소?"

"이 수건을 신부가 쓰면 기관장 동무도 마음에 들어 할 거예요."

"당신이 그걸 어떻게 짐작하오?"

"생각이 안 나세요? 설 명절 때 우리 집에서 술을 마시면서 기관장 동무가 하던 말을…"

"말이야 많이 했지."

"그는 내가 쓴 들국화 무늬 수건을 좋다고 했지요."

"생각나는 것 같기도 하는데…"

"잡초 우거진 들판이나 찬 서리 내리는 심산의 기슭에 피는 들국화…"

"…"

"어데서나 햇빛의 고마움을 안고 싱싱히 피는 꽃이여서 좋아한다고 하잖았어요."

"그럼 주구려."

그래서인지 성칠의 안해는 그 수건을 자주 쓰고 다녔었다.

순애가 바로 어머니의 그 수건을 썼다.

'의미를 알고 썼을가… 그저 어머니를 잊지 못해 썼겠지.'

진호는 두 눈이 초롱불 같은 소녀애를 측은히 내려다보며 생각에 잠겼다.

보이라가 가까와오자 송풍기들과 배풍기들, 급탄스크류, 탄재긁개 콘베아(컨베이어)들이 돌아가는 거세찬(몹시 세찬) 소음이 귀를 멍멍하게 하였다. 고열탄을 먹는 4호와 3호, 2호 보이라는 부기사장을 안심시키기라도 하는 듯 창살 같은 불길을 내뿜으며 헐썩헐썩(반복적으로 숨을 가쁘게 계속 쉬는 모양) 숨 쉬고 있었다. 증기압력계의 바늘은 6이라는 정상눈금에서 떨고 과열기에서는 한껏 익어 담배 연기 색 같은 증기가 피여 오른다.

"기관장 동무가 어데 있소-"

마진호는 손바닥을 오그려 붙이고 소리쳤다.

"1호 보이라에 있습니다."

3호 화실 곁에 있던 뚱뚱보 수리공이 달덩이 같은 얼굴에서 번득거리는 땀을 수건으로 씻으며 대답했다.

1호 보이라는 조용했다. 열관리공들도 보이지 않았다.

갑자기 붕!- 하는 방전 소리와 함께 시꺼먼 화구 안에서 번쩍 하고 푸른 섬광이 쏟아져 나왔다. 누군가 그 안에서 용접하는 모양이었다.

마진호는 엉거주춤 앉아서 화구 안을 들여다보았다. 용접 불빛에 화실 안이 대낮같이 밝아도 용접면을 쓰고 쭈그리고 앉은 사람은 누군지 알아볼 수 없었다. 그 사람이 용접면을 벗고 팔굽으로 이마의 땀을 씻을 때에야 그는 기관장을 알아보았다.

문득 수일 전에 이 보이라 앞에서 증기압 때문에 다툰 일이 생각나서 그는 기관장을 찾을 념을 못했다. 구내길을 걸으며 우정을 잃지 말라고 지배인이 따뜻이 충고하던 말이 귀전에 울리는 듯싶었다.

진호는 며칠 전에야 사고 난 그날 성칠이가 할머니한테서 딸애를 데려왔었다는 걸 알았다. 사고심의회의 때 너무 과하게 비판했다는 생각이 들었지만 어떻든 책임은 기관장에게 있는 것이니 쓰거운 게 약이라고 스스로 위안했다.

무엇 때문에 보이라와 같은 커다란 폭발성 설비를 가지고 모험을 한단 말인가. 그것이야말로 공장의 모든 설비들의 기술 상태를 정상유지

할 책임이 있는 부기사장을 하찮게 보고 무시하는 행동인 것이다. 그들의 우정은 하나로 단단히 꼬아진 동아줄 같았으나 그가 부기사장으로 된 다음부터는 그 줄이 차츰 풀어져 평행선을 긋더니 성칠이가 저열탄 보이라 개조를 들고 나올 때부터는 아주 예각으로 뻗어갔다. 보이라 사고는 그 버그러진 줄마저 끊어버렸다.

춘실은 그들의 우정에 금이 간 데 대해 안해답게 침묵을 지키고 있었지만 진호는 대범하고 활달한 성칠 기관장이 가끔 찾아와서 집안에 풍겨주던 그 류달리 흥겨운 선률의 향취를 그리워하기도 했다.

'참 생활이란 복잡하지…'

진호는 어떻게 되어 무엇 때문에 성칠이와 사이가 멀어졌는지 통 리해할 수 없었다.

성칠 기관장은 여전히 화실 안에서 용접불꽃을 날리기에 여념이 없었다.

순애는 괴물같이 커다란 보이라와 너무도 엄청난 소음에 기가 질려서인지 진호의 곁에 오도카니 서 있다.

진호는 화구에 얼굴을 들이대고 소리쳤다.

"기관장 동무!… 그만 나오우."

전류 끊는 소리가 멎고 화실 안은 잠잠해졌다.

"나야 진호야."

"하던 일이나 마저 끝내야지."

퉁명스런 대답.

"어서 나와 담배나 한 대 피우게. 저녁두 먹구 딸애가 왔어."

"우리 순애가?!"

화구 안에서 먼저 용접면과 고대(용접할 때 쓰는 기구)가 쑥 나와서 진호는 얼른 받아 놓았다.

뒤미처 모자가 뒤통수에 가 붙고 얼굴이 탄재 검뎅이와 그을음으로 범벅이 된 성칠이가 몸을 비비적거리며 기여 나온다.

그런 아버지를 처음 보는 순애의 눈은 공포로 더욱 올롱해진다(유별나게 휘둥그래진다).

진호는 성칠의 상반신을 받들어주며 물었다.

"1호 보이라 사람들은 어데 갔나? 승열이랑 원국이랑…"

"눈들이 뻘겋게 됐네. 며칠째 잠을 못 자서… 내가 일찌감치 들여보냈네."

성칠은 작업복 앞섶의 검뎅이를 툭툭 털었다.

진호는 성칠의 음성이 누그럽고 그 전날처럼 '하네'를 쓰는 바람에 좀 전의 마음씌이던 복잡한 생각이 가뭇없이 사라졌다.

"아버지… 밥 가져왔어."

순애가 얼굴에 가냘픈 웃음을 띠우며 다가왔다.

성칠은 딸애 앞에서 무릎을 꺾고 앉았으나 손이 검어서 살뜰히 어루만지지는 못한다.

"누가 널더러 이런 엉뚱한 생각을 하라던? 응? 공장을 어떻게 찾아왔니?"

"맨 처음 옆집 아줌마, 그담은 지배인 할아버지, 그담 이 아저씨…"

"휴계실에 데리구 가자구."

진호는 나직이 말하고 나서 먼저 걸음을 옮겼다.

··· 보이라 휴계실은 새로 꾸리는 중이였다.

진호는 침상 우에 널린 대패밥(대패로 밀 때 결 따라 생겨나는 종이처럼 얇고 띠처럼 긴 나무 부스러기)들을 밀어 버리고 앉자 원탁을 끌어당겨 송수화기를 들었다.

"탕과··· 탕과요?··· 직장장 동무요? 나 부기사장이요··· 다른 게 아니구 통계원 처녀한테 젖사탕(우유를 넣어 만든 사탕으로 어린이 영양제로 씀)과 바삭과자 몇 봉지 보내오··· 보이라 휴계실에."

"자넨 뭘 그러나?"

진호는 성칠의 나무래는 말을 못들은 척 가위다리를 하고 앉아서 담배를 피워 물었다.

성칠은 식사할 념을 않고 피곤한 눈길로 딸애가 묘하게 탈린 대패밥으로 꽃을 만드는 것을 지켜본다.

보이라 소음이 간간이 들여올 뿐 휴계실 안은 침묵이 서렸다.

"저 애가 수건까지 쓰니 꼭 제 어머니를 닮았어."

진호의 말에 성칠은 쓸쓸히 미소를 지었다.

"성칠이 내 친우로서 진정으로 권고하네. 자네 가정을 꾸리게."

"···"

"내 하나 소개하라나?"

"난 아직 그럴 생각이 없네."

"자넨 딸애가… 어린 것이 밥을 가져오는 게 마음에 좋단 말인가."

"어찌겠나… 그런 생활두 있을 수 있잖나."

"아무튼 중요한 건 가정이야. 사람이 하루 일하는 시간을 내놓고는 어데서 사나?… 즐거울 때나 괴로울 때나… 다 안해가 있구 가정이 있어야 맘을 나눌 수 있지. 생활을 꾸리게. 가정을."

"자네 그런 말 말구 이 화실구조를 좀 봐주게. 병원에서 정민 기사가 안을 내놓구 도면을 그린 건데… 끊음층량 벽에 물판을 불판 밑까지 촘촘히 늘이려 하네."

마진호는 도면에 곁눈만 얼핏 주었다.

"그러니 안해를 맞지 않겠단 말이지… 참 사나이 절개가 굳으시군. 홀아비 소리도 인젠 귀맛(말소리나 이야기를 귀로 듣고 느끼는 맛) 좋은 모양이지."

한순간 성칠의 과묵한 얼굴에 노기가 어렸으나 오래간만에 다시 이루어진 우정의 가느다란 선을 끊어버리고 싶지 않은 듯 입가에 쓸쓸한 미소를 지었다. 그는 원탁에 펴놓은 종이의 구겨진 귀퉁이를 팔굽으로 대림질 하고는 나직이 말했다.

"진호, 내가 가정을 꾸릴 줄 몰라서 이러구 있는 줄 아나?… 난 순애 어머니를 잊을 수 없네… 잊어볼가 하고 밤잠을 안 자고 일해도 소용이 없어. 자네도 알지?… 예술단의 가수인 그가 숱한 총각들을 마다하고 보이라에서 탄 검뎅이를 묻히면서 일하는 나를 얼마나 사랑했던가를… 지난 가을에 저열탄보이라 개조를 처음 시작할 때 내가 밤마다 늦게 집에 들어가니 그는 근심스레 묻는 게 아니겠어. 공장 일이 잘 안 돼서 그러는 줄 알고… 그래서 내가 우리 고장 저열탄을 보이라에 때는 창안을 한다고 말했더니 얼마나 기뻐했는지 모르네. 저녁마다 밥을 싸들고 보이라에 찾아온 걸 자네도 봤을 거네."

"…"

"가슴이 아프네… 그렇지만 자네 말대로 가정을 꾸리긴 꾸려야겠어. 이제 저열탄보이라를 성공하고 내 마음속 상처도 아물면 처를 얻어주게. 마음씨 고운 녀자를, 나보다 우리 순애를 극진히 사랑해줄 녀자를 말이네."

"!…"

지배인이 탄 '갱생'은 전조등의 긴 불줄기로 어둠 속을 누비며 '향로 공업품 상점' 뒤의 뜨락에 멎었다.

최현필은 옆구리의 아픔을 이겨내느라 좌석에 그대로 앉아 있었다. 하루 종일 현장에서 무리하게 일한데다가 오는 동안 차가 들추어서(아래 위로 마구 흔들려서) 진통이 심해진 모양이었다. 치료를 받지 않은 후과였다. 건강에 대해 괜히 허세를 부려서 오히려 할 일을 더 못한다는 후회가 들었다. 한참만에야 식은땀을 쭉 흘리고 난 그는 힘겹게 차문을 열고 내렸다. 지배인 방에 찾아왔던 승열의 침울한 얼굴이 그에게 기운을 내게 해주었다. 열관리공들이 점심시간에 배구를 치며 유쾌히 놀 때도 승열이는 보이라 마당의 나무에 기대놓은 긴 의자에 울적해서 앉아있군 했다. 그한테서 웃음과 익살은 점점 찾아보기 힘들었다. 최현필은 보이라에 올 때마다 묵묵히 수걱수걱 일만 하는 승열이를 보기가 괴로왔다. 그래 마음속이 늘 알찌근해(살이 아리고 쓰라려) 있었지만 공장 일에 몰려 다니다 보니 오늘 밤에야 다시 시간을 낸 것이다.

운전사 길수가 뒤따라 나와 말했다.

"지배인 동지, 제가 올라가서 데려오지요."

"가만 그러지 말게… 여기 와서까지 지배인 행세를 하겠나?… 사돈이 될 사람을 오라 가라 하는 건 례절(예절)이 아니야. 자넨 진득이 앉아있으라구."

최현필은 불빛이 환한 아빠트 현관을 눈짐작으로 세여 보고는 네 번째 현관을 향해 곧바로 걸어갔다. 층계를 오르는 그의 발걸음은 어쩐지 떠졌다. 차를 타고 오면서도 생각했건만 틀려진 혼사를 어떻게 하면 바로잡을가 하는 궁리가 잘 떠오르지 않는다.

너무 행복하다나니 옛 처지를 잊어버린 그 리기적인 처녀의 어머니에게 툭 찢어서 말해줄가? 직위와 명예를 보고 사위감을 고르는 건 낡은 사회 유물이고 자본주의적 혼례방법이라고… 무슨 일을 하든지 간에 당에 어느 만큼 충실한가 하는 걸로 진짜배기 사위감을 골라야 한다고.

만약 그 녀인이 당원이라면 물어봐야지… 아주머니는 처녀 시절에 제가 잘 살자고 당에 들었습니까? 대번에 아니라고 할 게다. 그도 입당심의 세포총회에서 당원들의 그 질문에 대답했을 테니까. 당원이라면 누구든 그 질문에 한 대답은 기억할 게다. 그러니 아주머니는 옳지 않다.

우리 늙은 세대의 투쟁으로 모든 게 이루어지고 성취되고 끝났는가?…아니다. 아직도 우리 당의 위업은 간고하고도 험준한 먼먼 길을 걸어야 한다. 우리 후대들, 아주머니의 딸도 아주머니가 입당선서를 하고 걸어온 그런 길로 가게 해야지 않겠는가. 좋은 세상인데 시집을 잘 가면 더욱 편안히 산다는 따위의 '진리'를 물려줘서야 안 되지…

4층 계단을 다 올라온 최현필 지배인은 4호 집의 담갈색 출입문 앞에 마주섰다. 손기척을 내려던 그는 가슴이 철렁했다. 문손잡이 곁에는 조그만 자물쇠가 채워있는 것이다.

나직이 한숨을 쉬는데 옆집에서 중년 부인이 나들이 차림으로 나왔다. 진한 도랑화장으로 실주름을 메꿔버린 그 녀인의 대리석 같은 얼굴은 표정이 분명치 않다.

"이 집 아주머니는 어데 갔습니까?"

"친척집에서 아직 돌아오지 않았어요. 해변가에서 푹 쉬는 모양이예요."

"따님은요?"

"선화 말인가요? 저녁교대를 나갔지요."

"…"

최현필은 천천히 돌아서는 힘없는 걸음으로 층계를 하나하나 내려 디딘다.

옆집 녀인은 최현필의 뒤에서 느직이 따라 내려오다가 더 못 참겠는지 원피스 자락으로 그의 팔굽을 슬치며 앞서서 미끄러지듯 계단을 내려간다. 향수 내가 물씬 풍긴다.

21

한낮의 더위를 실은 바람이 병원의 정원 숲 우듬지를 가벼이 흔들었다.

정민은 큰길까지 따라 나와 바래주는 담당의사와 간호원 처녀에게 다시 한 번 손을 흔들어 작별인사를 보내고는 더는 뒤를 돌아보지 않고 걸음을 빨리했다. 스무날 가까이 자기의 얼굴상처며 타박상을 정성껏 치료해주었고 도면을 그리도록 보장해준 잊을 수 없는 사람들이였으나 정민은 한시바삐 그들에게서 멀어만 지고 싶었다.

집에 돌아가 열흘간의 안정치료를 약속하고야 겨우 퇴원 승낙을 한 담당의사가 이제라도 갑자기 생각을 고쳐먹고 달려와서 상처를 주무르던 집게 같은 손으로 자기를 붙잡아 병원에 끌어들일 것만 같았다.

까닭 없는 무료감을 안겨주는 병원 안의 온갖 약 냄새며 복도와 입원실에 깃드는 억제된 정적, 잠들 수 없는 밤의 긴긴 고요…

입원생활을 해보지 않은 정민은 이 특유한 병원의 환경과 질서에 습관 되지 못한 채 밀려드는 갑갑증과 권태를 겨우 참아왔다.

그러나 정민은 이런 병원의 환경과 질서가 환자들에게 조그마한 육체적 괴롬(괴로움)도 없는 건전한 삶을 주기 위한 의사들의 창조적 사업에 지극히 필요하다는 것을 느끼였다. 그래서 병원과 멀어질수록 상처를 빨리 낫게 해준 의사들과 간호원 처녀들의 상냥한 말소리며 어머니다운 심정이 더욱더 그의 가슴 속 깊이 자리를 잡는 것이었다.

도면 말이를 옆구리에 낀 정민은 공장으로 가는 갈림길을 벗어져 곧바로 집 쪽을 향해 걸었다.

언덕 너머 멀리로 보이는 공장 보이라 굴뚝과 강냉이 저장탑들이 한순간 그의 걸음을 멈춰 세웠지만 진옥이와 집에서 만나기로 한 약속이 그를 앞으로 떠밀었다. 진옥은 아침에 병원으로 전화를 걸어왔었다. 정민이가 퇴원하는데 유치원애들 때문에 병원으로 찾아가지 못하는 안타까움을 설명하고는 오후에 집으로 꼭 오겠다고 말했었다.

어느덧 집이 가까이 오자 정민은 저도 모르게 손으로 얼굴을 쓸어만졌다. 의사들이 섬세하고 지극한 노력으로 얼굴의 화상 자리는 아무렇잖게 되었으나 병색은 가실 수 없는 것이다. 그는 얼굴에 우정 홍조를 띠우려고 손바닥으로 대구 문질렀다. 늙으신 어머니의 괴로움을 조금이라도 덜어드리고 싶은 것이었다. 그러자 타박의 어혈이 가시지 않아선지 머리가 핑 돌았다.

정민은 집 앞에 오자 애써 얼굴에 웃음을 띠우며 어머니를 찾았다.

옷방 책상을 마주앉은 정민은 부엌에서 나는 동자질(밥 짓는 일) 소리와 명절날 같은 갖가지 음식 냄새를 가늠하며 어머니의 사랑을 흐뭇이 느끼고 있었다.

몇 년이나 헤여졌던 아들을 만나기라도 한 듯 정민에게 쏟아지는 어머니의 애무와 기쁨은 컸다. 어머니는 병색을 감추는 아들의 꾸민 얼굴 표정을 보자 '원 자식두…' 하는 말과 따스한 손으로 조심스레 쓸어만졌을 뿐 더 말을 하지 않았다. 어머니는 그저 아들이라는 크나큰 덩어리를 몸에 안아보고 귀 익은 말을 들어보고 하는 것이면 더없이 만족스러운 모양이었다.

정민은 병원에서 그린 도면들을 정리하기 시작했다.

이때 밖에서 누구인가 찾는 듯한 녀자의 목소리가 들렸다. 그는 귀를 기울이였다.

"정민 동무…"

무언가 주저하는 듯 조심스레 부르는 소리는, 틀림없이 진옥의 목소리였다.

정민은 벌떡 일어나 방문을 열고 나섰다.

마당에는 연한 하늘빛 새 양복을 입은 진옥이가 수집은(수줍은) 듯 서 있었다. 원추형으로 날듯이 퍼진 치마폭, 미끈한 다리와 주홍빛 구두는 처녀의 몸매를 돋보이게 하였다.

부엌 문가에 선 윤씨가 웬 처녀인가 해서 주춤거렸다.

"어머니, 안녕하세요?"

진옥은 윤씨에게 다소곳이 허리를 굽히였다.

"너로구나! 못 알아보겠구나."

윤씨는 반가와서 빠른 걸음으로 다가온다.

"정민 동무, 몸이 어때요…"

진옥의 물음에 정민이가 얼굴만 벌개지자 윤씨는 처녀의 팔을 잡아끌며 말했다.

"다 나았어. 보라니. 멀끔하잖나… 어서 집안에 들어가자구."

"어머니, 시간이 없어서…"

"뭐, 처음 오는 집이라구 내우를 하니? 마침 잘 왔다. 상다리가 부러지게 음식을 차렸는데… 누가 먹을가 하구 걱정이 가득했어."

"어머니, 용서해요. 전 극장표를 가지구 왔어요."

"!…"

"유치원 수업을 끝내구 바삐 구하다보니 두 장만 겨우…"

"원, 내 걱정은 말아. 난 그저 너희들이 내가 차린 걸 한바탕 먹어주기만 하면 되겠다. 얘 정민아, 넌 굴뚝처럼 서 있지 말고 진옥일 데리고 방안에 들어가려무나."

정민은 난처해하는 진옥의 얼굴을 보자 마당을 내려서며 타협안을 내놓았다.

"어머니, 극장에 갔다 와서 먹으믄 안 돼요? 시간이…"

"…"

윤씨는 두 팔을 늘어뜨리고 서운한 얼굴로 아들과 처녀를 바라보았다. 아들의 얼굴에 비낀 들뜬 표정을 보자 모든 것을 리해한다는 듯 머리를 끄덕였으나 서글픈 기색은 감추지 못했다. 윤씨는 처음으로 아들의 가슴 속에 어머니의 사랑보다 더 소중한 그런 사랑이 움튼 것을 의식한 것이었다. 그리고 그 놀랍고도 두려운, 새로운 감정 앞에 어머니의 도량과 너그러움을 가지고 선선히 양보했다.

"가거라… 공연이 끝나면 인차 돌아오너라. 이 늙은 어미의 성의도 좀 알아줘야지…"

윤씨는 큰길 쪽으로 나란히 걸어가는 아들과 진옥의 다정한 모습을 이윽토록 바라보았다. 불쑥 윤씨의 눈가에 한 방울의 이슬이 솟아올라서는 그렁하니 맺혔다. 뒤울(집 뒤의 담이나 울타리) 안에서 소꿉질을 하다가는 손잡고 흰 파도 밀려오는 바다가로 달려가 뛰놀며 조개잡이를 하던 애들이 벌써 저렇게 자랐구나 하는 생각에 가슴이 뿌듯해진 것이다.

그 철부지들이 젊은 세대가 되어 자기들 앞에 마련된 푸르디푸른 생의 길을 가고 있다.

윤씨의 가슴 속에는 이들 후대의 장래에 대한 의무감이 꽉 차오른다. 어머니로서의 크낙한(크고 넓은) 긍지와 알 길 없는 잔걱정들과 손주를 안아볼 그 애모쁜(애타고 안타까운) 심정이 윤씨의 가슴을 설레게 한다.

어머니가 그저 자기를 사랑하고 자기의 일을 소중히 여긴다는 것밖에는 다른 것은 생각해 본 적이 없는 정민은 지금도 어머니의 심중에 일어난 변화는 아랑곳없이 진옥이와 어깨를 부딪치며 서둘러 극장으로 갔다.

도 예술단의 공연은 환희로울 정도로 재미있었다.

정민이와 진옥은 예술공연이 자기들의 앞날을 축복해서 마련된 듯싶었다. 그리하여 공연이 끝났을 때는 시간이 너무도 빨리 지나간 것만 같아 아쉬움을 금할 수 없었다.

극장을 나선 두 젊은이는 약속이나 한 듯 큰길을 버리고 강변 오솔길에 들어섰다. 그 길은 집으로 돌아오는 가장 먼 길이었고 그들이 처음으로 사랑을 나누었던 길이였다.

달빛이 엷은 밤안개 속에 은실금실을 드리웠다. 어린 버드나무들이 고요히 자태를 드러내는 기슭으로 강물의 흐름소리가 들려온다. 깨끗하고 줄기차고 변하지도 잠자지도 않는 흐름, 심산 속의 바위짬에서 솟은 그 애린 물줄기는 계곡도 벼랑도 산굽이도 두렴(두려움) 없이 흐르고 흘러 바다로 간다. 영원한 설레임으로, 푸르디푸른 생이 넘치는 바다로 간다.

두 청춘은 류다른 침묵 속에서 하나의 마음으로 이야기를 나누며 걸었다.

어느새 정민의 집으로 가는 길목에 오자 진옥은 걸음을 멈추고 속삭이듯 다정히 말했다.

"그럼 잘 가세요…"

"진옥이 그러지 마오. 어머니가 기다리겠는데…"

정민은 진옥의 부드러운 손을 그러 쥐였다.

"어머니한테 잘 말씀드려주세요. 후에 찾아뵙겠다구…"

"…"

진옥은 정민의 불덩어리 같은 손 안에서 따끈해진 자기의 손을 가벼이 빼내었다. 그리고는 어둠 속으로 멀어져 갔다.

22

열어놓은 방문으로 푸름한 달빛이 흘러들었다.

방안에는 자욱한 담배 연기와 얼음 같은 랭랭한 분위기가 서리였다.

최현필 지배인은 웃방으로 통한 사이문(샛문)에 잔등을 기대고 앉아 줄담배질을 하고 있었다. 물들인 검은 머리는 모자에 눌렸던 자리를 내놓고는 꼿꼿이 뒤로 넘어갔다. 이마와 미간과 입귀에는 굵은 주름살이 노기를 품고 깊숙이 패웠다. 마당 저쪽 어둠 속을 응시하고 있는 두 눈은 젊은이들처럼 광채를 띠였다.

여느 때 없이 일찍 들어온 최현필 지배인은 근 한 시간나마 이렇게 앉아서 아들을 기다리고 있었다.

방 아래목에 앉은 윤씨는 바느질감을 잡은 채 가끔 고개를 들어 령감을 쳐다보군 했다.

두 내외의 사이에는 윤씨가 몇 시간의 정력과 솜씨를 들인 푸짐한 저녁상이 흰 보자기에 덮인 채 틀고 앉아 그 어떤 화해라도 있기를 바라는 듯싶었다.

한 쌍의 비둘기처럼 일생을 살아온 이들에게도 가정불화는 없지 않았다. 그것은 아들을 낳지 못했던 시절에 가물(가뭄)에 콩 나듯 드문히(드물게) 빚어지군 했었다. 대립도 모순도 악의도 없는 그 충돌들은 지금에 와서 어떤 일이 언제 있었던지 잘 떠오르지 않는다. 부부싸움이 칼로 물베기여서 그런지… 다만 한 가지 일만은 생각났다.

204

최현필 지배인도 윤씨도 그날의 일을 생생히 기억하고 있다. 그것은 그의 가정에서 사변적인 일이였기 때문에.

최현필이가 이 곡산 공장에서 사업하기 전 독로강기계 공장 지배인을 할 때였다.

그날 아침 사무실에서 결재 문건을 처리하던 최현필 지배인은 마감에 로임과장이 내주는 서류를 훑어보았다. 순간 그의 눈섭이 꿈틀하더니 마뜩지 않은 의문의 눈길이 로임과장을 향했다.

"어떻게 된 거요?"

"로임과에서 다 토론이 됐습니다. 지배인 동지의 부인이 십오 년 동안이나…"

"부인이란 말은 빼오. 집에 들어가서는 내 처지만 공장에서야 일개 로동자구 사락공(완성한 주물제품에 붙어 있는 모래를 떨어내는 작업을 하는 일꾼)이 아니요."

"윤상녀 아주머니가 먼지 나는 힘든 사락공 일을 한두 해를 합니까. 거기다 교대작업을 하니 솔직히 말해서 지배인 동지가 가정적 부담을 걸머지지 않습니까."

"괜한 걱정 마오… 딸들이 있소."

이렇게 퉁명스레 말했으나 세 딸은 시집을 가고 대학을 마치고 교편을 갓 잡은 넷째 딸의 신세를 지기 어렵다는 것을 최현필 지배인은 알고 있었다. 그는 아침에 밥을 짓던 일을 생각했다. 앞치마를 두르고 부엌에서 얼음판 우에 올라선 황소같이 어떻게 할 바를 몰라 어정거리던 자신이 우습기도 하고 민망하기도 했다. 한 주일에 몇 번씩은 밥을 짓지만 매번 머리가 돌지 않아 한참씩 서서 생각하고야 손이 그릇에 가고 가마 뚜껑에 가군 하는 것이었다.

최현필 지배인은 안해를 사락공으로부터 후방과의 식료품 창고원으로 배치하는 서류를 다시금 내려다보았다. 사락공이 안해 말고도 스무 명이나 되고 공장 종업원 중에 로동 녀성이 거의 삼십 프로나 된다는 생각이 순간에 마음의 동요를 억눌렀다. 공장의 세대주인 지배인이 과연 누구를 헐한(일이 쉽고 수월한) 직종에 돌려놓고 누구를 외면할 것인가…

최현필 지배인은 그 서류를 한 켠으로 밀어 놓았다.

"지배인 동지, 이건 저의 결심이 아니라 직장장 동무들과 부서장 동무들이 일치하게…"

로임과장은 한 발 다가서며 간청했다.

"내 처도 그럽디까?"

최현필은 랭혹히(냉혹히) 물었다.

"아니… 말은 없었지만…"

"본인이 자기 직업에 불만을 느끼지 않는데 그럴 필요가 없잖소?… 이런 배치장은 두 번 다시 떼지 마시오."

그날 밤, 지배인과 윤씨는 바로 이렇게 앉아 있었다. 담배 연기는 자욱하고 밥상은 다치지 않은 채 가운데 놓여 있고… 최현필은 안해가 직업문제를 로임과장에게 슬그머니 비친 것을 짐작했다.

"그래, 당신은 언제부터 지배인의 안해가 좀더 편안한 일을 해야 된다고 마음먹게 됐소, 응? 말해보우."

윤씨는 울먹해서 소리쳤다.

"그게 뭐 잘못됐어요?… 지배인의 안해가 꼭 험한 일을 해야 한다는 법은 없잖아요."

"뭐라구?!"

최현필은 추상같이 부르짖었다.

그러나 이때 딸이 들어오는 바람에 최현필은 노기를 거두지 않으면 안 되였다. 최현필은 흥분을 억제하느라고 오래도록 담배를 태웠다. 그리고 나서 퍽 가라앉은 음성으로 말했다.

"이것 보오. 우린 가정에서만 부부요. 공장에 나가선 그런 생각을 싹 없애야 하오. 지배인의 직권은 제 가정의 리익을 위한 데 쓰라는 게 아니요. 인제 보니 당신은 열다섯 해 동안 주철덩이에 모래와 먼지를 털어내면서도 자기한테는 아무것도 털어내지 않았소. 깨끗한 주철덩이가 못된단 말이요."

"!…"

윤씨는 오래도록 흐느끼였다. 얼음덩어리 같은 심장을 가진 남편과 어떻게 살아왔던가 싶었다. 윤씨는 밤이 퍽 깊어 자리에 눕자 곁에 다가 누워 몸을 살근히 그러안고 속삭이는 막내딸의 애무로 하여 차츰 마음이 풀리였다. 초중반 수학교원인 딸은 어머니와 아버지의 문제를 정비례식에 비교하여 윤씨로 하여금 어처구니없는 웃음을 짓게 만들었다. 언제나 아버지 편인 막내딸은 윤씨의 귀에 입김을 불리며 소근 거렸다.

"어머니 주장이 옳은 것 같아요… 두 항이 있는데 한 항이 커지면 다른 항도 그만큼 비례하여 커지고 작아지면 그만큼 작아지는 것이 정비례예요. 그것처럼 아버지가 지배인인데 어머니도 그에 비례하게 올라가야 하잖아요?…"

"애야, 인생이 수학공식처럼 단순했으면 얼마나 좋겠니…"

윤씨는 한숨을 쉬었다.

"어머니, 그럼 아버지 말이 옳다고 생각하죠?"

딸은 어둠 속에서 장난꾸러기 같은 눈을 반짝거리며 어머니를 바라본다.

"원 계집애두 엉큼하다구야. 누굴 닮았는지… 오늘따라 바투(바싹) 다 가든다 했더니…"

윤씨는 딸의 머리를 쓰다듬어 주고 품에 꼭 껴안아주었다. 그리고 여느 때와 다름없이 깊은 잠에 들었다.

한밤중에 윤씨는 가벼운 인기척과 함께 누군가 자기의 손을 어루만지는 감촉을 느끼고 슬며시 눈을 떴다. 머리맡에는 남편이 앉아서 투박한 손으로 이불 밖에 내놓인 자기의 손을 만져보는 것이었다. 윤씨는 가슴이 뭉클해서 도로 눈을 감았다. 따스한 추억이 고요히 떠오른다. 처녀시절, 어느 봄날 밤, 바다가 소나무밭으로 자기를 불러내던 젊은 최현필의 모습, 윤씨는 흥분으로 뜨거워진 현필의 손에 자기의 연약한 손을 맡긴 채 컴컴한 모래불(바닷가나 강가에 모래가 널리 깔려 있는 곳)우를 거닐었다. 봄날 밤의 차거운 바다바람은 토목 옷자락 속에 스며들고, 잔파도는 숨가진 듯 조용히 철썩거리며 모래불을 적시고…

"여보 자우?"

윤씨는 남편의 웅글은 목소리에 꿈 같은 추억에서 깨어났다.

"손이 무척 갈라졌군 그래…"

최현필 지배인은 안해의 실금이 터져 거칠어진 손을 놓지 못한 채 나직이 말한다.

윤씨는 남편의 투박한 손길과 낮은 음성 속에 고압전류와도 같이 뜨거운 흐름의 사랑과 정이 맥박침을 느끼자 코허리가 시큰해서 손을 이불 속으로 감추었다.

"당신두… 그러다 밤을 새겠어요. 어서 쉬세요."

"잠이 오지 않는구만…"

"내가… 잘못 생각했어요."

"고맙소. 그러리라구 믿었소. 글쎄… 일이 정 힘드니 당신이 그랬겠지… 그렇지만 지배인인 내가 사람들 앞에서 어떻게 당신을 헐한 직종에 옮겨 놓겠소. 량심을 더럽히는 노릇이지."

윤씨는 남편의 진정이 넘치는 얼굴을 봄날 밤의 바다가에서처럼 미덥게 바라보았다.

"인젠 주철덩이를 깨끗이 털어낼 테니 어서 쉬세요."

그리하여 윤씨는 새로운 기분으로 다음날 아침을 맞이했고 자기 일터로 나갔으며 사락공으로 쉰아홉 살까지 일했다.…

'후유- 이 일이 어떻게 되는지…'

윤씨는 나직이 한숨을 쉬고는 고개를 들어 령감의 변함없이 노기를 띤 표정을 두려움 속에서 바라보았다. 금시라도 문 밖 어둠 속에서 아들의 발자국 소리가 들려올 것만 싶어 조마조마했다. 이런 때 령감의 친구들 중에 누가 와서 장기라도 두었으면 얼마나 좋으랴.

윤시의 두려움은 아랑곳없이 마당에서 발걸음 소리가 들려왔다.

한 사람의 발자국 소리가… 어머니는 사랑하는 아들의 체취를 온몸과 귀로 느낀다. 진옥이는 안 오는 게구나… 혹시 울바자 너머에서 기다리지나 않는지.

"어머니, 아버지 돌아오셨어요?"

흥에 뜬 정민은 문 밖에서부터 큰소리로 말하며 행복스런 얼굴로 방안에 들어섰다. 아버지는 담배 연기에 휩싸인 채 청동으로 주조한 듯 움쩍도 않았다. 영문을 몰라 주춤거리던 정민은 그제야 어머니의 얼굴에 낀 불안을 보았다.

"거기 좀 앉거라."

최현필 지배인은 아들에게도 곁눈도 주지 않은 채 무겁게 말했다.

그 음성은 거칠었으니 부드러운 억양이 느껴져서 윤씨는 가볍게 숨을 내그었다.

최현필은 지배인 사무실에 찾아온 낯선 청년을 보기라도 하듯 앞에 쭈그리고 앉은 아들을 찬찬히 뜯어보았다. 이마와 볼편의 상처 자리가 한순간에 폐부를 아프게 찔렀으나 그의 눈은 이미 다른 것을 보았다. 쩍 벌어진 가슴이며 자기보다 더 높은 둥실한 어깨, 륜곽이 뚜렷한 사내다운 얼굴은 어느 모로 보나 마음에 들었다.

210

"그래, 넌 병원에서 언제 퇴원했니?"

"낮에요?…"

"집에 있다가 극장엘 갔다지?"

"예…"

정민은 아버지가 도대체 왜 이렇게 엄하게 구는지 리해할 수 없다는 듯 아버지의 눈길을 피하지 않는다.

최현필은 말을 에둘렀다(말을 바로 하지 않고 짐작하여 알아듣도록 둘러댔다).

"네가 대학을 졸업한 지 얼마 됐드라?"

"구 개월하구… 스무 날이…"

"일 년이 돼오는구나… 그런데 별로 해놓은 일은 없지…"

"…"

"정민아, 병원에서 나온 너를 보고 이렇게 말을 해서 안 됐다만 나는 너의 지배인으로서 참을 수 없구나. 기사인 네가 옳자면 퇴원해서 응당 집이 아니라 병원에서 훨씬 가까운 공장의 보이라 현장부터 찾아갔어야 한다."

"…"

"성칠 기관장과 열관리공들이 보이라 담당 기사인 네가 나오기를 얼마나 기다리는지 알고 있느냐? 네가 병원에 입원했을 때 그들이 널 부모보다 더 뜨겁게 사랑해주던 걸 잊었는가 말이다."

"…"

"그러구 보니 넌 손에만 탄가루를 묻혔지 몸에는 탄 물이 배지 못했다. 열관리공들 속에 몸을 잠그지 않은 보이라 기사는 물에 뜬 기름방울과 같다. 내 너한테… 앞으로는 일일이 잔소리를 할 것 같지 못한데…
그들 속에서 사회생활의 첫출발을 했구, 그들과 벗해서 일생을 살아야
할 네가 아니냐."

"!…"

"네가 일하는 보이라엔 좋은 사람들이 많다. 성칠 기관장만 해두… 딸
애가 불쌍하구 귀여운 줄 알면서도 보이라에만 붙어서 살지 않니. 때 묻은
작업복을 입고 일하지만 마음속은 수정같이 맑고 깨끗한 사람들이다."

방안에는 오래도록 정적이 깃들었다.

고개를 떨구고 있던 정민은 책상 우의 도면을 말아 쥐고 밖으로 나갔다.

"얘, 정민아 한술 뜨려마."

윤씨는 황급히 일어서며 소리쳤다.

아들은 뒤도 안 돌아보고 저벅저벅 마당가로 사라졌다.

윤씨는 그만에야 문지방에 털썩 주저앉으며 령감에게 푸념을 했다.

"어휴- 잔등에 얼음을 지고 다니는 사람이지… 당신은 어쩌문… 몸이
채 낫지도 않은 애를 가지구 너무하지 않수!?… 그 애 얼굴이 종이장 같
은 걸 보구두 가슴이 저리지 않는가 말이우다. 그 애가 병원에서 도면을
얼마나 그렸는지 아시우?"

"나두 아오."

최현필은 묵묵히 윤씨의 눈길을 피했다. 기침을 쿨룩쿨룩 하고 나서
담배를 꺼내 물었다.

"령감은 저 애를 장가도 안 보내겠수? 내가 한뉘(한평생)를 당신 시중

만 들라우."

"며느리를 맞아야지."

그 말은 윤씨의 귀에 반갑게 띄였다.

윤씨는 옷장을 열고 보자기에 싼 것을 끄집어 내였다.

"령감은 진옥이를 어떻게 생각하시우?"

"착실한 애지."

"이게 그 애한테 어울리겠지 모르겠수."

"?…"

최현필은 호기심이 어려 보자기를 끌렀다. 그 안에는 진달래꽃 무늬
가 박힌 나일론천이 포개여 있었다. 최현필은 투박한 손으로 천을 펴보
고 쓸어보고 하였다.

"곱구만."

"질두 좋다우."

윤씨의 순박한 얼굴엔 행복스런 미소가 피였다.

그러나 최현필은 마음이 괴로왔다. 진옥의 배우자 문제를 놓고 술에
취해서 자기한테 은근히 항변하던 진호의 얼굴이 떠오른 것이다. 그는
꽃 천을 밀어 놓았다.

"로친은 너무 서두르지 마오. 아직은 장 속에 넣어두지."

"왜 그러우?"

윤씨는 얼떠름해서(얼떨떨해서) 물었다.

"글쎄… 마운학의 딸이니… 옛정을 생각해서 해줄려면 주구려."

최현필은 어물어물 대답했다.

윤씨는 화를 내였다.

"령감이 진옥이를 왜 나무라우?… 온 시내 바닥을 다니며 그런 처녀를 찾아보시우, 있나."

"…"

최현필은 난처해서 잠자코 있었다. 제 나름으로 리해하는 마누라한테 사연을 설명해서 괴롭히고 싶지는 않았다.

갑자기 최현필은 꽃 천을 쓰고 싶은 생각이 났다.

"여보, 그 꽃 천을 내한테 주구려."

"…"

"우리 보이라 기관장의 딸애한테 옷을 해 입힐려구 그러오."

"순애 말이우?"

"음, 오래잖아 유치원에서 들놀이를 가겠는데 그 앤 새 옷이 없다오."

꽃 천을 손에 펴들고 아쉬운 듯 내려다보던 윤씨는 선뜻 내놓았다.

"그러시우. 진옥이 거야 차차 또 생기겠지우."

최현필은 고마운 눈길로 윤씨를 바라보았다.

23

마진호 부기사장은 보이라 쪽으로 무거운 걸음을 옮기고 있었다.

검푸른 밤하늘 아래서는 파도 식으로 잇달린 조그만 덧지붕을 얹은 보이라 건물이 희붐한 륜곽을 드러냈다. 보이라 굴뚝은 마치 밤의 고요 속에 잠든 공장을 지켜선 키다리 보초병과도 같았다.

하지만 정적은 잠시뿐이다. 보이라 쪽에서 한순간 번개불 같은 푸른 섬광이 번쩍하더니 우중충하던 보이라 창문을 뚫고 부채살마냥 밤하늘로 퍼져 올랐다. 용접광이다.

마진호는 그것이 1호 보이라 쪽이라는 것을 짐작했다. 뒤이어 메질 소리, 관을 두드리는 소리, 철판을 넘겨뜨리는 소리, 말소리가 들여온다.

그들은 밤이 깊은 줄도 모르는 모양이다. 진호는 걸으면서도 귀를 기울였다. 매일 아침부터 밤까지 그렇게 보이라 개조에 열중하고 있는 그들을 외면하고 퇴근할 수 없는 진호였다. 그들의 지칠 줄 모르는 열정은 진호를 자력선의 억센 힘과도 같이 끌어당기는 것이었다.

1호 보이라 주위에는 예닐곱 명의 사람들이 자기 일들에 몰두하고 있었다. 수면계(보일러 내부 수면 높이를 밖에서 볼 수 있게 만든 계측기구) 우에 매달아 놓은 촉수 높은 전등이 그들을 비쳐준다.

이쪽에 등을 돌린 채 웅크리고 앉아 잠시도 용접광을 멈추지 않는 사람은 성칠 기관장이었고 승열이와 원국이는 꼬여든 철판에 번갈아 메를 먹여대고 있었다. 그들 옆에서 내화벽돌과 관돌을 드다루는(능숙하게 들어서 잘 다루는) 사람들 중에는 안해 춘실이도 있었다.

마진호는 그들한테로 발걸음이 가까이 나가지 않았다. 그는 급탄기의 바가지 콘베어 기둥에 몸을 기대였다.

이때 2호 보이라 쪽에서 량 손에 바께쯔를 든 송훈 비서가 열관리공들한테 분주히 다가왔다.

　"자, 동무들!- 그만하구 좀 쉽시다!"

　송훈의 걸걸한 목소리는 모든 소음을 눌러버렸다. 그는 바께쯔 안에서 물이 뚝뚝 떨어지는 사이다 병을 꺼내였다. 주머니에서 병따개를 꺼내든 그는 사이다 병이 무슨 폭발물이기라도 하듯 팔을 쭉 뻗쳐들고서 뚜껑을 땄다.

　'팡-' 소리와 함께 병마개가 공중으로 날아오르더니 신통히(신기할 정도로 묘하게) 승열이와 원국이가 메를 먹여대던 철판 가운데 떨어졌다.

　송훈의 주위로 열관리공들이 벙글거리며 모여 들었다.

　"우리 공장 사이다구나!"

　송훈은 거품이 끓어오르는 사이다를 고뿌에 따랐다.

　"내 그만 미처 생각지 못하게 고뿌를 하나 가져왔소… 자, 기관장 동무부터 마시오."

　성칠은 시꺼먼 벙어리장갑을 벗고서 손을 작업복 안섶에 쓱쓱 문대고야 고뿌의 손잡이를 조심스레 쥐였다.

　"자 다음은 누구 차례요? 웃사람부터 나서오."

　송훈은 넌지시 웃으며 고뿌에 병을 기울였다.

　"비서 동지, 1호 보이라에서야 기관장 동무를 내놓고는 아무래도 제가 '어른'이지요."

　승열이가 앞으로 삐여지며 천연스레 말했다.

성칠 기관장은 검뎅이 묻은 엄지 손가락으로 승열의 코를 퉁기였다. 그래도 승열은 꿈쩍하지 않고 자기 말이 당연하지 않느냐는 듯 짐짓 놀라는 표정을 짓고 주위를 둘러보았다.

원국이가 그의 어깨를 툭 치였다.

"승열이, 부끄러운 줄 알라구. 동무보다 내가 생일이 닷새나 앞섰다는 걸 몰라?"

"2월 29일생이?! 아이쿠… 사 년이 지나야 겨우 한 살씩 먹는 사람이?… 제대루 하면 원국 동무 나인 인제 만 일곱 살이야!"

폭소가 터졌다.

승열은 웃지도 않고 웃음소리가 잦아들기를 기다려 천연스레 말을 이었다.

"그리고 또 자녠 '어른'이 될려면 아직 멀었어. 오늘 낮에만 해도 자네가 보조 화실물관을…"

원국이가 잔등을 쾅 두드리는 바람에 승열은 말을 삼켜버리고 말았다.

"허 사이다가 맹물이 되겠소. '어른'이 먼저 받으라구."

송훈은 승열에게 고뿌를 내밀며 말했다.

승열은 그만 입귀의 미소를 감추지 못한 채 원국을 곁눈질하며 고뿌를 받아들고는 찰랑거리는 사이다를 들여다보며 말했다.

"비서 동지가 부어준 건데 그냥 마실 수야 있습니까?"

승열은 고뿌가 축배잔이기라도 한 듯 내들었다.

"저열탄보이라 성공을 위해서…"

"여, 빨리 마시라우!"

"목이 타겠어!"

"덤비지 말라구. 가만 저기 오는 게 정민 기사 아니야?"

'?!…'

마진호는 바가지콘베아 기둥 옆에서 그쪽을 바라보았다.

길다란 종이 말이를 쥐고 걸어오는 사람은 분명 정민이였다. 전등빛이 어린 수척한 얼굴은 진지하고 나이 들어 보였고 어깨를 구부정하고 걸어오는 모습은 지배인과 비슷한 데가 있었다.

'몸이 다 낫기는 했는지…'

마진호는 반가움보다도 걱정스러움이 앞섰다. 동생의 사랑을 방해한 일이 불쑥 돌이켜지며 쑥스러움을 느꼈다. 보이라 사고보다도 부기사장인 자기가 정민 기사의 앞날을 흐리게 했다는 자책감이 파도쳐 와서 그는 어둠 속에 못 박힌 듯 서 있었다.

열기관리공들은 삽시에 정민을 빙 둘러쌌다.

"기사 동무, 드디어 퇴원했구만. 했어!"

"손이나 좀 만져보세."

"도면을 또 그렸군. 참 사람두."

십 년이나 만나지 못했던 친우와의 상봉인 듯 우정이 넘치는 문안과 걱정과 은근한 칭찬의 인사말이 붐빈다. 시커멓게 어지러워졌으니 굳센 손들이 정민 기사와 병색이 짙은 손을 끌어 잡았다.

마진호 부기사장은 어둠 속에 멍하니 서 있었다. 외로움과 막연한 부러움이 한데 어울려 가슴을 쌀쌀히 훑어 내렸다. 어쩐지 그 전날 공정 기사로 있을 때 '강냉이물 농축기'를 만들었던 일이 떠올랐다. 그때 처녀들은 꽃묶음을 진호의 가슴에 안겨주었고 로동자 동무들은 성공의 기쁨을 축하하자고 맥주집으로 그를 잡아끌었다. 정문 앞에는 대문짝 같은 속보가 났구… 사랑과 믿음과 존경의 후광에 싸였던 그 시절은 어제 일 같기도 했고 아득히 멀어진, 그래서 추억으로만 되새길 수 있는 것처럼 생각되어 더욱 그리워졌다.

바가지콘베아 곁에서 조용히 걸어 나오던 마진호는 용접봉을 한 아름 안고 오는 뚱뚱보 수리공과 마주쳤다. 진호는 1호 보이라에 슬그머니 온 것을 변명이라도 하듯 그한테 정민 기사를 자기 방에 보내달라고 이르고는 천천히 자리를 떴다.

"자, 정민이 사이다를 마시라구."

승열은 사이다 고뿌를 내든 채 원국이를 슬쩍 돌아보며 말을 이었다.

"내가 안 마시기를 잘했지. 이거야 응당 보이라의 '어른'인 기사 동무의 몫이 아닌가."

"반대 없어."

원국은 웃음을 머금고 머리를 끄덕였다.

정민은 사양하지 못하고 고뿌를 받아들었다. 둘러선 열관리공들의 믿음에 찬 눈길을 보자 가슴이 뭉클해졌다. 어찌 한 고뿌의 사이다라고만 생각하랴. 승렬의 말도 롱이라고 여기기에는 너무나 뜨거운 진정이 안겨왔다. 이들은 하나같이 병원을 찾아와 그의 머리를 짚어보고 따뜻한 말로 위안해주고 그를 즐겁게 해주었고 빛다른(색다른) 음식이며 과실들을 머리맡에 쌓아주었었다. 동지적인 의리와 믿음으로 충만된 이들, 저 열탄보이라 개조에 정력을 깡그리 바치는 이 성실한 사람들을 생각지 않고 극장이며 밤거리를 거닐며 달밤의 서정에 잠겨 사랑을 속삭인 것이 면구스러워졌다. 아버지는 결코 야박하지도 랭정하지도 않았으며 아들을 진정 사랑하기 때문에 그렇듯 아픈 말을 해준 것이다.

정민은 말없이 철판 우에 가지고 온 도면을 펴놓았다.

주성칠과 열관리공들이 도면을 빙 둘러쌌다. 미처 끼이지(끼지) 못한 열관리공들은 그들의 어깨 너머로 들여다보았다. 도면은 우물 속처럼 깊어지였다.

송훈 비서는 한 켠에 물러서서 열관리공들과 정민 기사를 미덥게 바라보았다. 이들처럼 합심해간다면 보이라 개조도 어떤 어려운 일도 해낼 수 있다는 신심이 굳어지는 것이였다.

"좀 쉬지 않고 왜 또 나왔습니까?"

송훈은 책망이 어린 나직하고 부드러운 음성으로 물었다.

"저 녀석 때문이지요."

최현필은 당 비서의 권고를 받아들이지 않고 나온 것이 정말 아들 때문이라는 걸 증명이라도 하듯이 큼직한 밥 보자기를 내보였다.

송훈은 살아서 붕붕거리는 이동 변압기의 스위치를 끄고는 내화벽돌 무지에 올라앉았다. 그는 뒤주머니에서 두툼한 벙어리장갑을 꺼내여 지배인이 앉는 벽돌 우에 얼른 밀어 넣어 주었다. 하는 수 없이 깔고 앉은 지배인이 그걸 빼려고 하자 송훈은 그의 어깨를 눌렀다.

"벽돌에서 찬 기운이 올라옵니다."

"허, 그럼 비서 동무는?…"

"나야 이제 겨우 쉰이 아닙니까… 금년 겨울엔 아침밥은 잊어도 랭수(냉수)마찰은 빼놓지 않을 결심입니다. 허허."

"!…"

송훈은 담배갑을 꺼내여 최현필에게 권하고는 자기도 한 개 꺼내 물었다.

"지배인 동무, 정민이가 아직 얼굴색은 좋지 않군요."

송훈은 걱정스러운 듯 말을 이었다.

"집에서 안정 치료를 해야 되겠습니다."

"원, 비서 동무두… 그 앤 보이라 바람을 쐬면 곧 나아집니다."

"또 고집이군요."

"안 그러게 됐습니까. 보이라 기사가 없으니 일이 제대로 안 되지… 어떻게든 내가 공장에 있는 동안 저열탄보이라를 성공해야겠는데… 기사란 저 녀석은 쓸데없는 애비 걱정을 하면서…"

최현필의 말이 높아지자 송훈은 입가에 손가락을 가져갔다. 저만치에서 도면을 들여다보며 새로운 착상에 골몰하고 있는 열관리공들을 방해하지 말자는 의미였다.

두 사람은 벽돌무지에서 일어나 보이라 앞뜰로 천천히 걸어 나왔다.

그들은 어둠 속에서 서로의 얼굴 표정을 알아볼 수 없었으나 마음만은 깊이 들여다보고 있었다.

구내공원 숲에서 흘러오는 서늘한 밤기운이 엷은 명주자락처럼 얼굴을 감싼다. 별들이 촘촘히 박힌 검푸른 하늘을 떠받들고 있는 강냉이 저장탑들의 컴컴한 륜곽은 고대의 성벽과도 같다. 보이라 건물의 채광창이 번쩍하며 용접섬광이 부채살처럼 뻗어 나와 웅장한 생산직장 건물 지붕에 올라앉은 대형구호를 불타게 한다. '총동원, 사회주의 대건설'의 거창한 글발은 신비로운 푸른빛을 발산하며 침묵에 잠긴 우주와 검은 지평선과 잠든 산간도시를 굽어보고 있다. 전등불이 환한 생산직장 건물에서는 밤교대의 궁근(넓고 깊은) 기계소음이 들려온다. 관악기과 현악기들의 미묘한 배합소리를 련상(연상)시키는 그 소음은 리듬의 높낮이가 분명치는 않으나 강폭처럼 선률이 굵고 줄기차고 끊어질 줄 모른다.

"신선한 밤입니다."

"날씨두 좋구… 공장두 좋구…"

최현필은 나직이 수긍했다.

별이 많은 밤하늘은 그에게 철부지 시절의 희미한 추억을 자아냈다. 파르스름한 보석 같은 깨찌벌레(개똥벌레)가 떠다니는 여름날 밤, 마을 아이들과 숨박곡질을 하던 그 밤들에도 별들을 저렇게 반짝거렸다.

"세월이 빠르기도 합니다.… 무릎을 겨우 가리는 베잠뱅이(베로 지은 짧은 남자용 홑바지)를 입고 놀던 때가 어제 같은데… 벌써 육십 년이 흐르구… 인젠 자식들에게 뒤를 물려주게 됐으니… 후-"

최현필의 입에서는 무엇인가 간절한 소원이 담긴, 탄식의 긴 한숨이
새여나왔다.

"아직 저열탄보이라도 못했지… 공장에 지배인 할 일이 그득한데…
비서 동무, 내가 평시에는 왜 제일 가까운 부기사장의 사람됨을 깊이 몰
랐을가요?… 인정에 묻혀 결함은 묵과하구 내세우기만 해서인지… 하
긴 제 아들조차 똑똑히 자래우지(자라게 하지) 못했으니 말해 뭣하겠습니
까…"

"지배인 동무, 결함이 없는 사람이 있습니까. 너무 걱정 말고 몸을 돌
보십시오. 그러다 문건 인계도 제대로 못하겠습니다."

"정말 며칠 안 남았지요?"

"평양에 회의 올라간 시당 비서 동지가 내려오면…"

"그러니… 비서 동무와 마감 산보를 하는군요."

"!…"

송훈은 가슴이 찡해나서 지배인의 팔을 꽉 끼고 걸음을 옮겼다. 늙은
지배인의 인생관이 그의 마음을 후덥게 하였다. 어떤 사람들은 예순 살
이 넘기 바쁘게 서둘러 공로보장, 년로보장을 수속하고 자식들의 그늘
밑에서 여생을 편안히 지내려 하고 있다. 그러나 최현필은 여섯 해를 더
일하고도 물러나는 날까지 후대들, 공장의 뒤세대와의 혈맥관계를 놓
고 피타는(피나는) 노력을 기울인다. 그는 단순히 인간본능의 후대를 남
기는 것으로 만족하지 않는다. 송훈은 일군들이 최현필처럼 말년을 살

아야 한다고 생각했다. 당에 충실한 한 인간의 생이 후대의 심장 속에서
살게 될 때 그것을 진실로 참된 계승으로 될 것이다.

24

　마진호 부기사장은 앞 상 우에 수북이 쌓인 저열탄보이라 도면을 검
토해 나갔다.

　보이라 드람과 수관들에서의 물의 순환, 층내수관의 배치, 화실용량,
온도, 증기, 압력, 불판바람주둥이… 보이라가 살아 숨 쉴 수 있는 모든
부분들의 구조와 작용원리에 대한 세밀한 열공학적 타산을 해본다. 긍
정이 가는 면이 컸으나 자신심은 생기지 않는다.

　한참만에야 그는 얼굴을 들어 앞 상 건너편에 앉은 정민 기사를 바라
보았다.

　"동무가 이걸 병원에서 그렸단 말이지…"

　마진호는 약 봉투를 풀로 붙인 도면 한 장을 뽑아내여 거기에 담긴 노
력의 진가를 놀라운 듯 음미한다.

　"이번에 또 사고 나지 않을가?"

　"걱정 마십시오."

　"하여튼 도면을 두고 가오. 기술협의 때에 보기요."

　"그 사이 보이라에 가지고 가겠습니다. 열관리공 동무들한테서 더 방

조를 받겠습니다."

"!···"

문 쪽으로 가던 정민은 무슨 생각에서인지 돌아섰다.

"부기사장 동지···"

"왜 그러오!"

정민의 얼굴엔 잠시 주저하는 빛이 어렸다.

"부기사장 동지··· 보이라에 내려오십시오··· 기관장 동무와 열관리공들이 얼마나 애쓰고 있는지··· 그들이 저열탄을 때기 위해 열정을 바치는 걸 본다면··· 내려오십시오. 열관리공들도 부기사장 동지를 좋아할 겁니다."

"!···"

정민은 문을 열고 나갔다.

썰렁한 밤공기가 빈 책상을 마주앉은 진호의 얼굴에 부딪는다. 가슴속에서 모욕감 비슷한 분노가 꿈틀거렸다. 상급을 가르치려는 정민 기사에 대해선지··· 아니면 그런 충고를 듣게 된 자기의 궁색한 처지에 대해선지 명확한 가늠이 서지 않는 까닭모를 분노였다. 그래서 더 삭이기 힘들었다. 그는 손가락을 머리속에 들이민 채 멍하니 앉아만 있었다. 누구도 문을 두드리지 않았고 전화도 걸어오지 않는다.

어쩐지 보이라의 바가지콘베어 곁에서 느끼던 외로움과 허전한 감이 밀물처럼 안겨들며 그를 소침하고 울적하게 만들었다.

마진호는 느직느직 퇴근 차비를 갖추고 밖으로 나왔다.

보이라 쪽에서는 여전히 푸른 용접광이 벙긋거리고 철판 두드리는 소리들이 간간히 들려온다.

은연중 눈길이 그쪽에 쏠렸다. 보이라에 내려오라고 절절히 말하던 정민의 목소리가 귀전에 울렸다. 그래도 발길은 떨어지지 않는다. 부기사장으로 사업상, 도덕적 의무감에서 갈 수는 있을 것이다. 그러나 량심은 허락치 않는다. 마진호는 지금 집에 가야 안해가 보이라에서 돌아오지 않았으리라는 걸 짐작하면서도 정문길 쪽으로 걸음을 옮겼다.

정문 옆에서 서 있던 지배인 승용차에서 운전사 길수가 불쑥 문을 열었다.

"부기사장 동지, 퇴근이지요?… 기다리던 중입니다."

"동무가 어떻게 알구?…"

"조금 전에 창문에서 불이 꺼졌으니까요."

"난 걸어가겠소. 내 차도 아닌데 만날(매일) 타겠소."

"…"

길수는 의아쩍어 하면서도 습관대로 발동을 걸었다.

그러나 마진호 부기사장은 '갱생'에 아무런 관심을 돌리지 않고 걸어갔다.

밤이 퍽 깊어서야 그는 집에 들어섰다.

춘실은 고개를 다소곳한 채 가방을 받았다.

"오늘은 어떻게 보이라에서 일찍 퇴근했구만."

남편의 례사로운 인사말을 침묵으로 받아들인 춘실은 차려놓은 밥상에 더운 국을 떠올려 놓고는 재봉침 곁으로 다가앉았다.

그제야 마진호는 안해의 어깨 너머로 진달래꽃 무늬가 아롱진 고운 천을 보았다. 춘실은 옆에 조그만 소녀애 옷을 펼쳐놓고 재단을 하려는지 생각에 잠겨 있다.

"웬 천이요?"

마진호는 안해 곁에 무릎을 꺾고 앉으며 물었다.

"지배인 동지가 준 거예요."

오춘실은 남편을 바라보았다. 살눈섭이 아름답게 퍼진 그 녀자의 검은 눈에는 후회와 원망의 괴로움이 한껏 실려 있었다.

진호는 저으기 놀라와 했다.

"이 꽃 천은… 지배인 동지가…"

춘실은 목이 메어지는지 띠염띠염 말을 이었다.

"기관장 동무의 딸애한테 옷을 해 입히라구…"

"!!…"

춘실의 음성은 감동에 젖어 나직나직 울렸다.

"지배인 동지는 보이라에서 나를 조용히 따로 부르더니 이걸 주며 말했어요. '며칠 후에 유치원애들이 들놀이 간다오. 은철이 엄마는 재봉 솜씨가 있지. 이제 기관장네 집에 가면 순애가 혼자 있을 거요. 그 앤 아버지가 오기 전에는 자지 않으니까 치수를 잘 재서 몸에 맞게 해주시오. 어머니가 있는 애들보다 낫게… 어쩌다 들놀이를 가니 부모들마다 고운 옷을 입혀 보낼 게 아니겠소.'"

춘실의 눈에는 물기가 그렁하니 맺혔다.

"이건 순애의 낡은 옷이요?"

마진호는 순애의 어머니가 작년 여름에 지어주었을 리봉 달린 조그만 원피스를 만져보고 꽃 천을 쓰다듬어 보고 하였다. 손이 두서없이 움직여졌고 울대뼈 속에서 뜨끈한 것이 꿈틀거렸다. 며칠 전, 그토록 상냥스레 불렀건만 다가오지 않던 순애, 바늘 끝에 찔려 칼자리로 번졌던 가슴 속 상처, 무언가 배반당한 듯싶던 그때의 괴로운 감정이 다시금 솟구친다.

가위를 든 춘실은 자책 어린 음성으로 말했다.

"이미 관심을 두었어야 하는 건데… 제가 생각이 좁았어요. 기관장 동무의 사생활을 당신이 있는데 녀자가 도덕에 맞지 않게 참견하는 것으로만 생각했어요."

"아니… 내가 응당 할 일이었소… 난 성칠 동무에 대한 신의를 저버리구 자기를 무슨 큰 존재처럼 여겼소. 간격을 두었지. 바께쯔의 맥주를 함께 퍼마시던 때를 아주 잊어버리고…"

마진호는 가슴이 답답한 듯 샤쯔의 앞섶 단추를 헤쳐 놓고서 밖으로 나갔다. 서늘한 밤공기가 달아오른 얼굴에 부딪친다. 언젠가 구내길에서 '일군(간부)이 됐어도 땀 흘리며 로동하던 시절의 인간관계를 귀중히 여겨야 한다.'고 당부하던 지배인의 말이 되새겨졌다. 그 의미 깊은 말은 청신한 밤공기처럼 폐장 속으로 깊이 스며들어 낡고 병든 생명의 요소요소들에 재생의 활력을 불어 넣어준다.

25

일요일은 언제나 사람들에게 기다려지는 날이다.

공장 사람들은 누구나 가족들과 함께 들놀며 산놀이, 극장, 동물원, 유원지… 그리고 또 어덴가 즐거운 하루를 보내려고 미리부터 계획을 세우고 다심한 준비를 갖추는 것이다.

지난밤에 비까지 내려서 대기는 청신하고 유리알처럼 맑아 멀리 산발들의 륜곽까지도 선명히 보였다. 해빛은 푸근히 젖은 땅과 거리와 집들에 아낌없는 미소를 보낸다. 먼지 하나 없는 가벼운 바람이 솔솔 불어오며 거리에 나선 처녀들의 머리수건과 가로수 잎사귀들에서 지꽂은 장난을 부린다.

명절 옷차림으로 활기찬 거리에는 드문드문 작업복을 입고 삽이며 곡괭이를 멘 사람들이 보인다. 그리고 점점 많아진다. 그들은 거리를 벗어나자 약속이나 한 듯 공장 쪽으로 향한다.

댕댕이(담쟁이) 덩굴이 한 벌 덮인 유치원 담장 안에는 벌써 사람들이 모이기 시작한다. '꽃봉오리'를 따붙인 키 낮은 철문은 꼬마들의 부모들, 오빠, 누나들과 유치원과는 인연이 없는 사람들을 반겨 맞아 활짝 열렸다.

마당 한쪽 담장 옆에서는 안료투성이 나팔바지를 입은 직관원 청년이 '유치원물놀이장 전경도'를 세우고 있었다.

사람들이 그의 곁으로 욱 모여들었다.

뒤에 선 사람들은 앞에 선 사람들을 밀며 발돋움을 하고 뒤사람의 발등을 밟으며 붐빈다. 가벼운 탄성들이 터져 오른다.

그림 속 물놀이장 안에는 파란 물이 찰랑거리고 흰 타일을 붙인 두리(둘레)를 따라 금붕어를 그러안은 대리석 아이들이 웃고 있다. 금붕어들의 주둥이에서는 가는 물줄기가 하늘로 솟아오른다. 분수의 비말(날아오르며 흩어지는 물방울) 속에서는 무지개가 비꼈다. 한 폭의 풍경화였다.

"거 참, 멋있는데."

"애들이 얼마나 좋아하겠소."

"그래 동무가 이걸 생각해냈소?"

누구인가 직관원 청년의 팔을 잡아당기며 묻는다.

직관원 청년은 주위를 둘러보고 나서 사람들이 자기 대답을 기다리고 있다고 확신하자 마치 어린 소년이 아버지 자랑을 하듯 의젓이 말한다.

"우리 지배인 아바이가 구상한 거요."

시공 지도원도 작업 구령을 주는 사람도 없건만 사람들은 벌써 일에 착수했다.

저마다 주인답게 지시하고 줄을 치고 파고 머리를 기웃거리고 하며 일에 열중한다.

몸집이 부한 녀자인 유치원 원장은 어울리지 않는 처녀같이 애된(앳된) 목소리로 담장 밖에서 자꾸 모여드는 사람들을 돌려보내느라고 애쓰고 있었다. 그래도 말을 듣지 않자 때마침 목도채(무거운 물건을 밧줄에 묶고 긴 몽둥이를 꿰어 두 사람 이상이 양쪽에서 어깨로 메고 옮길 때 쓰는 몽둥이)를 메고 오는 최현필 지배인을 붙들고 하소연했다. 많이 모여 벅작거려서는(많은 사람이 좁은 곳에 모여 어수선하게 움직이는) 일을 제대로 못한다고…

"묘안이 있소."

최현필 지배인은 슬며시 웃음을 지으며 말한다.

"유치원에 아들딸을 둔 부모들만 작업을 허락하오. 좀 편협하기는 하지만 어찌겠소. 허허…"

공장 쪽에서 긴 오지관(진흙으로 만들어서 말린 다음 잿물을 발라 구운 윤이 나는 토기관)의 두 끝을 갈라서 멘 승열이와 원국이가 헐떡거리며 걸어왔다.

"보이라는 휴식하라구 성칠 기관장에게 단단히 일렀는데 어떻게 된 거요?… 오지관을 놓고 어서 집으로 가오."

최현필 지배인은 명령조로 말했으나 그의 눈길은 사람들의 뒤 켠을 살펴본다. 혹시 성칠 기관장이 나오는가 해서 은연중 걱정스러운 것이다. 다행히 그는 보이지 않는다. 아마 집에서 밀렸던 잠을 푹 자는 모양이다.

그러는 사이에 슬그머니 유치원 안으로 빠져 들어간 승열이와 원국이는 오지관을 번쩍 내려놓고 사람들 속에 끼였다.

런닝 바람에 곡괭이를 회초리처럼 쉽게 휘두르던 뚱뚱보 수리공이 팔소매로 얼굴의 땀을 훔치며 물었다.

"어- '1호 보이라!' 자네들은 왜 왔나? 유치원에 다니는 아이도 없는데."

"앞으로 내 아들이 아무래도 이 유치원에 다닐 걸 가지구 뭘 그래."

승열이의 퉁명스런 대답이다.

뚱뚱보 수리공은 재미있다는 듯 실눈을 지으며 또 말을 건다.

"아니 벌써 낳았나? 약혼식도 안 하구서?"

승열이의 얼굴에 노기가 번개불처럼 벙긋했으나 천연스레 말을 받는다.

"코가 삐뚤어지지 않았으니 짝은 있을 거구 혼례식을 하면 아이는 낳기 마련이지."

"자네를 퇴짜 놓은 그 향로동집 처녀하구?"

"흥 가시어머니(장모)한테 장가드는 줄 알아?"

"그야 그렇지… 그런데 아무튼 여섯 해 후에야 이 물놀이장에 몸을 잠근 아들을 보겠군… 흠 그때까지 승열이가 이 곡산 공장 보이라에서 일할가?…"

"뭐라구?!… 사람을 어떻게 보구 하는 소리야! 여섯 해? 흠 자넨 이담에 머리에 서리가 내려가지구 보이라 불길 앞에 서 있는 이 승열이를 틀림없이 볼 거야… 난 이 보이라를 벗으루 허리가 굽을 때까지 살겠어."

승열의 말이 얼마나 진지했던지 뚱뚱보 수리공은 그만 무안해져서 주먹으로 코집(콧집, 코를 이룬 살덩어리)을 쓱 문대고는 수굿이(수굿이) 곡괭이질을 했다.

언제 다가왔는지 최현필 지배인이 두 팔을 벌려 승열이와 원국이의 잔등을 동시에 철썩 두드렸다.

"에끼! 이 햇내기(신출내기) '아버지'들 같으니 끝내 끼여들었군."

사람들은 즐겨 웃음을 터뜨렸다.

물놀이장은 벌써 퍼그나 깊숙이 파 들어갔다. 미래를 위한 성스러운 로동은 사람들에게는 지칠 줄 모르는 열정을 일으켰다.

춘실은 사람들의 말소리, 웃음소리, 룽질에 귀를 기울이다가도 자주 삽질을 멈추고 공장 쪽을 바라보았다. 이제라도 남편이 유치원에, 이 사람들의 흥겨운 일판에 찾아오지 않을가 하는 희망에서였다. 아침에 은철이가 아버지더러 공장에 나가지 말고 어머니랑 유치원에 가자고 조르자 진호는 묵묵히 아들의 머리를 쓸어주었다. 춘실은 지금 남편이 공장을 한 바퀴 돌아보고 유치원으로 오려니 기대를 가졌다. 왔으면 얼마나 좋으랴. 사람들의 룽질에도 휩쓸리고 땀도 흘리고…

최현필 지배인이 그의 곁으로 다가왔다.

"허 은철이 어머니도 규률(규율)을 지키지 않았군. 어서 삽을 이리 내오. 그리구 오늘은 일찍 들어가서 농마국수를 좀 누르오. 저녁에 내가 집에 가겠소."

춘실의 눈이 반가움으로 빛났다.

"정말입니까? 그런데 지배인 동진 수수지짐(수수부꾸미)을 좋아하지 않습니까?"

"좋아하지… 허지만 오늘은… 농마국수 생각이 나서 그러오."

"…"

유치원 뒤뜰에서 아이들의 노래소리가 들려왔다.

진옥이가 여라문 명의 애들에게 바구니를 들려 가지고 오는 것이었다.

"아저씨 앵두예요. 잡수세요."

은철이와 순애가 바구니를 마주잡고 와서 방긋 웃으며 처음 마주치는 사람에게 권한다.

바구니 안에는 빨갛고 말큰말큰한 앵두가 수북이 담겨 있었다.

"어 대단한데. 이걸 어디서 땄니?"

"유치원 뒤뜰에 가득 열렸어요."

"그래?… 그럼 이걸 저기 지배인 할아버지한테 먼저 드려라."

은철이와 순애는 파놓은 흙무지를 넘어서서 지배인한테로 다가갔다.

사람들은 일손을 멈추고 아이들을 기특해서 바라보았고 길을 비켜주기도 한다.

최현필 지배인은 피줄이 내돋은 두툼한 손으로 은철이와 순애의 머리를 쓰다듬어주었다. 한없이 사랑스런 미소가 그의 얼굴에 주름살을 지으며 피여났다.

"너희들이나 먹어라."

"할아버지 어서요."

두 아이는 바구니를 머리 우에 들어 올렸다.

최현필은 난처한 듯 주위를 둘러보았으나 아이들의 소원을 풀어주었으면 하는 사람들의 눈길과 마주치자 손을 옷섶에 쓱쓱 문대였다.

"그럼 어디 맛볼가?"

그는 바구니 안에서 앵두 두 알을 집어내여 손바닥에 올려 놓았다. 포도주방울 같기도 하고 홍보석 같기도 한 앵두알들은 서로 부딪치며 손바닥에서 떨어질 듯 위태롭게 굴러다녔다. 그것을 입안에 넣다 지배인은 맛이 기막히다는 듯 아이들에 두 눈을 딱 감아보였다.

"지배인 할아버지, 더 잡수세요."

"에라. 그럼 한 웅큼(움큼) 쥐자."

최현필 지배인은 그리고 나서 바구니를 다음 사람에게 밀었다. 사람들의 손이 새를 잡는 듯이 조심스럽게 바구니 안에 들어갔다. 저마다 이세상에서 가장 진귀한 것을 처음 먹어본다는 듯 아이들에게 찬사를 아끼지 않았다.

바구니는 그렇게 온 유치원 마당 안을 돌아 지배인 곁에 다시 왔다. 바구니 안에는 앵두가 여전히 수북이 쌓여 있었다.

은철이와 순애는 안타까움에 그만 눈물이 글썽해졌다.

최현필은 아이들의 머리를 다정히 쓰다듬어주고는 타이르듯 말했다.

"어찌겠니 얘들아, 모두 먹고도 이렇게 남은 걸… 나뻐 생각지 말아라. 아버지와 어머니들은 너희들을 위해 사는 거란다."

아이들의 거울같이 맑은 눈동자에는 최현필 지배인의 주름 가득한 애정 넘친 얼굴이… 푸른 희망과 간절한 소원이 어린 모습이 비껴 초롱초롱 빛났다.

26

저녁 무렵에야 유치원 물놀이장을 만들어 놓은 공장사람들은 흥겨운 마음을 안고 집으로 돌아갔다.

최현필 지배인은 진옥이와 같이 걸으면서 물었다.

"물놀이장이 괜찮은 것 같나?"

"지배인 동지… 저는 세멘 미장까지 다 끝내리라고는 미처 생각지 못했습니다."

"이제 며칠간 세멘이 굳어지느라면 주철 금붕어와 아이들 조각상도 다 될 거야. 그르믄 물을 채우라구. 그담엔… 우리 유치원애들이 물장구를 치며 놀 수 있지."

최현필은 큰 시름을 놓은 듯 긴 숨을 내그었다.

저녁 거리는 붐비였다.

일요일을 마음껏 즐긴 사람들의 활기에 찬 흐름이다.

최현필 지배인은 그들에게 길을 내주고 길 가녁(가녘)으로 물러나 천천히 걸었다. 이따금 걸음을 멈추고 행복에 넘친 사람들의 모습을 부러움과 긍지 어린 미소를 짓고서 한참을 바라보군 했다. 그리고 나서는 묵묵히 걸음을 옮겼다.

진옥은 어쩐지 두려워났다. 지배인이 말없이 걸으면 걸을수록 그 두려움은 은근히 커졌고 불안으로 자랐다.

'무슨 말을 하려고 할가?…'

아마도 정민이와의 관계를 물으려는 것이라고 짐작되였다.

진옥은 조심스레 지배인의 옆모습을 올려다보았다. 두툼한 입술은 꾹 다물려 있고, 깊은 생각에 잠긴 눈은 어딘가 앞을 바라본다. 모자 밑으로 총이 센 검은 머리칼이 성난 듯 삐여져 나왔다. 구부정한 어깨며 축 늘어진 팔, 탄력 없는 걸음걸이… 지배인의 모습은 어린 시절 고향도시 해변가에서 저물도록 놀던 자기를 업어주던 정민의 아버지와는 조금도 비슷치 않았다.

진옥은 이 아버지의 친우에게 옛 시절처럼 응석을 부릴 수도, 아무 말이나 막 할 수도 없으리라는 걸 깨닫자 서글퍼졌다. 아버지가 돌아가신 다음에도 여전히 친아버지처럼 따르고 집에 다녔더라면 이렇게 서먹서먹해지지는 않을 것이었다.

문득 최현필 지배인은 진옥이가 곁에서 걷는다는 걸 깨닫기라도 한 듯 불쑥 물었다.

"유치원 들놀이는 언제 가려나?"

"원장 선생은 모레 가자고 했어요."

"날씨가 좋은가?… 들놀인 그저 날씨가 좋아야 즐겁지. 비가 오면 큰 일이라니. 우산을 쓰고 놀 수는 없으니…"

걱정스레 말하고 나서 거리를 둘러보던 그는 반가운 낯빛을 지었다.

"가만… 저게 상점이지?… 식료품 상점… 우리 저기 좀 들어가 보자구. 내 뭘 좀 살 게 있어."

최현필은 진옥이를 앞세우고 나서 길 옆의 번화한 상점을 향해 걸어갔다.

그들이 상점 입구의 낮은 돌층계에 올라서는데 출입문이 열리더니 커다란 상자를 끌어안은 사람이 끙끙 갑자르면서(힘이 들거나 뜻대로 되지 않아 끙낑 거리면서) 나왔나.

최현필은 첫눈에 그것이 곡산 공장에서 만든 '인풍술' 상자임을 알아보았다. 그 사람은 새우처럼 등을 꼬부리고서 힘겹게 돌층계를 내려 길 옆에 서 있는 승용차로 다가갔다. 그러자 기다린 듯 차문이 활짝 열리고 대머리에 풍채 좋은 사람이 나와서 술 상자를 맞들어 승용차 뒤꽁무니에 실었다. 손바닥을 툭툭 털던 그는 자기를 잠자코 내려다보는 최현필과 눈길이 마주쳤다.

"아니?… 이거 지배인 동무가 상점에 오다니…"

그는 반색하며 인사말을 건늬었다. 맥주집에서 만났던 옛 '친구'였다.

"처장 동무가 오는데 내가 못 오겠소?"

최현필은 그때의 혐오감이 되살아나 시답지 않게 대꾸했다.

"그래두 곡산 공장 지배인이 식료상점에 오는 거야 좀…"

"허. 나두 처장 동무처럼 일개 주민으로 술 사러왔소."

"좋은 술은 다 만들면서 술 사러 오다니요?… 하긴 지배인 동무는 청백한 사람으로 소문 났드구만."

처장은 최현필의 대답이 두려운지 손을 한 번 내젓고는 승용차 안으로 들어가 문을 펑 닫는다. 차는 떠나가 버렸다.

최현필의 얼굴에는 침통한 빛이 떠올랐다.

'송기떡도 못 먹던 네가!!… 비지땀을 흘리며 재불(잿불)을 헤집구… 등뼈가 휘도록 목도채를 멨던 성실한 인간은 어디로 갔느냐?!… 짬을 내여 만나보자. 그때 송기떡이 왜 맛있었는지 말해주마.'

최현필은 잠자코 서 있는 진옥에게 갈린 소리로 말했다.

"들어가자구."

상점 안에 들어선 최현필은 매대 앞에서 안경을 꺼내 끼고는 진렬장(진열장)을 들여다보았다. 유리장 속에는 곡산 공장 제품들이 많았다. 최현필은 유심히 살피고 나서 허리를 쭉 폈다. 안주머니에서 지갑을 꺼낸 그는 때마침 다가온 얼굴이 둥실하고 오목눈인 판매원 처녀에게 말했다.

"술이 있겠지?"

"'포도술'이 있습니다."

"한 병 주시오. 마른 명태하구… 나머지 돈으룬 거 먹음직한 부식물을 싸주오."

진옥은 지배인이 다심스레 싼 것들을 어떻게 가지고 가려는가 하고 은근히 걱정했다.

그러나 최현필은 뒤주머니에서 착착 접은 보자기를 꺼내서 진옥에게 주었다. 상점에 들릴(들를) 것을 미리 예견한 모양이다.

진옥이가 식료품들을 보자기에 싸는 동안 최현필은 오목눈의 처녀에게 말을 건넸다.

"판매원 동무, 상점에 술이랑 식료품들이랑 적지?"

"그래요. 어떤 때 손님들을 그냥 돌려보낼 땐 마음이 좋지 않습니다."

"우리 곡산 공장이 생산을 많이 못 내서 책임이 크오. 앞으론 생산을 부쩍 끌어올릴 거요.… 그렇지만 지금은 내 한 가지 처녀 동무에게 당부하고 싶은 게 있소."

"?…"

"판매원 동무 상품이 풍족하지 못하다고 낯가림하지(겨우 체면치레하지) 말구 주민들에게 골고루 팔아주어야 하오."

"!…"

판매원 처녀는 면구해서 늙은 손님의 흥분한 듯싶은 얼굴을 쳐다본다.

"우리 주위에는 사회와 인민을 속이구 뒤구멍(뒷구멍)만 파서 저만 잘 먹고 살려는 사람들이 아직 있소. 동무는 새 세대인데 그런 현상과 타협하거나 두려워하지 말구 사상투쟁의 불을 걸어야 하오. 웃사람이든 상급기관 사람이든 친척이든 친우든지 가림을 하지 말구 사회의 륜리(윤리)를 지키라구 하오. 그들에게 이 저울추처럼 공정하게 살아야 한다구 말해주시오."

"!!"

최현필을 바라보는 판매원 처녀의 오목눈은 깊은 감동으로 빛났다.

진옥은 무거운 보 꾸레미를 들고 지배인과 같이 상점을 나섰다.

진옥은 은근히 가슴을 조여오던 그 두려움이 눈 녹듯 스러짐을 느끼였다. 그는 저으기 마음이 밝아져서 물었다.

"지배인 동지, 어데 나들이를 가실려고 그래요?"

"늙은 것이 바쁜 때 어데루 가겠어."

"그럼… 집에 어머니가 앓아요?"

"허, 정민이 에미야 한 평생 사락공을 해놔서 주철덩이처럼 든든하다니."

"…"

진옥의 의문은 좀처럼 풀리지 않았다.

갈림길 어구에 오자 진옥은 지배인에게 보 꾸레미를 주려고 했다.

"그냥 들구 집으루 가자우."

최현필은 진옥이네 집 쪽을 손짓하며 어서 앞서라고 했다.

"?..."

진옥은 얼마 못가서 또 걸음을 멈추었다.

지배인이 이마에 손 채양을 하고 멀리 공장보이라 굴뚝을 근심스레 바라보는 것이었다.

"진옥이, 좀 자세히 봐달라구. 분명 연기가 나지?"

파도쳐간 건물들의 지붕 너머로 연필대 만하게 보이는 굴뚝 끝에서는 명주오리 같은 실 연기가 알릴 듯 말 듯 피여오르고 있었다.

"연기가 납니다."

"맞았어. 아무렴 내 눈이 어두워 지지야 않았지."

최현필은 흡족한 듯 중얼거리고 나서 길옆에 있는 어느 자그마한 생필품 공장의 접수실로 다가갔다. 전화를 빌린 지배인은 곡산 공장을 찾는다.

"교환이요?… 나 지배인이요. 보이라에 대오."

한참만에야 응답이 왔다.

"누구?… 정민이라구?… 내다. 헌데 어찌된 일이야? 쉬지들 않구… 보이라에 누가 또 있느냐?… 기관장하구 둘뿐이라구… 오늘은 그만 쉬려므나. 날두 저물었는데… 어떻게든 기관장 동무를 집에 보내도록 하거라. 일요일 저녁에야 집집에서들 여느 때보다 푸짐한 상을 차리는 데… 순애가 얼마나 기다리겠니… 음, 옳게 생각 했다. 네가 기관장 동무와 같이 집에 가도록 해라."

최현필은 만족스레 송수화기를 놓고 나서 진옥이와 같이 부기사장의 집으로 향했다.

마진호 부기사장은 아직 돌아오지 않았다.

춘실이가 지배인을 반겨 맞아 들이였다. 최현필 지배인이 방안에서 은철이의 다사스런 응석을 받아주는 동안 부엌에서는 진옥이가 춘실에게 소근거렸다(소곤거렸다).

"지배인 동지가 왜 오셨을가요?"

"글쎄… 낮에 우리 집에 놀러 오겠다고 말하잖겠니… 농마국수를 누르라구…"

"그… 래요?"

진옥은 머리를 기웃거렸다.

지배인이 한사코 자기 상을 따로 차리지 못하게 해서 큰 밥상에다 차렸다. 춘실이가 차린 음식들과 지배인이 가져온 것들로 상다리가 휘도록 쌓였다.

때마침 문 밖에서 발을 탁탁 터는 소리가 나더니 마진호가 들어왔다. 그는 은철이를 안고 평온스레 앉아 있는 지배인을 보자 얼결에 인사를 하고는 놀란 눈길로 상을 내려다보았다.

"농마국수를 눌렀소?… 그런데 포도주랑 마른 명태랑 언제 다 사왔소?"

마진호는 의아스러워하면서도 안해를 고마운 눈길로 건너다보았다.

춘실이가 얼굴이 빨개지며 무언가 말하려는 것을 지배인이 눈을 끔쩍였다.

"허, 집에 와서두 사업 료했는가. 부기사장 어서 와 앉으라구. 밥상 우의 사업은 다 녀자들에게 맡기라니. 사내들이란 올려놓은 걸 배부르게 먹어주면 되는 거네."

"지배인 동지는 다른 상에 차려 올려야지."

진호는 안해를 나무라듯 쳐다보면 중얼거렸다.

"이건 은철이 어머니 잘못이 아니네. 내가 이렇게 다 모여앉아 먹자구 했어. 자, 은철이 여기 앉구. 진옥이도 다가앉으라구."

최현필은 진호가 미처 어쩔 사이 없이 투명한 유리잔에 주홍빛의 진한 포도주를 부었다. 그는 넘칠 듯 찰랑거리는 손을 진호에게 주었다.

"마시게."

"이러지 마십시오."

마진호는 황급히 지배인의 잔에 부으려고 술병에 잔을 내밀었다.

"아니, 이건 자네가 먼저 마시라구. 오늘이야 자네 아버지가 돌아가신 날이 아닌가…"

"?!…"

"꼭 십 년이 됐지?"

마진호는 당황해서 안해와 동생을 바라보더니 사죄하듯 말했다.

"제가… 그만… 몇 해째 한식날과 추석날에만 묘에 가다 보니…"

"그랬으면 됐지… 내가 찾아온 건 자네들이나 나나 그를 마음속으로 잊지 말자구 해서 온 거야."

"…"

"자네 아버지는 지난 전쟁에서 잘 싸웠구. 전후에도 부상당한 몸으로 일을 많이 했지. 운명하는 날까지두… 그런 사람을 추억하는 건 좋은 일이네. 아무렴, 언제든지 잊지 말구 추억해야지."

방안에는 숙연한 침묵이 깃들었다.

최현필은 눈이 둥그래서 올려다보는 은철의 머리를 쓰다듬어준다.

진옥은 눈물이 글썽해져 입술만 감빤다.

술잔을 든 진호의 손이 가늘게 떨린다. 유리잔 속의 포도술은 파도치듯 안정을 모르더니 진호의 무릎 우에 피 같은 포도술 방울들이 점점 떨어졌다.

"허, 이거 내 너무 심중한 소리를 한 모양이다. 자 어서들 먹자구. 춘실 동무는 시집오기 전이니 모를 거요. 농마국수는 은철이 할아버지가 무던히 좋아했소. 진옥이, 그렇지?"

진옥이의 눈시울 속에 가랑가랑 고였던 맑은 이슬이 끝내 넘쳐났다.

최현필은 진옥의 국수 그릇에 양념을 쳐주고 저가랏(젓가락)으로 닭알지짐을 꾹 꿰어서는 은철이 손에 들려주었다.

온 식구가 큰길까지 따라 나와 지배인을 바래웠다.

244

춘실이가 은철이를 데리고 먼저 집에 들어가자 최현필 지배인은 진호와 진옥을 량 옆에 세운 채 천천히 걸음을 옮겼다.

밤이 캄캄하고 무더웠다.

술기운이 오른 최현필은 가슴 속에서 늘 꿈틀거리던 것을 옛 친우의 아들에게 쏟아놓지 않고는 견딜 수 없었다. 아까부터 말하고 싶었지만 그의 어린 아들과 안해가 있어서 꾹 눌러 참았던 것이다.

"부기사장… 내 어제 기술과에 가보니 자네는 기술협의회 때 제기된 저열탄보이라 기술문건에 아직 수표(사인)를 하지 않았더군 그래."

"…"

"자네는 책임을 두려워하는데 열관리공들은 부기사장의 수표 대신 생명을 내대고(내놓고) 보이라를 개조하고 있네."

"…"

"자네 마흔 살이면 아직 피 끓는 청년이 아닌가. 왜 몸을 아끼나? 응, 언제부터 자네 심장이 그렇게 미진근해지구 저만 위해 숨을 쉬나… 내 잘못이 크네. 난 자네가 대학을 졸업하고 공장에 왔을 때처럼, 공정 기사로 있다가 부기사장으로 제발(선발)되던 때처럼 일을 잘하는 것으로만 여겼지. 운학 동무의 아들이라구 맘을 놓았어. 평소에 눈에 등불을 켜 달구 자네 속마음을 살피구 채찍질을 했더라면… 이런 쓰라린 후회를 하지 않을 거야."

최현필은 기침을 쿨룩쿨룩 짖었다. 답답한 듯 손으로 한참이나 가슴을 쓸더니 말을 이었다.

"자네는 아버지가 마감 순간에 산 사람들과 후대들에게서 무엇을 바랐는가를 잊지 말아야 하네… 자넨 아버지가 운명할 때 일이 생각나겠지?"

진호는 생각났다. 어쩐지 십 년 전의 그 일이 금방 있는 일처럼 생생히 떠오른다. 림종(임종)에 이른 아버지는 사무실의 쏘파에 몸을 깊숙이 묻고서 뒤미처 달려온 진호와 단발머리 진옥이를 쓰다듬어 주었다. 흐느끼는 사람들을 조용히 둘러보는 아버지의 두 눈에는 긍지 어린 미소가 비끼였다. 아버지는 힘없는 손으로 진호와 진옥의 손을 끌어당겨서는 자기 가슴에 석 줄로 단 략장(훈장이나 메달을 대신하여 다는 간단한 휘장)에 얹고 쓰다듬었다.

마진호는 지금 무언가 크나큰 소원과 부탁이 어려 있던 아버지의 그 미소 어린 모습이 뚜렷이 그려졌다.

최현필 지배인은 담배를 꺼내 물고서 성냥을 드윽 그었다. 비바람이 후드득 불어와서 손바닥 안에서 성냥불이 춤을 추더니 곧 꺼졌다. 또 한 가치를 그었으나 지배인은 투박한 손가락 짬으로 새는 바람을 막지 못했다.

진옥이가 성냥을 받아서 불을 켰다. 최현필은 진옥의 옴폭한 손 안에 대고 조심스레 담배를 붙였다. 불빛 속에서 입 주위의 잔주름이며 괴로움이 한껏 실린 침울한 얼굴표정이 드러났다.

"운명하는 사람이 자식들 앞에서, 사람들 앞에서 제 자랑을 하고 싶어 그러겠나?… 그 략장들은 준엄한 전화의 나날에 그가 충실히 받들어왔다는 표징이 아니겠나. 마운학 동무는 자기 아들과 딸도 그렇게 살기를 바랐어. 그것을 자네들에게 물려주고 싶어 했거던. 내게두 절절히 부탁했구… 그건 비록 저울로 달 수도 없구 자로 잴 수도 없구 금전으로 계산할 수도 없지만 운학 동무가 일생을 바쳐서 얻은 보석이였어."

"…"

"그런데 자넨 아버지가 넘겨준 그 보석을 심장 속에 간수하지 못했어. 제 한 몸이 귀해서 저열탄보이라 하나 일떠세우지(기운차게 일으켜 세우지) 않으면서 자기를 정당화하거던. 그래가지구야 진심으로 받든다구 말할 수 있겠나?…"

"!…"

"상점에 한번 가보라구. 잘 알 수 있을 거네. 상점엔 아직두 곡산 공장 식료품들이 부족해. 주민들의 구매력이 부쩍 늘었는데 우린 여전히 생산을 낮은 수준에서 정상화하구 있지. 만족을 하구… 아니, 그럴 수 없어. 우린 어떻게 하나 보이라에 저열탄을 때서 생산을 안전하구 높은 수준에서 정상화해야 하네. 상점들에 사탕과자와 술 같은 식료품들이 넘쳐나면 인민들이 우리 은덕을 더욱 뜨겁게 느낄 거네."

마진호는 속이 까맣게 탄 굴뚝처럼 까딱 않고 서 있다.

"비가 오는군… 들어들 가라구."

최현필 지배인은 진옥의 어깨를 어루만져 주고서 어둠 속으로 멀어져 갔다.

후두둑 비방울이 머리 우의 가로수 잎새들에 듣는다.

비방울은 진호의 달아오른 얼굴이며 목덜미에 선득선득 떨어진다. 차츰 비발이 서간다. 비소리가 들린다. 비는 마치 장난이 심한 아이의 얼굴에서 때를 씻어내며 가볍게 책망하는 어머니와도 같이 속살거리면서 가로수며 포장길을 적신다. 알싸한 마른 흙먼지 냄새 속에서 신선하고도 깨끗한 촉감이 온다.

마진호는 비물이 머리를 적시고 얼굴로 흘러내리는 것도 잊은 채 망연히 서 있었다.

"지배인 동진 갔어요?"

"음…"

"비를 맞겠군요.…"

세 사람은 비 내리는 어둠 속에서 우산도 비옷도 펼치지 않은 채 오래도록 서 있었다.

27

분망한(매우 바쁜) 하루가 어떻게 지나갔는지 미처 가늠할 새가 없었다.

마진호 부기사장은 어두워서야 조용한 시간을 얻어냈다.

앞 상 우에는 며칠 전에 정민 기사가 가져왔던 그 저열탄보이라 도면들이 쌓여 있었다.

기름때와 탄에 얼룩진 어지러운 도면들이였지만 마진호에게는 더없이 소중하게 느껴져 조심스레 한 장 한 장 번져갔다. 그 속에는 열기사

정민의 희생적 노력과 어린 딸애를 데리고 있는 성칠 기관장, 순박한 열관리공들의 피땀이 스며있다고 생각되어 지난날처럼 부정할 수도 무심히 볼 수도 없었다.

진호는 몸을 일으켜 창가로 다가갔다. 창문을 활짝 열어젖히자 서늘한 공기가 그의 달아오른 얼굴에 찬물처럼 들씌워진다. 구내 숲 저쪽 보이라 건물에서는 용접광이 벙긋거렸다. 그것은 저열탄보이라 개조에 고심하고 있는 열관리공들의 마음처럼 어둠을 비치군 했다.

마진호는 작업복을 갈아입었다. 철함의 맨 밑 칸 장화를 넣어둔 곳에서 벙어리장갑을 찾아낸다. 그것은 끼여본 지 오래서(오래되어서) 가죽처럼 오그라들었다. 그는 도면을 말아 쥐고 밖으로 나섰다.

보이라 건물 쪽으로 걸음을 옮기던 마진호는 어디선가 쌕쌕- 하며 증기 새는 소리가 들려와서 걸음을 멈췄다. 사위를 두리번거리던 그는 삐또 뚜껑을 열어젖히였다.

성냥불을 켜들고 삐또 안에 기여 들어간 그는 증기가 새는 보조 발브의 손잡이를 꽉 돌려 막았다.

삐또 안에서 나오려니 뜻대로 되지 않았다. 삐또의 가장자리를 잡고 평행봉의 현수를 하듯 버둥거리다가 또 주저앉고 말았다.

"거 누구요?"

하는 석쉼한 목소리와 함께 열려진 삐또 뚜껑 옆으로 한 사람이 다가왔다. 당 비서였다. 송훈은 허리를 굽히고 삐또 안을 들여다보더니 진호의 벙어리장갑을 낀 손을 잡아끌었다.

진호는 탄력이라도 얻은 듯 삐또 안에서 훌렁 빠져나왔다.

두 사람은 무거운 삐또 뚜껑을 맞들어 닫고는 보이라 쪽으로 천천히 걸었다.

송훈은 부기사장이 쥐고 있는 도면 말이에 시선을 주었다.

"그건 뭡니까?"

"저열탄보이라 도면입니다."

"어떻습니까, 될 것 같습니까?"

"예… 아직 미흡한 부분들이 있기는 하지만 성공할 수 있습니다. 제가 보이라에 가서 구체적인 토론을 해보겠습니다."

송훈은 걸음을 멈추고 마진호의 얼굴을 유심히 건너다보았다.

진호는 어둠 속에서도 송훈의 믿음이 어린 눈길을 감촉하자 가슴이 뭉클해졌다. 당 비서가 보이라에 자주 나가 도와주면서도 자기에게는 별로 말을 하지 않았다는 생각이 새삼스레 떠올랐던 것이다.

"부기사장 동지, 우리 저기 앉아 한 대 피웁시다."

송훈은 구내등 옆의 큰 나무에 붙여 놓은 긴 의자에 먼저 앉았다. 그는 담배를 꺼내서 진호에게 권하고 라이타를 켰다.

머리 우 어둠 속에서 나무 잎새들이 가벼이 설렁거렸다.

"부기사장 동무가 저열탄보이라를 긍정하고 나오니 내 좀 이야기 합시다… 난 지배인 동무의 방에 푸른 꽃나무 화분을 놓아줄 때 그래도 부기사장 동무가 지배인 동무를 도와주리라고 믿었습니다. 그런데 동무는… 전쟁 시기의 상처로 괴로와 하면서도 저열탄보이라를 밀고 나가는 지배인 동무의 안타까운 심정을 리해하지 않았습니다. 칠십 고개를 바라보는 지배인 동무의 가슴에 어찌하여 그토록 뜨거운 열정이 굽이치는지 알려고 하지 않았습니다."

"비서 동지… 제가… 지배인 동지를… 그저 낡고 고집스런 늙은이로만 여기고… 깔보았습니다. 선친과의 의리도 줴(죄다) 던지고…"

송훈은 곪은 상처를 수술 칼 앞에 내놓는 부기사장의 이그러진(일그러진) 얼굴을 쳐다보며 조용히 물었다.

"지배인 동무를 만났댔습니까?"

"일요일 저녁에… 우리 집에 왔었습니다.…"

마진호는 괴로운 듯 말꼬리를 삼키였다.

"부기사장 동무… 지배인 동무의 말을 잊지 마시오. 그는 동무에게 사업상으로나 인간적으로나 가장 가까운 사람이 아닙니까… 동무는 앞으로 다시 지배인 동무한테서 그런 질책을 들어보지 못할 겁니다."

"?!"

"진호 동무, 래일 아니면 모레쯤 공장에 새 지배인이 옵니다."

"예?!"

마진호는 놀라서 몸을 일으켰다.

"우리 지배인 동지가 그걸 압니까?"

"지배인 동무는 보이라 사고로 정민 기사가 병원에 실려 갔던 바로 그 날에 시당에서 해임 담화를 받았습니다."

"비서 동지! 왜… 왜 저에게 터놓고 말해주지 않았습니까! 예?"

"그것은 지배인 동무의 간절한 부탁이였습니다. 그는 진호 동무의 인간됨을 두고 속을 태웠고, 동무를 일군으로 떳떳이 내세우지 못할가봐 걱정하고 뛰여다녔습니다."

마진호는 코허리가 시큰해졌다. 예리한 칼끝으로 가슴을 도려내는 것 같은 아픔이 온몸을 휩쌌다.

"왜 그랬겠습니까?… 옛 친구에 대한 단순한 의리감에서였겠습니까?… 아닙니다. 지배인 동무는 부기사장 동무와 공장 사람들이 변함없이 갈 것을 절절히 바랬기 때문입니다. 그것은 지배인 동무가 걸어온 한생의 총화에서 얻어진 진리였습니다. 부기사장 동무, 우리는 로세대의 뒤를 이어 당의 위업을 변함없이 받들어 나가야 합니다. 우리 가슴 속에 지배인 동무와 같은 피가 끓으면 저열탄보이라는 물론이고 공장의 그어떤 어려운 생산문제도 풀 수 있을 겁니다."

"!…"

물기가 그렁한 진호의 눈앞에는 사고심의장에 평온한 얼굴로 조용히 들어와 앉던 지배인의 모습이 삼삼히 그려졌다.

'내가… 내가 잘못했구나!… 난 량심도 의리도 없는 너절한 인간이다. 지배인을 도와주기는커녕 마감 사업의 걸음마다 괴롭히기만 했으니!… 저열탄보이라 문제를 가지고 부에까지 제기할려고 했었지. 진옥이를 딸처럼 사랑하는 지배인의 가슴에 못을 박는 소리를 한 건 어쩐단 말인가! 그러면서도 공로와 나이를 걱정한 것이 과연 진심이였던가?… 아니다. 난 지배인을 어리숙하게 보고 그를 제쳐놓고 내 안일과 리해 관계를 내

세우고 사업을 벌렸다. 지배인을 깔보고 그의 충고를 듣지 않았지… 그렇다. 난 그를 잘못 보았다. 지배인은 결코 늙지 않았다. 그가 세우는 고집은 보통 늙은이의 경망한 고집이 아니라 당에서 바라는 일을 끝까지 하려는 의지이고 신념의 대와 같은 것이다.'

마진호는 지배인과 있었던 일들을 부끄럽게 되새겨보고, 뼈아프게 자책하고 후회하였지만 가슴은 열리지 않았다.

진호는 송훈의 앞을 어떻게 떠났는지 생각되지 않았다. 그는 향방 없이 터벅터벅 걸음을 놓았다. 구내 숲을 꿰질러나오니 관리부청사 앞이였다. 지배인의 방은 불이 환했다. 순간 아버지한테 끌리는 아들마냥 그의 마음은 걷잡을 수 없이 지배인에게로 달려갔다.

진호는 현관 층계를 두세 개씩 겅둥겅둥 뛰여 넘어 지배인실의 문 앞에 마주섰다. 여느 때는 손기척도 없이 드나들던 문이였건만 지금 그럴 용기가 나지 않았다. 사업상 간격이 없고 아버지의 친우여서 그랬던가?… 아니 그런 것이 아니였다. 지배인의 위치와 존재에 대한 존경심이 없는 표현이였다. 그 자책감도 섬광처럼 지나가버리고 이제 무슨 낯으로 지배인을 볼가 하는 두려움과 걱정이 그를 주저하게 만들었다.

한참만에야 복도에를 더 그렇게 서 있을 수 없다는 것을 깨닫고는 손기척을 냈다.

안에서 귀에 익은 녀자의 목소리가 들려왔다.

마진호는 문을 열고 들어섰다.

지배인은 없었다. 기요원 아주머니가 창턱의 부상화(불상화)나무 화분에 물을 주고 있었다.

기요원은 부기사장의 침울한 얼굴을 보고는 저으기 놀란 듯, 고개를 떨구고 화분의 잎사귀들에 낀 먼지를 조심조심 닦아낸다. 그러더니 얼굴을 슬며시 들고 부기사장을 지켜본다.

진호는 기요원 아주머니의 의혹스런 눈길을 피했다. 화분을 알뜰히 가꿔 지배인 방에 늘 청신한 공기를 채우는 이 아주머니보다도 자신이 못하다고 생각된 것이다.

지배인과 마주앉군 하는 앞 상 우에는 편지들이 쌓여 있었다. 지배인이 수일 전에도 그만큼 편지들을 받았다는 생각이 들자 은근히 부러움에 차서 물었다.

"오늘 온 거요?"

"예."

진호는 편지를 뒤적였다.

발신인들의 주소 범위는 넓었다. 모름지기 오랜 세월 지배인이 키워낸 사람들이 보낸 것일 게다. 어쩌면 그렇게도 자주, 그렇게도 많은 편지가 오는가! 진호에게는 친척 사람들이 이따금 보내는 문안편지밖에는 오는 것이 없다. 몇 해째는 년하장(연하장)도 별로 쥐여본 것 같지 않다. 아니, 편지는 혹 안 올 수도 있다. 그러나 가장 친근한 벗이였던 성칠이, 그의 어린 딸, 열관리공들, 누이동생 진옥이와 멀어진 건 어떻게 할 것인가. 안해와는 형식상 가정적으로 결합되였을 뿐이지 마음은 남이나 다름없다. 벼랑가에 홀로 박힌 나무처럼 외롭고 고독한 존재로 되였다는 공포의 감정은 무서운 압박감으로 가슴을 조이였다.

마진호는 후들거리는 발길로 지배인실을 나왔다. 무작정 보이라 쪽으로 걸어갔다. 송풍기와 배풍기들의 소음이 웅웅 들려온다.

마진호는 증기분배실 곁에서 안해를 만났다. 안해는 보이라에서 일하고 오는지 손과 얼굴에 탄 검댕이가 묻었고 바둑알 무늬 수건 밑으로는 땀에 젖은 머리 모숨이 차분히 붙어 있었다. 안해의 얼굴은 수척해졌다. 증기분배공 일을 하면서 보이라 개조를 돕자니 주부의 몸으로 퍽 힘들 것이다.

춘실은 남편의 침울한 얼굴을 안해다운 아량과 리해와 섬세성을 가지고 살펴본다. 부부 간의 백 마디 말을 대신하는 의미 깊은 눈길이 오갔다.

진호는 안해의 시선을 피하지 않았다. 그는 날이 감에 따라 피할 수 없이 일어나던 그 언쟁의 원인을 생각해본다. 안해는 결코 증기분배실에서 손거울 같은 압력계나 쳐다보고 발브를 여닫고 시간당 증기생산량을 일보에 써넣는 단순한 일에 만족할 녀자가 아니였다. 그는 가정과 남편에게 복무하기 전에 더 배우고 싶어 하고 보람 있는 사업에 창조적 열정을 바치고 싶어 한다. 안해의 생각이 옳다. 그는 녀성으로서 이 벅찬 시대의 흐름에 뒤떨어지지 않으려고 하는 것이다.… 그렇다. 가정적 안락에서 얻어진 사랑, 행복은 오래가지 못하며 진정한 것이 아니다.

마진호는 안해를 경공업전문학교에서 통신으로 배우게 해야겠다고 결심했다.

춘실은 남편이 손에 쥔 도면 말이를 눈여겨보며 조용히 물었다.

"1호 보이라에 오는 길이예요?"

"그렇소,"

진호는 안해에게 가슴 속의 번뇌를 다심스레 말하지 않아도 그가 모든 것을 리해한다는 것을 륙감으로 느끼였다. 긴 괴로움이 있어도 짧은 한마디 말로 속을 나눌 수 있고 밝게 열어주는 것이 부부가 아닌가.

안해와 헤여진 마진호는 저으기 가벼운 걸음으로 보이라로 갔다. 1호 보이라 화구 앞에서는 사람들이 몰켜(몰려) 붐비고 있었다.

진호는 금방 화실 안에서 기여 나온 승열이를 붙잡고 물었다.

"어떻게 된 거요?"

화실 안의 열기에 얼굴이 불깃하게 익은 승열은 부기사장을 미덥게 쳐다보고 나서 말했다.

"엿을 달았습니다. 불이 잘 붙던 건데 그만 슬라크가… 급탄을 잘못했는지 송풍을 세게 했는지… 좌우간 그래도 성공은 불 보듯 뻔합니다."

"화실 안에 또 누가 있소?"

"기관장 동무하구 정민 기사, 원국이… 지배인 동지도 들어오셨습니다."

"지배인 동지가?!…"

진호는 승열이가 목욕바가지로 통의 물을 떠서 옷을 적시려 하자 그것을 뺏어 자기 어깨에 주르륵 쏟아 부었다.

"승열 동무는 뽐프(펌프) 운전공한테 뛰여가서 관들에 찬물순환을 시키라고 이르오!"

진호는 뚱뚱보 수리공이 화구에 들어가려고 어기적거리는 것을 밀어 버리고는 자기가 먼저 들어갔다.

화구 안에 몸을 들이밀자 벌써 이마부터 뜨거워났다. 그제야 진호는 사무실에서 작업복을 갈아입으면서 모자를 쓰지 않고 나온 것을 후회했으나 더 생각할 겨를이 없었다. 매캐한 탄먼지와 홧홧 다는 열기에 숨이 막히였다.

진호의 앞에서는 가마니를 들쓴 세 사람이 묵직한 지레대 끝으로 불판전면에 엿판대기처럼 녹아 붙은 슬라크 덩어리를 까내고 있었다. 성칠이, 정민이, 원국이들이였다. 그들 곁에서는 최현필 지배인이 지레대를 힘껏 내리찧는다. 그의 얼굴에서는 땀이 비오 듯했다.

마진호는 최현필이 쥔 지레대를 움켜잡으며 부르짖었다.

"지배인 동지!…"

"!…"

진호의 얼굴은 원망과 죄스러움, 안타까움의 복잡한 감정으로 일그러졌다.

최현필 지배인은 서느러운 눈빛으로 부기사장을 쳐다본다. 무수한 땀방울들이 주름살의 깊은 골을 타고 구슬알처럼 흘러내렸다.

"자네가 들어왔군 그래! 고맙네."

"지배인 동지! 어서 나가주십시오!"

진호의 음성은 절망적으로 울렸다.

최현필 지배인은 부기사장의 완강한 요구에 더 견딜 수 없음을 느꼈는지 말없이 지레대를 넘겨주었다. 그리고는 자기의 모자를 벗어 진호에게 씌워주며 부드럽게 말했다.

"인차 나오라구."

마진호는 땀인지 눈물인지 모를 찝찔한(다른 맛은 없이 소금맛 뿐인) 것을 삼키며 슬라크를 까냈다(굳은 것을 깨뜨려 떼어 내다). 그러다가 끝내 격한 감정을 억제 못한 그는 머리를 쳐들고서 누구에게라 없이 소리쳤다.

"자네들은 어쩌면 그럴 수 있나!… 지배인 동지가 화실 안에 들어오도록 가만둔단 말인가? 응!"

"…"

"…"

"정민 동무는 그래 아버님의 년세(연세)도 모르오?!"

"…"

정민이도 성칠 기관장도 땀을 철철 흘리면서 묵묵히 슬라크만 까낸다.

성칠의 과묵한 표정은 마치 '네가 지배인을 위해 그런 말을 할 자격이 있느냐?' 하는 채찍 같은 반문으로 진호를 후려치는 듯 했다.

진호는 얼굴이 뜨거워졌다. 자기한테 이들을 원망할 량심의 깨끗한 쪼각(조각)이 없었음을 느끼자 스스로 고개를 떨구었다. 그는 타들어오는 입술을 혀끝으로 추기고 나서 지레대를 거머 쥐었다.

쩡- 쩡-

슬라크 찌들이 불꽃을 일으키며 화실 벽에 튀여났다.

"눈을 조심하게!"

성칠 기관장은 퉁명스레 말하고서 자기 목수건을 풀어 진호의 어깨에 걸쳐주었다.

후더운 정이 진호의 온몸을 감쌌다. 그는 고개를 들었다.

성칠의 얼굴은 지난날 합숙호실에서 함께 '강냉이물 농축기' 창안으로 밤을 패던(새우던) 친근한 벗의 모습 그대로였다.

"진호, 슬라크는 우리가 까낼 테니 자넨 화실구조를 좀 봐주게. 층내 수관의 배치랑 어떤지…"

"도면을 봤네… 계산두 해보구… 확신이 생기네."

"진호! 고맙네."

"그러지 말구 날 실컷 욕하게!"

"졸장부 같으니!"

마진호는 다 타서 녹아 엉켜 붙은, 아무 짝에도 쓸모없는 슬라크가 자기 자신이기라도 한 것처럼 뿌죽한(뾰족한) 지레대 끝으로 사정없이 쪼아냈다. 그래도 가슴은 후련해지지 않는다. 어느덧 옷이 물에 적셔낸 듯 땀으로 흠뻑 젖었으나 진호는 손에서 지레대를 놓을 줄 몰랐다. 로 벽에서 풍기는 견딜 수 없는 뜨거움과 온몸에 흐르는 비지땀… 육체적 고통으로 가슴 속에 서린 크나큰 괴로움을 떨어버릴 수만 있다면 얼마나 좋으랴… 그럴 수만 있다면 진호는 열기가 서리는 이 로 안에서 쓰러질지언정 나가지는 않을 것이었다.

성칠이도 정민이도 열관리공들도 부기사장을 좀처럼 화구 밖으로 밀어낼 수 없었다.

다만 이미 초저녁에 포치(지시)해 놓은 참모회의 시간이 돼서야 진호는 몸을 휘청거리며 보이라 목욕탕으로 갔다. 찬물 덕수(작은 폭포처럼 곤추 떨어지는 물)를 오래동안 맞고 나서도 그는 가슴 속에 슬라크 찌처럼 꽉 엉켜 붙은 괴로움을 씻어낼 수 없었다.

참모회의에 모인 직장장들과 과장들은 청동으로 부어 만든 사람처럼 움찍하지 않고 있는 부기사장의 의기소침하고 울적한 표정을 보고 그의 신상에 무슨 좋지 못한 일이 생긴 모양이라고 추측들을 하였다.

방안에는 의례(으레) 있군 하는 웃음소리도 직장장들이 주고받는 화기애애한 말소리도 싱갱이(승강이)도 없다. 짙은 담배 연기만 들어차서 침중한 분위기를 더 어둡게 만들었다.

참모회의가 끝나갈 무렵,

탁상의 전화종이 길게 울렸다.

부기사장은 귀찮은 듯 팔을 뻗쳐 송수화기를 귀가에 가져다대자 곧 몸가짐을 바로 잡았다. 시당 비서에게서 오는 전화였다.

"부기사장 마진호입니다."

"지배인 동무는 어데 갔습니까?"

"저희들이 지배인 동무를 억지로 집에 들여보냈습니다.… 저열탄보이라를 개조하느라 지내(너무) 무리하는 것 같아서…"

"그럼, 부기사장 동무가 전해주시오. 지배인 동무를 래일 오전 열 시에 내 방으로 오도록 말입니다."

"알겠습니다.…"

마진호는 송수화기를 든 채 멍하니 굳어졌다.

'결정된 모양이구나!…'

진호의 침울한 눈은 그 어떤 회오의 빛을 담고 어둠이 짙은 창문을 물 끄러미 바라보았고 꾹 다물린 입귀는 경련을 일으킨 듯 실룩거렸다.

"지배인 동무는…"

부기사장의 음성은 갈렸다. 그는 벽과 긴 앞 상에 둘러앉은 직장장들과 부서장들의 집요한 의문의 눈길들을 일별하고 나서 띠엄띠엄 말을 이었다.

"우리 지배인 동무는… 인젠 사업을 그만두게 되었습니다.…"

방안은 숨소리조차 없이 조용해졌다. 담배 연기마저 얼어붙은 듯하다.

"지배인 동무는… 이미 지난달에 시당에서 담화를 했습니다.…"

"아니?!…"

"그게 정말입니까?!"

"나도 비로소 오늘 알았습니다… 지배인 동무가 그걸 왜 숨겼겠습니까?… 부기사장인 나와 여기 모인 우리들이 일을 잘못하는 걸 보고 가슴이 아팠던 겁니다."

"!…"

"!…"

"앞으로 우리 일군들이 일을 더 잘 해나갑시다. 지배인 동무가 바라던 대로… 주민들의 구매력을 충족시키게 생산을 끌어올리고… 설비관리 사업을 짜고 들구 강냉이원료 수송을 힘 있게 내밉시다. 당면하게는 온 공장이 달라붙어 저열탄보이라를 해 제낍시다. 기술과와 공무동력직장, 보이라 열관리공들로 돌격대를 뭇겠습니다. 돌격대 지휘는 나와 주성칠 기관장 동무가 하겠습니다."

"!…"

"!…"

마진호는 다른 의견이 없느냐는 듯 방안을 둘러보았다. 그의 부리부리한 눈에서는 전에는 볼 수 없었던 열정과 기백이 서리발(서릿발)처럼 뿜겨 나왔다.

직장장들과 과장들은 대담하고 통이 크고 전개력(일을 벌여나가는 힘=추진력) 있는 새 일군을 맞이한 듯싶어 흥분으로 들먹거리는 가슴을 안고 문으로 쏟아져 나왔다.

로동자들과 열관리공들은 온 공장에 불을 지핀 부기사장의 사업포치들을 놀램과 기쁨을 가지고 받아들였다.

그러나 최현필 지배인이 사업을 그만두게 되었다는 소식은 그들을 몹시 서운하게 하였다. 로동자들은 자기들이 존경하고 신뢰하던 지배인에 대한 깊은 애정을 가지고 말을 주고받았다. 공장의 어느 일군, 어느 로동자치고 지배인과의 '일화'가 없는 사람은 없었다.

지배인이 자기와 '동년배'라고 자랑하기 일쑤이고 명절이면 지배인의 집 술좌석에 빠지지 않는 공무직장의 머리 허연 쇠밥처리공 령감은 생당쑥(사철쑥) 물주리(담배를 끼워서 빠는 물건)를 강판 같은 손바닥에 탁탁 털고는 한숨을 쉬고 불평을 터놓았다.

"허 참… 우리 지배인 같은 사람한테는 세월이 나이를 먹여주지 않았으면 좋으련만… 이건 그저 누구에게나 한 가지루 공평하다니…"

쇠밥처리공 령감은 섭섭한 심정을 나누려고 분주히 지배인실에 찾아갔으나 만나지 못했다. 지배인은 시당에서 전화가 오기 전에 퇴근했던 것이다.

28

최현필 지배인의 '갱생' 승용차는 시내를 벗어나 어둠 속에 잠긴 교외 거리를 한참 달려서 '향로공업품 상점' 뒤의 뜨락에 멎었다.

"지배인 동지, 앉아계십시오. 제가 걸핏(일을 하는 김에 빨리) 올라가보겠습니다."

"그럴 바엔 애당초 동무 혼자 보냈지 내가 뭣하러 왔겠나?"

최현필은 길수의 어깨를 꾹 눌러 앉히고는 차문을 열고 내렸다.

"헛걸음하실가봐…"

"괜찮아. 4층이 높아서 못 올라가겠나. 일이 성사만 된다면 백 번두 오르내리겠네."

"!…"

길수는 코마루가 찡해나서 얼굴을 돌렸다. 뜨끈한 것이 눈시울 속에 축축히 고인다.

최현필 지배인은 길다란 아빠트의 아래층 현관들에 켠 축수 낮은 전등들을 눈으로 세어보고서 곧바로 네 번째 현관으로 걸어갔다.

'선화 어머니가 아직 안 왔을가?… 그가 내게 어떤 립장으로 나올가?…'

호수 밑바닥에 깊이 가라앉았던 흥분은 고요히 솟아오르기 시작했다. 그것은 자식의 장래 문제를 리기적으로 편협하게 결정하는 선화 어머니 같은 부모들에 대한 의분이였다. 그들이 자기와 같이 험준한 길을 걸어온 동시대 인간들이란 생각은 그의 정의감을 더욱 불타게 하였다.

어째서!… 어째서 자식들을 어려운 일터에 보내지 않으려 하고 시집 장가보내려면 사람됨을 보는 게 아니라 직위와 명예를 먼저 타산하는가?… 어째서 수십 년간을 자기의 모든 정력과 재능을 아낌없이 바쳐 살아온 사람들이 자식 문제만은 가슴에 손을 대보지 않고 처리하는가?…

수백만의 젊은 사람들은 우리가 남긴 세대인데 부모들마다 자기 아들딸들에게 그런 식의 '진리'를 안겨주면 과연 사회가 건전하게 발전할 것인가?!

아니, 그럴 수 없다. 우리는 세대의 계승성을 엄숙히 생각해야 한다. 우리 로세대는 자식들의 모든 희망, 행복, 미래가 한 피줄기로 굳건히 이어지도록 해야 한다!

희붐한 전등불이 비치는 낯익은 4층 현관이다.

최현필 지배인은 우뚝 걸음을 멈추었다. 귀를 기울인다.

현관 모퉁이의 어둑컴컴한 그늘 속에 서 있는 두 사람, 흥분한 목소리.

"선화 동무, 난 동무 어머니한테 '허락' 해달라고 구걸하지는 않겠소."

귀에 익은 청년의 말소리다.

'승열이 녀석이로구나!'

"그런데 왜 왔어요?"

날카롭고도 애정을 감추지 못해 떨리는 처녀의 말소리.

"동무를… 동무를 사랑하기 때문이요."

"!…"

"그렇지만… 다시 오지는 않겠소."

"왜요?"

"시대에 뒤떨어진 어머니 하나 교양 못하는 동무에 대해 생각이 많단 말이요."

"사랑이… 쉽게 성취될 줄 알았어요?… 우리 어머닌 고집스러워요. 그렇지만… 내가 못하믄 동무가… 우리 어머니를 깨우쳐주면 안 돼요?… 그게 어떻게 구걸이 되겠어요. 사랑을 위한 투쟁이 아니겠어요."

"!…"

긴장과 격동의 침묵이 흐른다.

'옳은 말이다. 승열이 이 녀석아, 선화가 너보담 낫다. 쓸데없는 자존심을 부리지 말아. 강냉이 대장총을 비껴 들구 4층으루 돌격해 올라가거라! 선화 어머니의 낡은 사상을 점령해야지! 그런 어머니 때문에 맘 있는 처녀를 후려내지 못해가지구야 무슨 열관리공 청년인가.'

"승열 동무, 어서 올라가자요."

처녀의 상냥한 말소리는 진정과 애원에 넘쳤다.

"제길- 그럼 가기요. 못갈 건 없지! 어머니 또 왔습니다 하구 접이칼처럼 인사를 올리구선 진지하게 담화를 해야지."

"호호…"

처녀는 참지 못하고 손으로 입술을 가리며 웃는다.

'엉큼한 녀석이거던. 자존심은 상하기 싫구 맘은 있구 하니까 능장을 부렸지.'

층계를 올라가는 승열이와 처녀의 발자국 소리는 점점 멀어진다.

최현필은 그들 두 청춘의 발자국 소리가 아주 사라진 다음에야 주머니에서 담배를 꺼내 물었다. 단번에 성냥을 그어 담배불을 붙이고는 장난군처럼 휙 집어던졌다. 조그만 불꼬리를 단 성냥 가치는 어둠 속으로 빨간 포물선을 그리며 즐거이 날아갔다. 그는 담배 연기를 폐장 속 깊이 들여마셨다. 담배맛이 이처럼 구수하고 달게 느껴지기는 처음인 것 같았다.

길수가 아무래도 근심이 됐는지 조용히 다가와서 물었다.

"지배인 동지… 왜 올라가시지 않습니까?"

"음… 필요 없게 됐어."

"또 쇠를 잠갔습니까?"

"자물쇠를 열 거야. 아무렴 젊은이 둘이서 낡은 자물쇠를 하나 열지 못할가? 열 거야. 열구선 리기주의 대문과 울타리를 짓부셔버릴 거야."

길수는 최현필 지배인이 혼자 중얼거리듯 하는 말뜻을 리해하지 못해 4층을 올려다본다.

최현필은 길수의 어깨를 툭 쳤다.

"가세. 다시 여기 오지 않아두 되겠어."

"?!"

밤거리는 퇴근길에 오른 사람들로 분주하였다. 하루의 로동과 생활에서 있은 온갖 일들로 이야기꽃을 피운다.

그 활기찬 흐름 속에 두간두간 섞인 곡산 공장 사람들은 그리 즐거운 기분이 못되였다. 아이들이 공장 유치원에 다니는 부모들만은 래일 자기 아들딸들이 들놀이를 간다고 기뻐했다. 그들도 얼마 안 가서는 최현필 지배인에 대한 이야기를 화제에 올렸고 새 지배인이 어떤 사람이 올가 하고 추측들을 하였다.

줄나무들이 있는 쪽으로 걷는 한 덩어리의 사람들은 아무런 말도 없이 묵묵히 걷기만 한다. 성칠 기관장, 정민 기사, 원국이, 뚱뚱보 수리공, 열관리공들이였다. 그들은 쓸쓸한 회오에 잠겨있었다. 지배인이 그렇게도 소원했고 애쓰던 저열탄보이라를 완성하였더라면 얼마나 좋으랴!… 그랬더라면 열관리공들의 마음이 이리도 아프지는 않을 것이다.

"상심하지들 말라구… 우리가 어떻게든 노력해서 저열탄보이라에 불을 지피게 될 때 지배인 아바이도 나와서 보게 하면 되지 않나."

성칠 기관장의 부드러운 말도 열관리공들에게는 자책의 변명으로밖에는 들리지 않는다.

합숙으로 가는 길도, 집으로 가는 길도 저마끔 달랐지만 그들은 약속이나 한 듯 성빈의 십으로 가는 소로길에까지 함께 왔다.

"정민이…"

성칠 기관장은 축 늘어진 정민 기사의 어깨를 가벼이 부여잡으며 위안했다.

"너무 섭섭해하지 말라구. 지배인 동지도 인제는 집에서 편히 쉬는 게 옳지 않은가."

"난 아버지 일 때문에 그러는 게 아니요. 보이라 기사인 내가…"

"자네가 얼마나 큰일을 했나. 병원에서까지 그렇게 노력을 했으니 저 열탄보이라 성공은 불 보듯 하게 되지 않았나. 그러니 아버지 앞에 죄스러울 건 없지."

"!…"

어둠 속에서 잠자코들 서 있었다.

이윽고 열관리공들과 헤여진 정민은 집으로 들어갔다. 그는 어머니가 다심스레(이모저모로 마음을 깊이 헤아려) 차려준 저녁을 건성 먹는 둥했다.

아버지가 계시는 웃방은 조용했다.

"쉬나요?"

정민은 어머니에게 물었다.

"책을 보신다."

윤씨는 례사로이 대답하고 나서 어덴지 초조하고 지친 듯한 아들의 얼굴을 불안스레 쳐다보았다.

정민은 어머니의 묻는 듯한 시선을 피하여 자리에서 일어섰다. 그는 웃방문을 조용히 열었다.

"아버지, 좀 들어가도 돼요?"

"들어오려무나…" 평온에 젖은 부드럽고 궁글은 음성.

돋보기 안경을 걸친 최현필은 탁상등 아래에 '인민의 지도자'를 펼쳐 놓은 채 글줄을 파기에 여념이 없다.

정민은 소리 없이 다가가 책상 웃 켠에 놓인 의자에 앉았다. 그리고 청동으로 부어낸 듯 눈길 한번 들지 않는 아버지의 모습을 처음으로 찬찬히 뜯어보았다.

아직 총이 세고 숱이 많은 머리, 세월의 표적인 듯 이마에 굳건히 자리잡은 주름살들, 윤택이 가셔진 얼굴에 핀 주름살들…

'아버지는 늙으셨구나…'

정민은 새삼스레 깨달았다.

아버지의 손길에서 자라온, 아득이(아득히) 멀어져 간 추억의 토막들이 불쑥불쑥 솟아올랐다.…

아들이 잠잠한 것을 알자 최현필 지배인은 안경 너머로 바라보았다.

"무슨 일이라도 생겼는가?"

"아니… 없어요."

"헌데 왜 그리 신중해졌니?"

"…"

"보이라는 어찌 됐느냐?"

"부기사장 동문 불판바람주둥이하구 층내수관의 구부림 면적을 달리해보자는데… 저도 긍정이 가요."

"그럼 래일 또 해보자꾸나."

"…"

"너 얼굴빛이 좋잖구나. 어디 아프냐?"

"아니예요.… 불판구조를 생각해보느라구…"

"…"

"난 그저… 아버지한테 방해되지 않으믄 여기 좀 앉아 있구퍼요."

"그러려무나."

최현필은 다시 눈시울을 떨구고 펼쳐놓은 책의 글줄을 더듬는다.

정민은 조용히 앉아서 유년 시절부터 기억의 갈피에 새겨진 아버지의 모습을 그려보았다. 외아들인 그에게 있어 최현필은 너그럽고 다심하고 살뜰한 아버지였다. 그러나 또한 엄격하고 사업의 원칙과 인정을 뒤섞지 않는 지배인이였다. 병원 침대에 누워있을 때도 퇴원한 날에도 상처의 걱정보다 기사의 본분을 잊지 말라고 준절히 가르친 지배인, 아버지의 엄격성 속에서 아들이 먼 생의 길을 곧바로 가도록 간절히 바라는 그 애끓는 마음이 깃들어 있는 것이다! 정민은 사업의 마감 날까지 아버지의 가슴 속에서 불타는 그 열망을 뜨겁게 받아 안았다. 그는 자식이 아버지를 위한다는 것이 무엇을 의미하는가를 깊이 깨달은 것이다.

최현필 지배인은 머리를 들고 안경을 벗었다. 갑자기 앞이 잘 안 보이는지 눈을 꿈쩍이고 비비였다. 그리고는 어덴지 나이가 더 들어 보이는 아들의 진지한 얼굴 표정에서 무엇인가 읽으려고 하였다.

"너 내게 분명 할 말이 있는 게구나…"

“아버지…”

“말하려무나.”

“…”

“음 너 그 일 때문인 거구나… 나두 네 어미두 진옥인 찬성이다. 허지만 그건 너희들의 문제니 너희들 자신이…”

“아버지, 그런 게 아니라…”

경민은 얼굴을 붉히며 말을 이었다.

“시당 비서 동지가… 래일 열 시에 오랍니다.”

“전화가 왔댔니?”

“예…”

침묵이 깃들었다.

아래방의 벽시계 추소리마저 들리는 듯싶다.

‘새 지배인이 온단 말이지… 공장에 아직 빈 구석이 많은데… 그렇지만, 인젠 내가 없어도 저열탄보이라는 해낼 거야.’

최현필은 자기의 마음을 굳건히 하고 싶어선지 두 손을 꽉 마주잡았다. 뿌드득, 손마디 꺾이는 소리.

‘그래도 혹시?…’

불안의 착잡한 감정이 스며들자 장미(긴 눈썹) 수북한 눈섭 위의 굵은 주름살들이 경련을 일으킨 듯 꿈틀한다.

정민은 볼이 홀쭉 꺼지고 입술에 까풀이 돋은 아버지의 수척한 얼굴에서 눈길을 피하였다.

조용히 문을 열고 아래방에 내려왔다. 그리고 이미 잠든 어머니를 위해 불을 껐다.

벽을 사이에 둔 채 아버지와 아들은 잠들지 못했다.

옷방 사이문 짬으로 불빛과 담배 연기가 새여 나온다. 그 가느다란 불빛과 담배 연기는 온밤… 창문이 푸름푸름할 무렵에도 여전히 흘렀다.

정민은 아침에 말해도 될 일을 미리 말해서 아버지가 쉬지 못한다는 것을 뒤늦게야 가슴 아피 깨닫는다. 그러나 잠은 어쩔 수 없이 밀려든다.

29

해빛은 마당가의 나무잎사귀들 속으로 스며들어서는 밤새 잎사귀의 홈에 보금자리를 튼 이슬방울을 찾아낸다. 바람은 조그만 물방울이 순식간에 광채 령롱(영롱)한 보석으로 변하는 것이 시샘나듯 그늘을 지우려고 설렁댄다. 이슬이 비방울처럼 후둑후둑 마당에 떨어진다.

'날씨가 어떨지?…'

최현필 지배인은 잠을 못 자 부석부석한 얼굴을 뒤로 젖히고 하늘을 올려다본다.

초원의 양 떼 무리와도 같은 구름이 푸른 하늘의 반폭을 가리우고서 방금 떠오른 태양 쪽으로 넓혀간다.

"비가 오지 않을가?…"

최현필 지배인은 앞치마에 손을 닦으며 마당으로 나온 윤씨에게 묻는다.

"원 참 걱정두, 비 오면 우산이 있지 않우."

"아니. 비 오믄야 랑패(낭패)지…"

최현필은 혼자말처럼 중얼거린다. 해빛에 눈이 부신 듯 손바닥을 오그려 채양처럼 이마에 붙이고 하늘을 두루 살펴보며 또 걱정스레 말한다.

"비가 오면 어떡한다?…"

"우산이 있다는데… 령감이 오늘은 왜 이리 다심스러워졌수?…"

"늙은이 하구 잔소리는 그림자와 같은 거라니… 허허."

"그래 갑자기 늙어버렸수?"

"나이를 몰라서?…"

최현필 지배인은 윤씨에게 넌지시 미소를 지어보였다. 어쩐지 그 미소는 최현필의 얼굴에서 더 피지 못하고 서글픈 기색으로 바뀌여서 윤씨를 놀라게 했다. 최현필은 안해의 무언가 의문스러워하는 표정을 보자 황황히 눈길을 떨구었다.

소로길 쪽에서 귀 익은 '갱생' 승용차의 경적소리만 울리지 않았던들 최현필은 일생을 함께 다정히 살아온 늙은 안해 앞에서 난감한 순간을 모면할 방책이 없었을 것이였다.

최현필은 운전사에게 손을 내저었다.

"길수- 그냥 가라구! 난 좀 걸어가겠소. 사람들두 만나구…"

아침을 치르고 나자 최현필 지배인은 언제나와 같이 잔걱정이 짙은 윤씨의 말없는 배웅을 받으며 공장으로 향했다.

출근길, 공장으로의 길!… 그 길은 최현필 지배인에게 있어 사업의 기쁨과 창조의 희열이 넘치는 생의 보금자리로 가는 길이었다.

최현필은 마지막 출근길을 더 오래 누리고 싶기라도 한 듯 가로수 우거진 행길을 천천히 걸었다.

뒤에서 오던 공장 로동자들은 지배인을 따라 앞서지 못하고 멀찌감치 떨어져서 지배인의 느린 걸음에 보조를 맞춘다.

줄나무길(가로수길) 저 쪽에서 미색의 원피스를 산뜻하게 차려입은 진옥이가 야영모를 삐딱하니 쓰고 곤충망을 든 은철이를 데리고 걸어왔다. 그 뒤로는 마진호 부기사장과 춘실이가 다정이 말을 주고받으며 다가온다.

최현필 지배인은 걸음을 멈추었다. 진옥이가 깍듯이 하는 인사를 받은 그는 한걸음 다가서 은철의 코를 슬쩍 퉁기였다. 그리고는 하늘을 올려다보며 진옥에게 묻는다.

"날씨가 맞춤할가?…"

"일기예보는 낮부터 맑게 개인다구 했습니다."

"개인단 말이지!… 구름 한 점 없이!… 그런 걸 날 괜히… 됐구나! 이 녀석! 들놀이 가서 너무 놀아대구 밤에 자다가 담요를 적셔선 안 돼!… 허허."

후대에 대한 아낌없는 사랑이 늙은 지배인의 얼굴에 피여났다.

"은철아, 너 순애가 오는 걸 못 봤니?"

최현필은 은근히 걱정스러워 물었다.

소년은 머리를 가로 흔들더니 생각난 듯 대답한다.

"그 앤 들놀이에 오겠다고 했어요. 울 엄마가 해준 옷을 입구."

마진호와 춘실이는 얼굴이 붉어져 아들을 민망스레 내려다본다.

그러나 지배인은 은철의 토실한 볼을 대견스레 다독이며 껄껄 웃었다.

"네가 말 잘했다. 오, 저기 우리 순애가 아버지하구 오는구나."

최현필 지배인은 사람들의 어깨 너머로 먼저 그들을 알아보고 반가이 소리쳤다.

수수한 닫긴 양복 차림새를 한 주성칠 기관장은 온몸에 진달래꽃이 핀 듯 고운 원피스를 입은 순애의 손목을 쥐고 걸어온다. 순애의 원피스 앞가슴과 반소매와 목깃에 레스(레이스)를 두르고 치마폭은 나비처럼 활짝 퍼져서 무용복 같이 화려했다.

공장 사람들은 놀랍고도 황홀한 눈길로 등불처럼 거리를 환하게 만드는 기관장의 어린 딸을 바라본다.

주성칠은 은근히 기쁨을 감추지 못해 괜스레 딸애의 봉긋한 어깨를 투박한 손으로 어루만졌다.

최현필 지배인은 강변 오솔길에 들어섰다. 시당으로 가는 길이였다.

아들과도 같은 공장은 허리 굽은 소나무들을 품고 누워 있는 등성이 너머로 멀어지더니 아주 보이지 않는다.

강변 오솔길은 한적했다.

바람은 자고 해는 따뜻이 굽어본다. 부군부군한 잔디풀이 발목을 감싸고 키 큰 잡풀들은 바지가랭이 기슭을 휘여 잡으려고 애쓴다. 자갈 모래불에는 큼직한 바위돌이 장난에 정신 팔린 아이들마냥 널려 있다. 그 사이로는 나무 밑굽에조차 주름살이 가지 않은 황철나무들이 진록색 옷을 떨쳐입은 신랑, 신부들처럼 의젓이 수줍게 서 있다. 송아지들과 염소새끼들이 나무들 사이를 승기(지지 않고 이기려고 기를 쓰는 마음)가 나서 뛰여 다닌다. 서로 코를 마주대보고 말큰말큰한 뿔 머리를 붙여보고 하다가는 괜히 놀라서 엄지(짐승의 어미=어이)의 보호를 받으러 달려간다.

숨을 들이쉴 때마다 구수한 강 비린내, 싱그러운 풀 냄새, 나무잎사귀 냄새, 들꽃의 향기에 취할 듯싶다.

고목이 된 낯익은 산버들이 보인다. 금시(금세) 넘어질 듯 몸을 기웃한 채 서 있는 늙은 산버들 옆으로는 싱싱한 아지를 탄력 있게 드리운 어린 산버들들이 늘어섰다. 강녘을 따라 푸른 울타리를 둘러친 듯한 산버들은 전보다 아지가 굵어진 듯싶고 무성해졌다.

가벼운 바람결에 산버들이 설레인다. 실아지들이 속삭이며 최현필의 얼굴과 목을 살뜰히 어루만진다.

30

한낮이 될 무렵.

시당위원회 청사 앞의 화강석 충계로 한 사람이 늙은이답지 않게 가슴을 쭉 펴고 천천히 내려온다.

몇 계단 내리다가는 멈춰 서서 머리를 젖히고 해빛이 쏟아지는 아득이 푸른 하늘 저 멀리를 숭엄한 감정에 젖어 바라본다. 그의 주름 덮인 얼굴은 혈기가 어려 청동빛으로 번들거리고 쪼프린 눈시울 속에서 갈색의 눈동자가 젊은이처럼 생기를 띠고 번쩍인다.

정원 쪽 아름드리 느티나무 밑에서 기다리던 '갱생' 승용차의 문이 활짝 열리며 운전사가 화강석 충계 밑으로 달려왔다.

"지배인 동지!… 어떻게 됐습니까?…"

길수의 얼굴엔 호기심과 초조감, 주저와 두려움과 기대의 복잡한 표정이 어린다.

지배인은 가슴 속에 굽이치는 감격, 흥분을 터칠 사람을 보자 화강석 충계를 겅둥겅둥 뛰여 내려온다. 그리고 자기의 오랜 운전사의 어깨를 힘차게 끌어안았다.

"길수!… 나한테… 글쎄… 시당에서…"

그는 끝내 말을 잇지 못한다.

바위 같은 두 가슴들이 억세게 비벼댄다.

지배인의 심장 속에서 한순간에 삭일 수 없는 크낙하고 불 뭉치 같은 것이 튀여나와 운전사의 가슴을 그 어떤 짜릿한 기쁨으로 들먹이게 하였다.

"길수! 난 빨리 공장에 가고 싶어!"

최현필은 성급히 웨치듯 말하고서 차문을 열었다.

그러나 운전사는 차에 오를 생각을 않고 지배인의 눈치를 살피며 서성거렸다. 그는 최현필 지배인의 운명이 실지 어떻게 결정되였는지 궁금한 것이다.

그러나 솟구치는 감격과 흥분으로 하여 앞뒤를 가리지 못하게 된 최현필은 자기가 운전사를 부둥켜 안았댔을 뿐 더 말한 것이 없다는 것을 느끼지 못하고 좌석에 들어앉기 바쁘게 소리쳤다.

"길수! 왜 그러구 섰나?"

그제야 길수는 무춤(놀라서 하던 짓을 갑자기 멈춤) 깨닫고서 날파람있게 (바람이 일 정도로 날쌔게) 운전 칸에 들어앉았다. 그는 지배인의 얼굴이 혈기 넘치고 자기와 영영 작별하려 들지 않는 것만으로도 지배인의 생애에서 어떤 커다란 변화가 생겼다는 것을 짐작한 것이다.

'갱생'은 물차가 지나가서 번들거리는 큰길로 질주해 갔다.

"기운껏 밟으라구!"

최현필은 성차지 않아서 한마디 던지고는 좌석 등받이에 몸을 쭉 폈다. 눈을 슴벅거렸다. 아직도 무언가 자신이 꿈 속에서 헤매는 듯싶은 생각이 든 것이다. 그러나 차창으로는 현실의 푸른 가로수와 사람들이 흘러 지나갔다. 꿈은 아니였다.

최현필의 귀가에는 시당위원회 비서의 말이 쟁쟁히 울려왔다. 그의 두 손을 뜨겁게 잡아주며 말하던 그 잊지 못할 순간이!

"지배인 동무… 해임 담화 후의 사업정형(사업을 진행하는 모양새와 태도)을 공장 당 비서 동무한테서 듣고 우린 생각이 깊었습니다. 나이도 많고 건강도 나쁘기에 집에서 공로보장을 받으며 편히 쉬라고 한 조치인데… 지배인 동무의 마음이 그렇게 뜨겁고… 많은 일을 할 줄은 몰랐습니다."

시당 비서는 자책과 흥분 속에서 이 사십오 년도 당원(해방되던 해인 1945년에 입당한 당원)을 미더운 눈길로 바라보았다. 그는 수많은 우리의 로당원들이 이 지배인처럼 시대 앞에 지닌 숭고한 자각에서 흘러나오는 충성심을 안고 살기에 조국의 오늘과 미래가 굳건히 담보된다고 생각했다.

"지배인 동무… 공장에 남아서 사업을 계속하는 게 어떻습니까?"

"?…"

시당 비서는 방안을 조용히 거닐다가 의아쩍어 하는 최현필의 앞에 멈춰서더니 나직하나 격정 어린 음성으로 말했다.

"지배인 동무, 육십 대의 사람들이 해방 후 삼십 년이 넘는 오랜 기간에 걸쳐 많은 일을 한 당에 아주 충실한 동무들이지요. 인제는 나이가 많지만 당과 함께 걸어온 로세대인데 지난날처럼 전진하는 시대의 앞장에서 끝까지 잘 도와주리라고 간곡히 말씀하셨습니다."

"!"

"시당집행위원회는 최 동무가 그 공장에서 명예지배인으로 일하도록 결정하였습니다."

최현필의 눈시울 속에서 맑은 이슬방울이 삵눈섭을 헤치고 솟아올라 볼의 주름골을 타고 뚤렁(큰 물방울 따위가 떨어지는 소리. 또는 그 모양) 떨어졌다. 한 방울, 또 한 방울… 눈물을 무릎을 적신다.

차는 벌써 강변길에 들어섰다.

"길수, 공장이 안 보이나?"

최현필은 십 년이나마 정든 공장을 떠났던 사람처럼 안절부절못하며 차창을 내다본다. 그러더니 갑자기 운전사의 어깨를 잡아 흔들어 차를 멈춰 세웠다.

"우리 비서 동무가 저기 있네!"

강변 오솔길에서 송훈 비서가 빠른 걸음으로 다가오고 있었다.

최현필은 서둘러 '갱생'에서 내리자 풀숲을 꿰질러갔다.

두 사람은 몇 걸음을 사이에 두고 우뚝 섰다. 폭발 직전의 신관(폭탄이나 지뢰의 작약을 점화하여 폭발시키는 기폭장치)처럼 한껏 압축된 흥분, 감격이 터지려는 순간이다.

"지배인 동무, 소식을 들었습니다! 난 너무 기뻐서 이렇게…"

"마중을 나왔구려!"

두 사람은 서로 힘껏 끌어안았다. 두 몸은 불이라도 달릴 듯 뜨거웠다.

"비서 동무, 난 행복에 겨워 울었습니다. 글쎄… 별로 한 일도 없는 내게 그런 영광이 차례지다니!… 어떻게 보답했으면 좋을지 걱정스럽기만 합니다."

"지배인 동무, 이제 저열탄보이라를 성공하구 생산을 높은 수준에서 정상화하면 보고를 올립시다!"

"그래야지요!"

"참, 우리에게 일이 얼마나 많습니까. 열정을 바쳐 일해 나갑시다. 공장 사람들이 변함없이 억세게 가도록 이끌어 줍시다."

"그렇게 살겠습니다. 그건 로세대와 후대 간의 인생법칙과도 같이 어길 수 없는 일이지요."

두 사람은 허리를 굳게 껴안고 강변길로 걸어갔다.

강기슭 저쪽 언덕 너머로 흰 연기 솟아나는 보이라의 붉은 굴뚝이 보이고 둥근 강냉이 저장탑들의 웃머리가 그들을 향해 반긴다.

쏴- 쏴- 아-

여울물은 거품을 튕겨 올리며 줄기차게 흐른다. 머나먼 산골짜기에서 시작된 간고하고도 환희로운 생의 영원한 노래를 부른다. 60년 후! 누구나 맞이하게 되는 인생말년의 아름다운 노래를!

강변에는 어린 버드나무들이 서 있다. 등이 굽고 껍질이 꺼멓게 터갈라진 늙은 버드나무한테서 말큰한 잎새와 단단한 줄기, 탄력 있는 가지를 물려받은 어린 버드나무들이다. 그것들은 푸르고 싱싱한 모습으로 태양을 향해 서 있다.

작가 백남룡의 의리와 그의 벗들

방현석(소설가)

『60년 후』의 작가 백남룡을 만난 것은 2005년이었다. 어느새 13년의 세월이 흘렀다.

그해 여름 나는 남북작가대회 남측 실무대표로 평양을 방문했다. 분단 이후 처음 열리는 남북 작가대회의 실무 준비를 위해 북경에서 고려항공을 타고 순안공항으로 가던 그때의 기억이 새삼스럽다.

대회의 세부일정과 발표자, 발언내용을 북측과 미리 조율하는 것이 실무대표의 임무였다. 그러나 무엇 하나도 쉽게 이견을 좁힐 수 없었고, 결국 작가대회 본진이 직항 편으로 평양에 도착할 때까지 대회진행에 대해 북측과 아무것도 합의하지 못했다. 하지만 조금도 걱정하지 않았다. 그러라고 보낸 실무대표가 나였기 때문이다. 좁히기 어려운 이견이 존재한다는 걸 충분히 예견하고 있던 작가회의의 선배들이 나를 선발대로 보낸 것은 본진이 올 때까지 그저 맷집 하나로 잘 버티라는 의미였다.

하지만 아무것도 합의하지 못한 상태에서도 내가 한껏 여유를 부릴 수 있었던 더 중요한 이유는 따로 있었다. 우리가 가장 확인하고 싶었던 것은 북측 참가 작가들의 명단이었다. 내가 평양에서 가장 먼저 요구했던 것도 그것이었다. 우리는 벌써 남측 작가들의 명단을 넘겨줬는데도 북측은 이런저런 이유로 명단 내놓지 않았다. 여러 차례 입씨름 끝에 나는 지나가는 말처럼 툭 던졌다.

"백남룡 선생은 나오는 거예요?"

"『벗』이 아이 나오면 되겠습네까."

『60년 후』에 이어 백남룡이 발표한 『벗』은 북한의 최대 베스트셀러였다.

"남대현 선생은요?"

"『청춘송가』도 일 없습네다."

백남룡과 남대현의 참석을 확인하는 것으로 나는 충분했다. 고려호텔에 설치된 서울 직통전화를 그날 처음 사용했다.

"대회가 잘 될 것 같아요."

작가대회에서 중요한 것은 작가였다. 문학적 실체가 있는 북측 작가의 참여를 확인할 수 있는 바로미터가 그들 두 사람이었다. 북에도 훌륭한 작가들이 많겠지만 당시에 우리가 문학적 실체를 확인할 수 있는 작가들은 많지 않았다.

그렇게 나는 무능의 능력을 다했고, 결국 남북작가대회는 첫 행사부터 몇 시간을 지체하며 양측의 발언 수위와 발표문의 어휘를 하나하나 조율해야 했다. 남측 작가들이 대회장에 들어섰을 때, 세 시간 넘게 대회장에 앉아 기다린 북측 작가들의 서늘한 눈빛을 나는 지금도 기억한다.

그러나 긴장감이 팽팽했던 대회장의 분위기는 공식행사가 끝나고 만찬이 시작되면서 돌변했다. 술잔과 함께 농담이 오가면서 만찬장은 서울에서 벌어지는 여느 문학행사의 뒤풀이와 조금도 다를 것이 없어졌다. 평양과 백두산, 묘향산으로 이동하면서 5박 6일간 진행된 남북작가대회에서 단연 주목을 받은 북측 작가는 백남룡이었고, 그러한 관심이 그의 소설에서 비롯되었다는 것은 두 말할 나위도 없었다.

남에서 살아온 내가 그를 만나기 전에 『60년 후』를 읽으며 얻은 큰 즐거움과 소득은 세 가지였다.

첫째는 백남룡이 구사하는 다채롭고 아름다운 모국어의 비경이다. 북에서만 쓰는 단어나 남에서는 사전 속에서만 만날 수 있는 단어들을 그는 마술처럼 복원시켜내고 있다. 깨찌벌레(개똥벌레), 가시어머니(장모), 낯가림(체면치레), 엄지(짐승의 어미)... 백남룡의 소설은 부군부군하고(보드랍고) 말큰말큰한(연하고 말랑한) 어휘들이 어울려 곳곳에서 문장의 향연을 이룬다.

> 파르스름한 보석 같은 깨찌벌레(개똥벌레)가 떠다니는 여름날 밤, 마을 아이들과 숨박곡질을 하던 그 밤들에도 별들은 저렇게 반짝거렸다.(23장)

둘째는 소설 어느 페이지를 펼쳐도 확인할 수 있는 생생한 북녘 사람들의 일상이다. 남쪽 사람들의 생각과 더러 다르지만 대부분은 너무나 흡사한 문제로 고민하며 살아가는 북쪽 사람들의 모습이 우리의 고개를 끄덕이게 하고 미소 짓게 만든다.

'어째서 자식들을 어려운 일터에 보내지 않으려 하고 시집 장가보내려면 사람됨을 보는 게 아니라 직위와 명예를 먼저 타산하는가?'

셋째는 각박해진 남쪽과 달리 아직도 순박하고 선량한 북쪽 서민들의 마음 씀씀이가 던져주는 따뜻한 위로다. 유치원 아이들에게 물놀이장을 만들어주기 위한 무상 노역에 기꺼이 나서는 사람들, 너무 많이 와서 학부모가 아닌 사람은 돌아가라고 해도 앞으로 자기 아이들이 다니게 될 것이라며 물러서지 않는 총각들의 농담으로 일요일의 유치원은 시끌벅적하다. 유치원 아이 둘이 들고 온 앵두 바구니가 마당을 한 바퀴 다 돌아도 앵두가 줄어들지 않는 풍경을 이제 다른 어디에서 볼 수 있을 것인가.

최현필 지배인은 그리고 나서 바구니를 다음 사람에게 밀었다. 사람들의 손이 새를 잡는 듯이 조심스럽게 바구니 안에 들어갔다. 저마다 이 세상에서 가장 진귀한 것을 처음 먹어본다는 듯 아이들에게 찬사를 아끼지 않았다.

바구니는 그렇게 온 유치원 마당 안을 돌아 지배인 곁에 다시 왔다. 바구니 안에는 앵두가 여전히 수북이 쌓여 있었다.

은철이와 순애는 안타까움에 그만 눈물이 글썽해졌다.

최현필은 아이들의 머리를 다정히 쓰다듬어주고는 타이르듯 말했다.

"어찌겠니 얘들아, 모두 먹고도 이렇게 남은 걸… 나쁘 생각지 말아라. 아버지와 어머니들은 너희들을 위해 사는 거란다."

이 풍경을 촌스럽다고 말하는 사람은 세련된 사람이 되는 것일까. 그렇지 않을 것이다. 길가에 핀 꽃들의 소박한 아름다움에 경탄할 줄 아는 사람을 촌스럽다고 여기는 사람들이 세련된 인간이 되는 것은 아니다.

『60년 후』에 이어 백남룡이 발표한 『벗』은 프랑스어로 번역되어 파리에서 가장 인기 있는 '코리아' 소설이 되었다.

서구의 어떤 작가도 보여주지 못한 북한 작가 백남룡 소설의 개성과 서사적 힘은 어디에서 발생한 것일까. 그가 다루는 사람과 사회에 대한 다른 태도를 빼놓고 이 질문에 대답하는 것은 불가능하다.

나는 북에 머무르는 동안 백남룡을 지켜보며 작품집에 실린 그의 이력 한 줄을 자주 떠올렸다. '고등학교를 졸업하고 공장 노동자 생활을 하였다.' 이 이력이 나에게는 예사로울 수 없었다. 늘 말을 아끼며 조용히 상대의 얘기를 경청하는 그의 시선에는 육체노동으로 시간을 견뎌본 사람의 여유와 깊이가 있었다.

백남룡은 고등학교를 졸업하던 열여덟 살에 장자강기계공장에 들어갔다. 그는 10년간 생산직 노동자로 일한 다음 북한의 최고 엘리트를 양성하는 김일성종합대学에 진학했다. 공장과 대학을 거쳐 서른 살에 단편 「복무자들」을 《조선문학》에 발표하며 등단한 그는 소설을, 아니 인간을 어디에서 배웠을까. 그가 소설을 배운 곳은 김일성종합대学일지 모른다. 그러나 그가 인간을 배운 곳은 분명 장자강기계공장이었을 것이다. 그것은 그의 소설적 육체가 김일성종합대学도 4.15창작단도 아닌 공장에서 만들어졌다는 것을 뜻한다.

『60년 후』에 대해 북한 독자들이 열광적으로 반응한 것은 백남룡이 북한문学의 문제점으로 꼽히는 상투성과 용감하게 결별했기 때문이다. 백남룡의 미학적 투쟁은 캐릭터와 상황설정, 두 가지 측면에서 명백하고 단호했다. 어떻게 그것이 가능했을까.

그의 소설적 육체가 만들어졌던 공장에서의 10년 안에 그 답이 있다는 것이 그가 창조한 소설의 캐릭터들이 분명하게 입증한다.

『60년 후』을 읽으며 무엇보다 놀란 것은 등장인물들 중에 상투적인 인물이 단 한 명도 없다는 점이다. 해임 통보를 받은 공장 지배인 '최현필의 처진 어깨'에서 시작된 소설이 힘 빠진 말년의 지배인을 가볍게 여기는 부기사장 '마진호의 싸가지'를 거쳐 장가를 가기 위해 부서를 바꿔 달라는 보일러공 '승열의 고민'에 이르면 북한소설에 대한 우리의 선입관은 완전히 무너지고 만다.

마음의 준비를 갖추고 있던 일이였건만 정작 당하고 보니 갑자기 보람차던 생각이 끝나버린 듯 서글퍼졌다. 사람이 공기 속에서 살듯이 공장에 관한 크고 작은 일들의 련쇄(연쇄) 속에서 살던 그의 머리는 텅 비고 외롭고 쓸쓸한 감정이 가슴을 채웠다. 인제는 공장과 수백 명 로동자들 대신 늙은 안해(아내)와 아들만을 거느린 단출하고 적적한 생활이 앞에 있는 것이다. 최현필은 자기도 채양 넓은 밀짚모자를 쓰고 강녘에 쭈그리고 앉아 낚시대(낚싯대)를 드리우고서 한가로이 여생을 보내야 한다고 생각하니 가슴이 미여지는 듯했다.

한 공장의 책임자로서 오로지 일만 알고 살다가 갑자기 면직 통보를 받은 최현필의 내면에 대해 백남룡은 어떤 미화도 하지 않는다. 최현필을 둘러싼 사람들로 그의 처지를 적당히 감싸주거나 대충 퇴로를 열어주지도 않는다. 최현필이 아들처럼 아끼고 이끌어준 공장의 2인자인 부기사장 마진호는 그의 뜻을 거역한다. 심지어는 미안한 표정조차 없이 자기 외아들의 사랑까지 가로막는 마진호를 보며 최현필은 발등을 찍힌 심정이다.

백남룡은 어떤 선택의 여지도 없는 막다른 길목에 최현필을 세워두고 그가 어떤 사람인지를 이야기하기 시작한다. 그의 아내가 '잔등에 얼음을 지고 다니는 사람'이라고 원망하는 냉정한 그 사람이 실은 얼마나 여리고 따뜻한지 백남룡은 섬세한 필치로 추적해나간다.

백남룡이 관념이 아닌 육체로 살아낼 수밖에 없었던 공장에서 만난 사람 어느 누구도 상투적 인간이 될 수는 없었을 것이다. 육체생활만큼 삶을 투명하게 수용하고, 인간을 정직하게 표현하는 것은 없다. 늘 힘들고 자주 쓰라리고 가끔 따뜻했을 공장에서 모든 사람들은 각자 자기 몫의 상처와 희망을 감당하고 표현했을 것이며 백남룡도 그랬을 것이다. 그래서 그의 소설에서 육체로 살아가는 사람들은 때로 미운 짓을 하지만 결코 끝내 용서하지 못할 괴물이 되지는 않는다.

백남룡의 소설을 얘기하면서 덧붙이지 않을 수 없는 또 하나의 빼어난 점은 개성적인 캐릭터가 상황을 돌파하면서 서사적 반전을 이끌어내는 솜씨다.

"정민아, 병원에서 나온 너를 보고 이렇게 말을 해서 안 됐다만 나는 너의 지배인으로서 참을 수 없구나. 기사인 네가 옳자면 퇴원해서 응당 집이 아니라 병원에서 훨씬 가까운 공장의 보이라 현장부터 찾아갔어야 한다."

최현필의 아들 정민은 열공급을 책임진 보일러 기사다. 고화력 연료가 부족한 공장의 최대과제인 저열탄보일러를 만들다 사고를 당해 병원에 입원했던 정민은 퇴원하던 날, 연인인 진옥(마진호의 여동생)과 영화를 보고 돌아오자 최현필은 이렇게 질책한다. 정민이 어깨를 떨어뜨리고 저녁도 먹지 못한 채 공장으로 간다. 공장의 동료들은 그를 진심으로 따뜻하게 반기고, 그 장면을 멀리서 부기사장인 마진호가 지켜본다. 마진호는 공장의 2인자이지만 지위가 올라가면서 주변외 친구들이 다 떠나가고 이제 외톨이가 되어 있는 자신을 돌아보며 정민을 부러워한다.

막 퇴원한 아들을 냉정하게 질책하여 책임져야 할 자리로 돌려보낸 최현필의 매정한 행동이 결과적으로 여동생이 정민과 맺어지는 것을 완강하게 반대하던 마진호의 태도를 바꾸는 서사적 반전을 유발한다. 이 서사적 반전을 통해 백남룡은 정민과 진옥의 순수한 사랑을 지켜낼 뿐만 아니라 '싸가지'로 외톨이가 되었던 마진호까지 구출해낸다.

『60년 후』를 읽으며 인간에 대한 예의와 의리를 자주 떠올리게 되는 것은 이 소설 자체가 예의와 의리의 결과물이기 때문일 것이다. 『60년 후』는 작가가 된 백남룡이 자신에게 인생을 가르쳐준 공장의 옛 벗들에게 바치는 헌사에 다름 아니다. 작가가 떠나온 그 자리에 남아 순수한 사랑을 지켜가는 정민과 진옥들을 향한 우정이 소설의 행간들마다 깊이 스며있다. 어쩌면 이 작품은 자신의 문학적 육체를 만들어준 20대 청춘에 바치는 백남룡의 헌사일지도 모른다.

그래서 『60년 후』는 독자들의 더 큰 반향을 불러일으킨 『벗』에게 백남룡의 대표작이라는 타이틀을 양보하지 못한다. 자신의 육체를 떠난 인간은 존재하지 않기 때문이다.

봄이 완연해지고 있다.

13년 전, 이듬해 서울에서 다시 만나기로 했던 남북작가들의 약속이 올해에는 실현되어 따뜻하면서도 강인하던 『60년 후』의 작가 백남룡의 안부를 확인할 수 있게 되기를 기대한다.

단어 표기와 뜻풀이

(ㄱ)
가 - 까
가긍하고 - 가엾고
가녁 - 가녘
가느다른 - 가느다란
가시어머니 - 장모
가없이 - 끝없이
가위다리 - 한쪽 다리의 정강이 위에 다른 쪽 다리를 어긋나게 걸쳐 얹고 앉은 모양
가장집물 - 집에 놓고 쓰는 살림 도구=세간
가치 - 개비
갈마드는 - 번갈아 떠오르는
감빨며 - 야무지게 빨며
갑자르면서 - 힘이 들거나 뜻대로 되지 않아 낑낑 거리면서
갱소년 - 늙은이의 몸과 마음이 다시 젊어짐
갱핏한 - 몸집이 여윈 듯한
거쉰 - 목소리가 쉰 듯하면서 굵직한
거의나 - 거의
건늬였다 - 건넸다
걸죽한 - 걸쭉한
걸핏 - 일을 하는 김에 빨리
검부레기 - 검부러기
검질긴 - 끈덕진
결패 - 결단성 있게 행동하는 패기나 기백
고개방아 - 고갯방아
고기꿰미 - 물고기를 노끈이나 꼬챙이 따위로 꿴 것
고대 - 용접할 때 쓰는 기구
고르롭게 - 한결같이 고르게
고즈넉히 - 고즈넉이
곡산 공장 - 곡물 가공생산 공장
곰곰히 - 곰곰이
공민증 - 주민증
과실구럭 - 과일바구니

관자노리 - 관자놀이
광망 - 빛살
괴벽스런 - 괴팍스런
교양원 - 유치원 어린이들을 교육교양하는 사람=교사
구내길 - 공장이나 기업소 내부의 길
구럭 - 끈으로 그물처럼 떠서 물건을 넣게 만든 용기
궁근 - 넓고 깊은
귀가 - 귓가
귀속말 - 귓속말
귀전 - 귓전
규률 - 규율
그루를 박았다 - 힘주어 단단히 말했다
금시 - 금세
기요원 - 기관, 기업소의 중요문건들을 다루는 사람
긴장 - 일을 순조롭게 넘기기 어려울 정도로 빠듯한
길다란 - 기다란
까냈다 - 굳은 것을 깨뜨려 떼어 내다
까풀 - 얇은 껍질
깡지 - 바닥에 가라앉은 찌꺼기
깨드득 거리며 - 주로 아이나 여자들이 명랑하고 천진하게 웃는 모양
깨찌벌레 - 개똥벌레
꼬물 - 보잘 것 없이 아주 적은 분량
꾀꼬새 - 꾀꼬리
꾸레미 - 꾸러미
꿀걱 - 꿀꺽
끼이지 - 끼지

(ㄴ)
나꾸어 - 낚아
나꾸채 - 낚아채
나마 - 남짓
나무가지 - 나뭇가지
나무리는 - 나무라는
뉘시대 - 낚싯대
날구듯 - 날리듯
날파람있게 - 바람이 일 정도로 날쌔게
낮추 - 낮게

낮추볼어 - 자신을 낮추어
낯가림하지 - 겨우 체면치레하지
낯설은 - 낯선
내그었다 - 내쉬었다
내대고 - 내놓고
내려 먹이는 - 상급자가 하급자에게 일방적으로 강요하는
내우 - 윗사람 앞에서나 남녀 사이에서 부끄러워하고 수줍어하며 피함
내포 - 내장
넌출 - 넝쿨
녀자 - 여자
년령 - 연령
년로 - 연로
년륜 - 연륜
년세 - 연세
년장자 - 연장자
년하장 - 연하장
념 - 생각
념려 - 염려
농마국수 - 감자로 만든 국수
누기 - 축축하고 눅눅한 기운
눈굽 - 눈의 가장자리
눈까풀 - 눈꺼풀
눈뿌리 - 눈알의 안쪽으로 달려 있는 부분
눈섭 - 눈썹
눈확 - 눈 언저리
눈확 - 눈구멍
늄 - 알루미늄
늘궈 - 늘려

(ㄷ)
다궈몰았다 - 세게 몰았다
다궜다대지 - 다그쳐대지
다리쉼 - 다리쉬임
다심하고 - 여러 가지로 마음을 기울이고
다심한 - 이모저모 헤아려 보는 깊은 마음
다우치지는 - 다그치지는
닦아세우고 - 꼼짝 못하게 휘몰아 나무라고

296

단꺼번에 - 한꺼번에
단박에 - 대번에
달궈낸다 - 일을 재촉하여 꼼짝없이 몰아치게 만든다
닭알지짐 - 달걀부침
담배갑 - 담뱃갑
담배불 - 담뱃불
담배재 - 담뱃재
담보 - 보장
당황해난 - 당황한
대기 - 공기
대드리판 - 크게 싸움
대안사업체계 - 다수 근로자가 참여하는 집단적 지도체제로 공장과 기업소를
　　　　　　　　운영하는 경제관리 형태
대휴 - 휴일에 일한 대신 평일에 쉬는 것
댕댕이 - 담쟁이
덕수 - 작은 폭포처럼 곧추 떨어지는 물
데룩 거리며 - 큰 눈알을 볼썽사납게 이리저리 천천히 굴리며
도고하니 - 도도하게
도람통 - 드럼통
도망군 - 도망꾼
돌림 - 따돌림
동뚝 - 홍수 방지용으로 쌓은 둑
동약 - 한약
동자질 - 밥 짓는 일
두간두간 - 일정한 동안을 두고 사이사이
두리 - 둘레
둘가 - 둘까
둥그래서 - 둥그래져
둥우리 - 새 따위가 알을 낳거나 깃들이기 위하여 둥글게 만든 집
뒤거두매 - 일의 뒤끝을 마무리하는 것
뒤거래 - 뒷거래
뒤걸음 - 뒷걸음
뒤곰방 - 뒷골방
뒤구멍 - 뒷구멍
뒤덜미 - 뒷덜미
뒤모습 - 뒷모습
뒤바라지 - 뒷바라지

뒤좌석 - 뒷좌석
드다루는 - 능숙하게 들어서 잘 다루는
드람 - 드럼
들릴 - 들를
들추어서 - 아래위로 마구 흔들려서
때문 - 때면
떡살 - 굳은살
또락또르 - 트랙터
뚜꺼비 - 두꺼비
뚤렁 - 큰 물방울 따위가 떨어지는 소리. 또는 그 모양
뜨음해졌다 - 뜸해졌다
띠엄띠엄 - 띄엄띄엄

(ㄹ)
라선형 - 나선형
라이타 - 라이터
락수물 - 낙숫물
락엽 - 낙엽
란간 - 난간
랑만 - 낭만
랑비 - 낭비
랑패 - 낭패
래번 주일 - 다음 주일
래일 - 내일
랭랭 - 냉랭
랭수 - 냉수
랭정한 - 냉정한
랭정히 - 냉정히
랭혹히 - 냉혹하게
략장 - 훈장이나 메달을 대신하여 다는 간단한 휘장
량 - 양
량수책상 - 양수책상, 양쪽에 여러 층의 서랍이 달린 책상
량심 - 양심
련듯 - 련듯
레스 - 레이스
려과 - 여과
려행길 - 여행길

력사 - 역사
련민 - 연민
련상 - 연상
련쇄 - 연쇄
렬차 - 열차
령감 - 영감
령롱 - 영롱
례사롭게 - 예사롭게
례절 - 예절
로년 - 노년
로동자 - 노동자
로력 - 노력
로세대 - 노세대
로쇠 - 노쇠
로임 - 노임
로타리 - 로터리
로파심 - 노파심
론거 - 논거
론의 - 논의
론쟁 - 논쟁
롱 - 농
롱기 - 농기
료리 - 요리
료양 - 요양
료해 - 사정이나 실정이 어떤지 알아봄
루서 - 로서
류다른 - 유다른
류별난 - 유별난
류성 - 유성
류행 - 유행
륙감 - 육감
륜 - 동그라미
륜곽 - 윤곽
륜리 - 윤리
리기적인 - 이기적인
리별 - 이별
리봉 - 리본

리유 - 이유
리익 - 이익
리해 - 이해
림업 - 임업
림종 - 임종
립장 - 입장
립증 - 입증

(ㅁ)
마감 - 마지막
마뜩지 않게 - 마음에 들지 아니하게
마사지구 - 부서지고
마스지 - 망가뜨리지
만날 - 매일
만시름 - 온갖 시름
말본새 - 말하는 태도나 모양새
말째개 - 거북하고 불편하게
말큰말큰했다 - 연하고 부드러운 느낌이 날 정도로 매우 말랑했다
말하드래도 - 말하더라도
맞다들린 - 맞닥뜨린
맥 - 기운
먹히울라 - 먹힐라
멋적은 - 멋쩍은
메터 - 미터
면바로 - 똑바로
모래불 - 바닷가나 강가에 모래가 널리 깔려 있는 곳
모숨 - 한 줌에 쥘 만큼을 세는 단위
모표 - 모자에 붙이는 일정한 표지
목고 - 목도
목도채 - 무거운 물건을 밧줄에 묶고 긴 몽둥이를 꿰어 두 사람 이상이 양쪽에서
　　　　어깨로 메고 옮길 때 쓰는 몽둥이
몰켜 - 몰려
몸 가늠 - 몸 가눔
무등 - 그 이상 더할 수 없을 정도로
무지 - 무연탄 더미
무춤 - 놀라서 하던 짓을 갑자기 멈춤
무탈한 - 별 탈 없는

묵새길 - 참으며 넘길
물기운 - 물에서 느껴지는 촉촉한 기운
물주리 - 담배를 끼워서 빠는 물건
뭉텡이 - 뭉치

(ㅂ)
바곤마다 - 차량의 적재함마다
바다가 - 바닷가
바위짬 - 바위틈
바지가랭이 - 바짓가랑이
바투 - 바싹
발브 - 밸브
방조 - 거들어서 도와주는 것
방치돌 - 다듬잇돌
방통 - 짐차
배그네 - 그네의 발판을 사람이 탈 수 있도록 배 모양으로 만든 진자 유희 시설
배끈 - 허리띠
배속 - 뱃속
배아 - 씨눈
밸 - 작은창자
버그러질가봐 - 서로의 사이가 벌어지거나 나빠질까봐
버럭 - 광석이나 석탄을 캘 때 나오는 광물이 섞이지 않은 쓸모없는 잡돌
버릇궂은 - 버릇없는
벅작거려서는 - 많은 사람이 좁은 곳에 모여 어수선하게 움직이는코집 - 콧집, 코를
　　　　　　　이룬 살덩어리
번 - 뻔
번디디고 - 발에 힘을 주고 버티어 디디고
벌 - 뺄
벙글써 - 벙글어진
베잠뱅이 - 베로 지은 짧은 남자용 홑바지
별찌 - 별똥별
병집 - 깊이 뿌리박혀있는 결함
보다싶이 - 보다시피
보쌈 - 양푼만한 그릇에 먹이를 넣고 물고기가 들어갈 만한 구멍을 내 그 구멍으로
　　　　들어온 물고기를 잡는 도구
보이라 - 보일러
볼편 - 볼을 이룬 부분

부군부군한 - 보드라운
부상화 - 불상화
분망한 - 매우 바쁜
불목두기 - 불 때는 잡일꾼
불줄기 - 솟구쳐 오르거나 내뻗치는 불의 줄기
비껴 - 담겨
비다듬었다 - 매만져서 곱게 다듬었다
비말 - 날아오르며 흩어지는 물방울
비물 - 빗물
비발 - 빗발
비방울 - 빗방울
비살 - 빗살
비였던 - 비었던
비자루 - 빗자루
비줄기 - 빗줄기
비츨 - 비틀
비탈려만 - 조금 비틀려만
빛갈 - 빛깔
빛다른 - 색다른
빼곡이 - 빼곡히
뽀잇한 - 색깔이 은근하게 조금 뽀얀 듯한
뽐프 - 펌프
뿌리워납니다 - 힘이 솟구칩니다
뿌죽한 - 뾰족한
뻐쳐 - 부쳐

(ㅅ)

사락공 - 완성한 주물제품에 붙어 있는 모래를 떨어내는 작업을 하는 일꾼
사십오 년도 당원 - 해방되던 해인 1945년에 입당한 당원
사업정형 - 사업을 진행하는 모양새와 태도
사위감 - 사윗감
사품 - 세차게 부딪치며 흐르는 물살
살 - 화살
살근히 - 은근하고 가볍게
살눈섭 - 속눈썹
살다싶이 - 살다시피
살림군 - 살림꾼

생당쑥 - 사철쑥
서리발 - 서릿발
석쉼한 - 쉰 듯한
선률 - 선율
설레였다 - 설렜다
설복하다 - 알아듣도록 말하여 수긍하게 하다
설음 - 서러움
세간살이 - 살림을 꾸려 나감
세대주 - 한 단위의 책임자나 집안의 가장
세포비서 - 당의 가장 말단조직 책임자
소 - 웅덩이
소근거렸다 - 소곤거렸다
속대사 - 속말
손기척 - 노크
손세 - 손짓
손탁 - 손아귀
송기떡 - 소나무 속껍질을 찧어 만든 떡
수굿이 - 수긋이
수도가 - 수돗가
수면계 - 보일러 내부 수면 높이를 밖에서 볼 수 있게 만든 계측기구
수수지짐 - 수수부꾸미
수자 - 숫자
수집은 - 수줍은
수표 - 사인
순종감 - 복종심
숨박곡질 - 숨바꼭질
쉬울 - 쉴
쉬임 - 쉼
스다찡잠 - '스다찡'이란 구식 자동차의 시동을 걸기 위해 쓰이는 쇠막대기를 말한다.
         '스다찡잠'이란 운전석 뒤 칸 스다찡을 놔두는 데에서 새우잠을 자는 걸
         은유적으로 뜻한다
슬라크 - 광석 찌꺼기
슬슬 - 술술
슬치며 - 스치며
슴벅이며 - 껌뻑이며
승기 - 지지 않고 이기려고 기를 쓰는 마음
시내물 - 시냇물

시창 - 밖을 내다볼 수 있는 창
신관 - 폭탄이나 지뢰의 작약을 점화하여 폭발시키는 기폭장치
신통히 - 신기할 정도로 묘하게
실과 - 과일
실아지 - 실가지
싱갱이 - 승강이
쌉쓸하고도 - 쌉쌀하고도 씁쓸한
쏘파 - 소파
쓰거운 - 달갑지 않고 언짢은
쓰겁게 - 쓰게
쓸슬한 - 쓸쓸한
씁쓥히 - 짐짓 모르는 체하며 시치미를 떼는 태도로
씨엉씨엉 - 씩씩하고 활기차게 걷는 모습

(ㅇ)
아득이 - 아득히
아리숭한 - 긴가민가하여 뚜렷하게 분간하기 어려운
아릿다운 - 아리따운
아바이 - 어르신
아빠트 - 아파트
아지 - 식물의 어린 가지
아퀴 - 일이나 정황 따위가 빈틈없이 들어맞음
안료통 - 칠통
안해 - 아내
알구퍼요 - 알고 싶어요
알짜근해 - 쓰리고 아쉬워해
알쫀한- 알짜로 이루어져 실속 있는
알찌근해 - 살이 아리고 쓰라려
앞섶자락 - 옷자락의 옷깃 앞부분
애된 - 앳된
애린 - 애티가 나게 젊은
애모쁜 - 애타고 안타까운
어덴지 - 어쩐지
어둑시근 - 사물을 정확히 가려 볼 수 없을 만큼 어두움
어떻니 - 어떠니
어성버성 - 부자연스럽고 서먹서먹
어슬 무렵 - 어스름

어줍어했다 - 어색해했다
어쩐히 - 어쩐지
어찌겠습니까 - 어쩌겠습니까
언턱 - 구실
얼떠름해서 - 얼떨떨해서
얼음보숭이 - 아이스크림
엄지 - 짐승의 어미=어이
에둘렀다 - 말을 바로 하지 않고 짐작하여 알아듣도록 둘러댔다
여라문 - 여남은
여우꼬랭이풀 - 여우꼬리풀
열 - 열성
열적은 - 멋쩍은
영예게시판 - 직장에서 모범일꾼들을 사진과 함께 소개하는 판
영채롭고 - 매우 밝게 빛나거나 빛나는 데가 있는
오래동안 - 오랫동안
오래서 - 오래되어서
오지관 - 진흙으로 만들어서 말린 다음 잿물을 발라 구운 윤이 나는 토기관
올롱해진다 - 유별나게 휘둥그래진다
올방자 - 책상다리
옷걸개 - 옷걸이
옹군 - 정확히
옹글은 - 굵게 울려나오는
왼심 - 혼자서 속으로 안타깝게 애쓰며 마음을 조임
요정 - 결판을 내어 끝마침
우단점 - 장단점
우둘지게 - 우락부락한 맛이 있거나 큼직큼직하게
우무러든 - 오므라진
우정 - 일부러
운수관 - 차량 수단을 이용하는 곳
울바자 - 대, 싸리, 갈대 등을 엮어 발처럼 만들어 세운 울타리
움칠했다 - 움찔했다
웃초리 - 나무줄기 맨 끝에 있는 가지=위초리
웅뎅이 - 웅덩이
운심깊은 - 생각이 깊고 무게 있는
웅큼 - 움큼
월력 - 달력
웨침 - 외침

웬간히 - 웬만히
위구심 - 염려하고 두려움
위훈 - 매우 뛰어나게 세운 공훈
을러메군 - 위협적으로 질책하곤
의견 상이 - 의견 차이
의례 - 으레
의아쩍게 - 의아스럽게
이그러진 - 일그러진
이마살 - 이맛살
이였다 - 이었다
이윽토록 - 오래도록
이윽히 - 가만히
이자 - 방금
익살군 - 익살꾼
인차 - 곧바로
인츰 - 반드시
일군 - 일꾼
일년맞잡이 - 일 년과 맞먹는 정도
일떠세우지 - 기운차게 일으켜 세우지
일 없어 - 괜찮아
일찌기 - 일찍이

(ㅈ)
자래우지 - 자라게 하지
자별 - 각별
자신심 - 자신감
자유주의 분자 - 조직과 규율을 싫어하고 제멋대로 행동하는 사람
잡이 - 짜리
잡힌 - 먹은
장난군 - 장난꾸러기
장미 - 긴 눈썹
재밤중 - 한밤중
재불 - 잿불
재털이 - 재떨이
잰걸음 - 빠른걸음
쟁개비 - 작은 남비
쟁반달 - 보름달

306

저마끔 - 제각기
저으기 - 적이
전개력 - 일을 벌여나가는 힘=추진력
점도록 - 한동안
접대원처녀 - 여자 종업원
젖사탕 - 우유를 넣어 만든 사탕으로 어린이 영양제로 씀
제꺽 - 바로
제발 - 선발
조춤조춤 - 망설이며 조금씩 조금씩
종시 - 끝내
종이장 - 종잇장
주단 - 명주와 비단
주대 - 줏대
주어 - 주워
줄나무길 - 가로수길
줄창 - 줄곧
증장해지고 - 커지고
줴 - 죄다
줴던지고 - 쥐여 던지고
줴버리는 - 함부로 버리고 돌아보지 않는
지게걸음 - 몸을 좌우로 기우뚱거리며 걷는 걸음
지꽂게 - 짓궂게
지내 - 너무
지배인 - 공장, 기업소들을 행정적으로 책임지는 사람
지팽이 - 지팡이
직관원 - 속보, 벽보, 그림 등 눈으로 직접 볼 수 있는 홍보물을 만드는 사람
진렬장 - 진열장
짐군 - 짐꾼
쩝쩔한 - 다른 맛은 없이 소금맛 뿐인
쩡한 - 정신이 번쩍 들 정도로 자극이 심한
쪼각 - 조각
쪼프려졌다 - 작아졌다
찌프리였다 - 찌프렸다

(ㅊ)
차던지며 - 완전히 버리며
차례졌던 - 주어졌던

창가림 - 커튼
처벅처벅 - 무겁게 발자국 소리를 내며 걷는 모양
철 - 파일
철리 - 아주 깊고 오묘한 이치
총각애 - 어린 사내아이를 귀엽게 이르는 말
총화 - 일 전체를 한데 모아 결산함
치마귀 - 치맛귀
치마자락 - 치맛자락
코날 - 콧날
코마루 - 콧마루

(ㅌ)
탕크 - 탱크
터쳐놓고 - 쌓였던 감정을 갑자기 풀어놓고
터친 - 터뜨린
테프 - 테이프
텔레비죤 - 텔레비전
통성 - 통성명
통털어 - 통틀어

(ㅍ)
패던 - 새우던
퍼그나 - 퍽이나
펀뜻 - 언뜻
페갱 - 폐갱
페지 - 페이지
포치 - 지시
포치하듯이 - 일정한 사업을 배치하듯이
푸들 - 크게 부르르 떨다
푸름한 - 푸르무레한
푸수한 - 수더분한
푸접 없이 - 붙임성 없이 쌀쌀하게
푼푼 - 거리나 넓이, 길이나 너비, 부피나 무게 따위가 일정한 크기보다 조금 남는
피발 - 핏발
피줄기 - 핏줄기
피타는 - 피나는
핑게 - 핑계

(ㅎ)
하마트면 – 하마터면
한뉘 – 한평생
해볕 – 햇볕
해빛 – 햇빛
햇내기 – 신출내기
향방 없이 – 일정한 방향 없이
허심히 – 겸손하게
허전해났다 – 허전해졌다
헐한 – 일이 쉽고 수월한
헤여져 – 헤어져
헤염 – 헤엄
혁띠 – 혁대
혼쌀 – 혼쭐
화김 – 홧김
화독 – 화덕
활무장 – 마음껏 활동할 수 있는 장소
후과 – 뒤에 나타나는 좋지 못한 결과
후근한 – 후끈한
후날 – 훗날
후대 – 후손
후방공급 사업 – 근로자들의 생활에 필요한 여러 가지 지원사업과 공급활동
후어미 – 계모
휴계실 – 휴게실
힘자라는 – 힘이 미치는

〈아시아 문학선〉을 펴내며

우리는 무엇보다 언어에 주목한다.

지난 오 백 년 동안, 우리에게 알려진 세계의 언어들 중 거의 절반이 사라졌다고 한다. 에트루리아어, 수메르어, 컴브리아어, 메로에어, 콘월어, 음바바람어……지금 이 순간에도 지구 곳곳에서 수많은 언어들이 사라지고 있다. 소멸의 속도도 점점 빨라진다. 대신 그 자리를 영어와 또 하나의 언어, 그러나 기왕에 존재했던 어떤 언어와도 전혀 다른 종류의 기계어 '비트'가 메워 나가는 중이다.

한 가지 언어가 사라진다는 것은 무슨 뜻일까. 그것은 한 집단의 기억이 최후를 맞이한다는 뜻이다. 물론 성실한 언어학자들의 노력으로 운 좋게 몇몇 단어가 살아남을 수도 있다. 그렇지만 엄밀한 의미에서 그것은 살아 있는 언어가 아니다. 언어는 언어학자의 노트에 적히는 것만으로 생명을 보장받을 수 없다.

이제 우리는 이와 같은 일방통행의 역사에 작으나마 흠집을 내고자 한다. 그 출발이 바로 〈아시아 문학선〉이다.

우리는 서구가 주도했던 지난 시기의 근대화 과정에서 수많은 문명의 유전자가 흔적도 없이 사라졌고, 지금도 아시아 어딘가에서 어떤 기억의 보살핌도 받지 못한 채 속절없이 사라져가는 것들이 많다는 사실을 잘 알고 있다. 그러나 우리는 겸손해야 한다. 소멸은 대개 슬프지만, 때로는 자연스럽게 권장되어야 할 어떤 것이기도 하다. '불멸의 신화'가 지닌 폭력성을 흔히 목격하지 않았던가. 우리는 서구 근대의 가치를 대체하는 아시아 담론을 창출하겠다는 다부진 야심을 갖고 있지 않다. 우리는 다만 아시아의 수많은 언어가 제각기 품어 온 기억의 서사들을 존중하려 할 뿐이다.

특히 문학에 관한 한, 아시아는 이른바 세계화가 가장 덜 진척된 영토로 존재한다. 아시아 문학은 대다수 서구인들에게 여전히 낯설고 어색하면서도 이따금 신기하고 흥미로운 존재다. 가상공간과 더불어, 빈약한 서사를 보충해 줄 최후의 영토로 간주되기도 한다. 그런 시선 속에서, 지난 몇 세기 동안, 아시아는 수없이 발명되고 발견되었다. 그 결과 논과 밭, 구릉과 숲으로 이루어진 아시아의 주름진 대지는 이차원의 매끈한 평면으로 아주 쉽게 왜곡되었다. 거기에서 소수와 은유는 묵살되고, 틈과 사이는 간단히 메워졌다.

이제 우리는 다시 주름들을 기억하려 한다. 고속도로와 지름길이 길의 다가 아니듯, 표준어와 다수만 아시아의 입체를 구성하지는 않는다. 그러나 놀랍게도, 서구인에게 낯설고 어색한 것 이상으로, 우리 스스로 아시아를 얼마나 낯설고 어색하게 생각하고 있는지! 불행히도 우리 주변에는 읽고 싶어도 읽을 아시아조차 많지 않다. 우리의 기획은 이런 경이로운 무관심과 태만을 반성하는 데서 출발한다. 동시에 우리는 혹 '미지의 세계' 아시아를 또 하나의 개척영역, 흔히 말하듯 '미래의 먹거리' 쯤으로 상정하는 것은 아닌가, 우리 안의 유혹을 끊임없이 경계한다.

이렇게 경계선을 넘으려 한다.

바라건대, 저 너머에는 새로운 세계문학이!

<아시아 문학선> 기획위원회

60년 후

2018년 5월 11일 초판 1쇄 펴냄

지은이 백남룡 | **펴낸이** 김재범 | **편집장** 김형욱
인쇄 AP프린팅 | **종이** 한솔PNS
펴낸곳 (주)아시아 | **출판등록** 2006년 1월 27일 | **등록번호** 제406-2006-000004호
전화 02-821-5055 | **팩스** 02-821-5057
주소 경기도 파주시 회동길 445(서울 사무소: 서울시 동작구 서달로 161-1 3층)
이메일 bookasia@hanmail.net | **홈페이지** www.bookasia.org
페이스북 www.facebook.com/asiapublishers

ISBN 979-11-5662-360-1 04800
       978-89-94006-46-8 (세트)

*값은 뒤표지에 표시되어 있습니다.

이 도서의 국립중앙도서관 출판시도서목록(CIP)은 서지정보유통지원시스템 홈페이지(http://seoji.nl.go.kr)와
국가자료공동목록시스템(http://www.nl.go.kr/kolisnet)에서 이용하실 수 있습니다.(CIP제어번호: CIP2018012145)